곳비 꽃비

1

| 일러두기 |

* 이 글은 역사적 인물을 모티프로 하였으나 작가의 상상력을 더하여 창작한 소설입니다.

이은소 장편소설

꽃비

곳비

1

고즈넉
이엔티

꽃비 1

1쇄 발행 2023년 1월 25일

지은이 이은소
펴낸이 배선아
편 집 강지형
디자인 이승은
펴낸곳 고즈넉이엔티

출판등록 2017년 3월 13일 제2021-000008호
주　　소 서울특별시 마포구 성지1길 25 4층
대표전화 02-6269-8166 **팩스** 02-6166-9199
이 메 일 gozknockent@gozknock.com
홈페이지 www.gozknock.com
블 로 그 blog.naver.com/gozknock
페이스북 www.facebook.com/gozknock
인스타그램 www.instagram.com/gozknock

표지/내지이미지 Designed by Getty Images Bank, Freepik

목 차

◆

1부

1부

곳비 꽃비

1

그곳은 깊고 아득하였다. 태곳적 그림처럼 아름답고 사라진 이야기처럼 신비로웠다. 굽이굽이 돌고 도는 골짜기는 끝도 없이 이어졌다. 골짜기를 따라서 도화나무가 탐스러운 꽃잎을 드리우고 있었다.

갑이는 한참을 걸었다. 도화에 홀린 듯 넋을 놓았다. 골짜기를 벗어나니 트인 벌이 펼쳐졌다. 별천지였다. 바닥에는 안개와 구름이 자욱하고, 구름 가운데 수백 수천 수만 그루의 도화나무가 꽃잎을 품고 있었다. 하늘에서 수천 수만 장의 꽃잎이 춤을 추었다. 갑이는 꽃향기에 취해 몸이 뜨거워졌다.

한 여인이 구름안개 속을 걷고 있었다. 여인의 뺨에는 도화꽃물이 연지처럼 붉게 번져 있었다.

"가련하고 가련하다. 이 아이의 생이 가련하구나. 내 꽃비를 내려 이 아이의 앞날을 위로하리라."

갑이는 하늘의 목소리를 들었다. 여인의 머리 위로 꽃비가 비단실처럼 쏟아졌다. 꽃비를 맞으며 구름안개 속을 거니는 여인을 보노라니 갑이의 가슴에는 알 수 없는 슬픔이 배어들었다.

갑이는 잠에서 깼다. 눈에서 흘러내린 물이 베갯잇을 적시고 있었다. 갑이는 손을 더듬어 제 아랫배를 쓰다듬었다. 손끝으로 애달픈 숨소리가 전해져왔다. 새 생명의 기운이었다. 갑이는 가만가만히 배를 쓸면서 조용히 울었다.

아홉 달 후, 하늘은 꽃비 대신에 우박을 뿌려댔고 갑이는 미미한 탯덩이를 쏟아내었다. 여자아이였다. 아이의 뺨은 도화처럼 붉었다. 그 이름을 '곳비'라 하니, 꽃비라는 뜻이었다.

때는 세종 이(二)년, 춘삼월 초삼일, 햇무리가 지는 날이었다.

2

37년 후, 세조 3년

인왕산을 적신 늦가을 색은 서러웠다. 여인은 핏빛 슬픔을 억누르고 인왕산 자락으로 스며들었다. 다섯 해 만에 소복 치마저고리를 벗고 남복(男服)을 걸쳤더니 편하면서도 어색하였다. 여인은 제 모습이 낯설어 자꾸만 걸음을 멈추고 옷매무새를 가다듬었다.

여인은 잘 닦인 길을 두고 좁고 울퉁불퉁한 길만 디뎠다. 햇살이 보이지 않을 정도로 어두운 숲에 들어서자 걸음을 멈추었다. 여인은 입술을 한 번 깨물고 무계정사(武溪精舍, 조선 시대 세종의 셋째 아들인 안평대군 이용이 세운 정자)를 향하여 시선을 옮겼다.

주인 잃은 무계정사는 잔바람에도 훅 날아갈 듯 가벼워 보였다. 그 시절 인왕산의 기상을 닮은 위엄과 권위는 어디에도 보이지 않았다. 학이 떠난 자리에는 잡새들이 모여 부리를 맞대고 모이를 쪼고 있었다. 잡새는 다름 아닌 찬탈자와 역도들이었다.

사내들의 음성이 들려왔다. 여인은 뿌리 깊은 소나무 뒤로 몸을 숨겼다. 갓 쓴 사내들의 목소리가 가까워졌다.

"무계정사는 오늘도 도둑놈 잔치판이구먼. 그러고 보니 대군의 기일이 이맘때쯤인 듯한데……."

덩치가 큰 사내가 말했다.

"쉿, 대군이라니? 말조심하게. 역모 죄인으로 사사된 몸인데……."

몸이 호리호리한 사내가 주변을 살폈다.

"내 한때 수성궁 식객이었다네. 대군께서는 귀한 자, 천한 자, 젊은이, 늙은이 가리지 않고, 사람이라면 다 품어주셨지."

덩치 큰 사내는 오랜 벗을 그리는 듯 아련한 표정을 지었다.

"어허, 이 사람 큰일 나겠구먼. 어서 가세."

몸이 호리호리한 사내는 덩치 큰 사내의 팔을 잡으며 갈 길을 재촉했다.

"대군……."

여인은 나직이 읊조렸다. 그리움의 물결이 거센 파도가 되어 가슴속으로 밀려들었다. 여인은 가슴에 손을 얹고 눈을 감았다. 파도가 잔잔해졌다. 대군은 조각배에 몸을 누이고 수평선으로 나아갔다. 검은 눈썹, 길고 큰 눈매, 반듯한 콧날, 깨끗한 뺨, 장난기 어린 입술이 여인에게서 멀어져 갔다.

"대군……."

여인은 눈을 떴다. 가슴에 손을 얹은 채 잠시 그대로 있었다.

산 정상에서 한 줄기 바람이 불어 왔다. 여인은 바닥에 놓아둔 보따리에서 술병을 꺼내서 마른 솔가지 위에 내려놓았다. 여인은 무계정사를 향해 두 번 절했다. 고개를 숙일 때마다 대군을 불렀다. 여인은 대답 없는 대군을 생각하며 술을 올렸다.

'대군, 잠시만 기다리십시오. 소첩이 곧 따르겠나이다.'

날이 저물고 여인은 산을 내려왔다. 가회방으로 건너가서 홍현골로 가는 길목에 접어들었다. 낯익은 골목에서 걸음을 멈추고 어둠속에 몸을 숨겼다.

반 시진이 지났다. 마흔을 몇 해 앞둔 소영교가 수염을 길게 늘어뜨린 채 노복 하나를 거느리고 걸어왔다. 술에 취한 듯 걸음이 느렸다. 여인은 잘되었다 싶었다.

여인은 고개를 숙인 채 영교의 앞으로 다가가 섰다.

"뉘시오?"

노복이 고개를 비스듬히 쳐들고 물었다. 여인은 영교를 향해 말했다.

"아씨께서 느티떡을 준비하고 그곳에서 기다리십니다."

"느, 티, 떡……."

영교는 눈빛을 번득이며 여인을 응시했다.

"느티떡이라고 했느냐?"

여인은 고개를 숙인 채 살짝 끄덕이기만 하였다.

"어서 가자."

영교는 뛰듯이 걸음을 뗐다. 여인은 영교의 앞을 가로막았다.

"사람을 물리시지요."

"아, 그래."

영교는 노복에게 먼저 돌아가라고 일렀다. 여인은 노복에게서 등롱을 받아들고 앞장섰다. 영교는 여인을 따라나섰다.

마을을 벗어나자 멀리 느티나무가 보였다. '아씨'의 모습은 아직 보이지 않았다. 영교는 느티나무를 향해 들길을 달렸다. 여인도 영교를 따라 걸음을 서둘렀다.

영교는 먼저 도착하여 느티나무 주변을 살폈다. 여인이 가까이 오자 영교가 물었다.

"아씨는? 아씨는 어디 계시느냐?"

"나리."

여인은 등롱을 천천히 들어 올리고 제 얼굴을 비추었다.

영교는 여인의 얼굴을 바로 보았다. 순간 숨이 멎는 듯했다. 곧 눈가가 촉촉해졌다. 목메어 잠시 말을 잊은 영교가 입을 열었다.

"아씨!"

영교는 여인에게 한 걸음 다가섰다. 여인은 한 걸음 뒤로 물러났다.

"아씨!"

눈물이 영교의 뺨을 타고 흘러내렸다. 영교는 얼른 소매로 눈물을 훔쳤다. 여인은 비웃듯이 피식 웃었다.

"정의(情義, 따뜻한 마음과 의리)를 저버리고, 높은 자리에 올라 잘 먹고 잘 살았나 보오. 신수가 훤해졌소이다."

"아씨, 살아계셨군요."

여인의 무례한 말투에도 영교는 반가워 눈물을 글썽였다.

"내 아직 할 일이 있어 대군을 따르지 못하였소."

여인은 손을 허리춤으로 가져갔다.

"제가 아씨를 얼마나 찾았는지…… 아……."

영교는 신음을 토하고 얼굴을 찡그리며 제 복부를 내려다보았다. 날카로운 단도가 내장을 파고들고 있었다. 영교는 고통을 참으며 말 없이 여인을 쳐다보았다. 영교의 얼굴이 일그러졌다.

"아씨……."

여인은 재빨리 단도를 빼 들었다. 영교는 짧은 비명을 토하며 복 부에 손을 갖다 댔다. 손바닥이 뜨거운 피로 젖어들었다. 여인은 영 교를 향해 눈을 매섭게 떴다.

"아직은 죽지 않소."

"드릴 말씀이……."

영교는 눈을 찡그리며 거친 숨을 토했다.

"다음은 심장이오. 이번에는 죽을 것이오."

여인은 영교의 심장을 향해 단도를 겨누었다.

"곳비…… 꽃비……."

영교는 신음을 토하며 쓰러졌다.

뒷산에서 갈까마귀가 울었다.

곳비의 꿈

1

29년 전, 세종 10년

대궐은 깊고 높았다. 가도 가도 끝을 헤아릴 수 없었다. 대문을 열고 또 열어도 우뚝하게 솟은 집채만 나올 뿐이었다. 집채는 높아도 너무 높았다. 발끝을 세우고 숨을 쉴 수 없을 때까지 고개를 들어도 지붕 끝이 보이지 않았다.

근정전과 조정의 규모에 놀란 곳비는 눈, 코, 입에 붙은 다섯 개의 구멍을 다 벌렸다. 침을 한 번 삼키고 근정전을 다시 올려다보았다.

곳비는 큰 대문 앞에 다다랐다. 문을 밀려다가 저도 모르게 멈칫했다. 이상했다. 지금껏 몇 개의 문 앞에서도 당당했는데 이 문 앞에서자 갑자기 심장이 쿵쿵거렸다. 들어가도 될까, 들어가도 괜찮을까. 잠시 망설였지만 곳비는 이내 입술을 앙다물고 문을 밀었다.

곳비는 눈이 맑아졌다. 눈동자에 비친 누각과 연못, 연못에 비친 누각과 능수버들 그림자. 상상 속에서도 만날 수 없던 아름다운 정경이 눈앞에 펼쳐졌다. 이런 곳이라면 아무리 청소가 힘들어도 한 이레쯤, 아니 열흘쯤은 살 수 있겠다 싶었다.

"왜 이리 늦은 게냐?"

젊은 사내가 곳비의 앞을 가로막았다. 장승처럼 몸집이 크지만 수염이 없고 목소리가 가녀렸다. 내관이었다.

"주 상궁 마마님은 오시지 않았느냐?"

"예?"

"주 상궁 마마님이 보내서 온 게 아니냐?"

"아, 그분이 주 상궁 마마님이시죠."

곳비는 그제야 저를 대궐로 데리고 온 주 상궁을 떠올렸다.

"일찍 오지 않고? 얼른 우리 아기씨께 갖다 드려라."

내관은 곳비의 손에 벼루와 먹을 던지다시피 건네주었다. 벼루 안에는 짙은 먹물이 찰랑거리고 있었다.

"연향에 늦으시면 아니 된다고, 꼭 제시간에 오셔야 한다고 말씀 올리고. 아기씨께서는 이리 분주한 날에 무슨 시를 쓰시겠다고……."

내관은 알 수 없는 말을 빠르게 내뱉고서는 걸음을 뗐다.

"무슨 말씀이신지……."

곳비는 내관의 소맷자락을 잡았다.

"저기 자색 비단 장막이 쳐진 배다. 겨를이 없구나. 어서 가거라."

내관은 연못 위에 떠 있는 배를 가리키고 자리를 떴다.

곳비는 연못으로 시선을 돌렸다. 큰 배 한 척과 작은 배 여러 척이 떠 있었다. 배는 알록달록한 색 비단과 종이, 꽃으로 치장돼 있었다.

곳비는 자색 비단 장막을 두른 배를 찾았다. 배는 연못 가장자리에 머리를 대고 있었다.

곳비는 양손으로 먹과 벼루를 받치고, 배 안으로 발을 디뎠다. 어쨌든 주 상궁을 잘 아는 듯하고 어른처럼 보이는 사내의 부탁이니, '아기씨'라는 사람을 찾아 이 물건을 전해줘야겠다고 생각했다.

자색 비단 장막에 시선을 고정하고 배에 내려선 곳비는 곧 앞으로 고꾸라지고 말았다. 장애물에 발부리가 걸렸다. 그 바람에 먹과 벼루가 날아갔다. '앗!' 하는 곳비의 목소리에 이어 '쿵' 하고 벼루가 바닥에 떨어졌다.

곳비는 탄식하며 몸을 일으켰다. 앞으로 넘어졌는데 왠지 뒷덜미가 따가웠다. 천천히 몸을 돌려 뒤를 돌아보았다.

소년이 앉아서 곳비를 노려보고 있었다. 소년의 이마에서 먹물이 뚝뚝 떨어졌다. 소년은 곳비의 발부리가 걸린 장애물의 주인이었다. 장애물은 소년의 다리였다. 소년은 눈을 비볐다. 눈 주위로 먹물이 시커멓게 번져갔다.

곳비는 웃다가 소년의 매운 눈초리에 웃음을 멈추었다.

두 사람이 눈빛을 마주하는 동안 잠시 정적이 흘렀다. 곳비가 먼저 정적을 깼다.

"아기씨?"

"닦아라."

"예?"

"닦으래도!"

소년이 검지를 치켜들어 먹물이 번진 제 얼굴을 가리켰다.

곳비는 잠시 머뭇대다가 품 안에서 무명 손수건을 꺼내 조심스레 펼쳤다. 손수건 한 귀퉁이에는 분홍 꽃을 가득 품은 도화나무가 색실로 수 놓여 있었다. 곳비는 한숨을 길게 쉬고 손수건만 가만히 들여다보았다.

"어서!"

곳비는 입술을 한 번 깨물고 소년에게 다가갔다. 손수건 가장자리로 소년의 얼굴에 묻은 먹물을 닦아냈다.

소년은 못마땅한 얼굴로 곳비의 손에서 손수건을 낚아챘다. 손수건을 툭툭 털어낸 다음 제 얼굴을 닦았다. 손수건의 하얀 바탕에 시커먼 먹구름이 몰려들었다. 분홍빛 도화에 어두운 그늘이 드리워졌다.

손수건에 시선을 고정하고 있던 곳비의 눈이 붉어졌다. 곳비는 '안 돼!' 하며 손수건을 잡았다.

"뭐 하는 짓이냐?"

소년이 위엄 있는 얼굴로 곳비를 쳐다보았다. 까만 눈썹을 꿈틀거렸다.

곳비는 손수건을 잡은 손에 힘을 주며 마른 침을 삼켰다. 소년도 손에 힘을 주었다.

"손 떼라."

곳비는 이를 앙다물고 손수건을 놓지 않았다.

"손 떼래도."

"싫어요."

소년은 당황했다. 먹물을 닦고 훈계만 하고 보낼 작정이었는데 이 아이가 고집을 부릴 줄은 몰랐다. 하지만 예서 질 수 없었다. 전략을 바꿔야 했다. 소년은 헛기침을 한 번 하고 입을 뗐다.

"네 지금 손을 떼면 내 오늘 일은 넘어가겠다."

곳비는 소년을 바라보았다. 소년의 검은 눈동자가 반짝 빛나고 긴 속눈썹이 파르르 떨렸다.

'아, 대궐에 사시는 왕자님 같아. 내 이리 뽀얗고 고운 얼굴은 처음 봐. 이리 잘난 이목구비도 처음이야.'

곳비는 저도 모르게 스르르 손에 힘을 뺐다. 소년이 손수건을 잡아당겼다. 손수건이 곳비의 손에서 빠져나갔다.

'곳비, 너 미쳤니? 지금 잘생긴 게 중요해? 정신 차려!

곳비는 눈을 한 번 깜박이고 고개를 흔들면서 말했다.

"어허. 나도 그건 안 되겠습니다."

곳비는 다시 양손으로 손수건을 잡고 힘을 주었다.

"뭐라?"

소년이 눈을 치켜뜨고 손에 힘을 주었다. 곳비와 소년은 손수건을 두고 실랑이를 벌였다. 곳비의 양손 힘과 소년의 한 손 힘은 막상막하였다.

"내 힘을 더 쓰면 너를 단박에 제압할 수 있으나 네 어린 여자아이라는 사실을 감안하여 힘을 주지 않았다. 하나 네 계속 고집을 부린다면 내 힘을 쓸 수밖에 없느니라."

"얼마든지 써보십시오."

"내 사람을 다치게 하고 싶지는 않다."

"내 사람이요?"

곳비는 눈을 크게 떴다.

"내, 사람을."

소년이 대답했다.

"아……."

'곳비, 정신 차려!'

곳비는 손에 힘을 더 주었다.

소년은 난감했다. 예까지 왔으니 절대 포기할 수 없었다. 이 아이,
몸체는 조그마한데 힘은 보통이 넘었다. 하지만 제 체면에 어린아이
를 상대하면서 양손을 쓸 수도 없는 노릇이었다. 소년은 누구라도
와서 이 아이를 말려주었으면 싶었다. 주변을 돌아보았다. 아무도 나
타나지 않았다.

"마지막이다. 마지막 기회이니라. 지금 손을 떼면 내 너그러운 마음
으로 너를 용서하겠다는 뜻이다. 주 상궁에게도 암말 하지 않겠다."

"주 상궁 마마님이요?"

"그래. 네 지금 손을 놓지 않으면 주 상궁에게 회초리를 치라 하겠
다."

"회초리 맞지요."

"그럼 곤장을 치라 하겠다."

"곤장 맞지요."

"너 궁궐의 곤장이 얼마나 무시무시한지 아느냐? 네 키의 세 배가
넘고, 네 몸통의 두 배가 넘는 길고 넓적한 나무 막대기로 볼기짝을

사정없이 치는 벌이다. 곤장을 맞고 장독으로 죽어가는 자도 여럿이니라."

겁을 먹은 곳비의 손에서 힘이 빠졌다. 소년은 그 틈을 타 손수건을 잡아당겼다. 손수건을 툭툭 털고 제 얼굴을 닦았다. 하얀 무명 손수건에 시커먼 먹물이 배어들었다. 곳비의 눈에는 붉은 물이 들었다.

소년은 얼굴을 다 닦고 손수건을 바닥에 내팽개쳤다. 곳비는 얼른 손수건을 주웠다. 말없이 손수건만 바라보았다. 붉은 물로 눈이 촉촉해졌다.

"네 이것, 자고로 궁녀는 춘삼월, 박빙을 딛듯 매사에 삼가고 조심해야 하거늘 어찌 거동이 이리 방자한 게냐? 내 시작(詩作)에 골몰하느라 고단하여 잠시 오수(낮잠)를 즐길까 하였거늘 네 방자한 행동거지 때문에 청천벽력 같은 봉변을 당하였구나."

소년은 목소리를 무겁게 깔고 꾸짖었다. 하나 곳비의 시선은 손수건에만 머물러 있었다. 소년은 '에헴' 하고 헛기침을 하였다. 곳비는 얼굴을 들었다. 눈에 힘을 주고 눈물을 삼켰다. 하늘을 한 번 쳐다보고 소년을 향해 눈을 부릅떴다.

"아기씨요?"

"아, 기, 씨, 요오?"

소년은 '요'에 힘을 주어 되물었다.

"아기씨 아니오?"

"아, 기, 씨, 아, 니, 오오?"

소년은 팔짱을 끼고 곳비를 노려보았다. 소년의 눈빛에 곳비는 잠시 움찔했으나 곧 마음을 다잡았다.

'곳비야, 기죽지 말고 풀 죽지 말고, 언제 어디서나 씩씩하게 어엿하게! 알지?'

곳비는 소년과 눈빛을 마주하며 다시 말문을 열었다.

"우선 난 궁녀가 아니오. 나는 나들이차 대궐 구경을 온 곳비요. 하나 내 어른께 부탁받은 말은 전하겠소. 당신이 아기씨라면 연향에 늦지 말고 꼭 제시간에 가시오."

곳비는 소년을 뒤로하고 발걸음을 옮겼다.

"곳비야."

소년은 곳비의 이름을 길게 빼서 불렀다. 곳비는 걸음을 멈추고 소년을 바라보았다.

"네가 궁녀인지 아닌지는 두고 보면 알 터. 그건 예서 궁추(추궁)하지는 않겠다. 하나 먹물을 쏟은 것은 네 과실이 자명하다. 물론 내 사지(四肢)로 말미암아 너를 동탄부득(動彈不得)에 처하게 한 점은 심히 유감이니라. 하여 네 과실은 내 선에서 묵과할 터이니 먹은 다시 갈고 가거라."

'뭐래? 내가 먹물을 쏟았으니 먹을 갈라는 소리 같은데…… 조선말을 뭐 이리 어렵게 하는 거야?'

곳비는 소년을 찬찬히 살펴보았다. 솜처럼 뽀얀 얼굴과 가늘게 뻗은 손가락, 맑고 검은 눈동자, 빛나는 콧마루, 결이 고운 비단옷에서는 대궐 바깥에서는 볼 수 없는 귀티가 났다. 지체 높은 양반댁 도련님이 틀림없었다.

"어서 먹을 갈지 못하겠느냐?"

소년이 호통을 쳤다. 곳비는 바닥에 나뒹굴고 있는 벼루와 먹을 찾아 들었다. 벼루를 바닥에 내려놓고 먹을 문지르기 시작했다. 하지만 물기 빠진 벼루라 먹이 쉽게 갈리지 않았다. 곳비는 소년을 쳐다보았다.

소년은 눈짓으로 연적을 가리켰다. 푸른색 꽃이 그려진 주먹만 한 백자였다. 백자 윗부분과 옆 부분에 작은 구멍이 뚫려 있었다. 곳비는 눈치로 물이 담긴 그릇이라는 것을 알아차렸으나 처음 본 형태에 고개를 갸웃거렸다. 윗부분이 막혀 있어 종지라고도 할 수 없고, 뚜껑이 없어서 주전자라고도 할 수 없었다.

"연적이니라."

소년은 연적을 들어 벼루에 물을 떨어뜨린 다음, 손가락으로 구멍을 막고 연적을 내려놓았다. 연적을 다루는 소년의 손놀림이 익숙해 보였다. 곳비는 연적을 써보고 싶은 마음이 일었지만 시선을 돌리고 먹을 가는 데 집중했다.

"되었다. 이것으로 내 너의 과실을 용서하겠다. 하나 차후에 또 실수를 범한다면 내 엄중히 다스리겠다. 하니 다시는 내 눈에 띄지 말거라."

소년은 점잔을 빼며 목소리를 낮게 깔았다.

"다시 만날 일은 없을 것이오, 옵니다."

소년이 이마를 찡그리자 곳비는 얼른 말을 고쳤다.

곳비는 서둘러 자리를 떴다.

"이건 무서워서 피하는 게 아니야. 더러워서 피하는 거야."

곳비는 소년에게 들리지 않게 아주 작은 목소리로 중얼대며 다시는 저 소년을 만나고 싶지 않다고 생각했다. 곳비는 귀물에 쫓기기라도 하듯이 허둥지둥 배를 빠져나왔다.

소년은 곳비의 뒷모습을 보며 싱긋 웃었다.

2

임금은 대전 뜰을 둘러보았다. 뜰에는 왕세자 향, 둘째 왕자 유, 넷째 왕자 구, 다섯째 왕자 여, 여섯째 왕자 유가 있었다. 일곱째 왕자 임은 강보에 싸여 보모상궁에게 안겨 있었다.

"청지(안평 대군 이용의 자)가 보이지 않는구나."

뜰 가운데 잠시 정적이 흘렀다. 아무도 셋째 왕자 용의 행방을 몰랐다. 주 상궁이 대전 뜰로 들어와 허리를 굽혔다.

"전하, 아뢰옵기 황공하오나 왕자 아기씨께서는 먼저 연향장으로 납시어 주상 전하를 모시는 데 소홀함이 없는지 살펴보겠다고 하시었사옵니다."

임금이 연에 올랐다. 세자와 왕자군, 내관, 별감, 상궁, 나인들까지 일대 행렬이 움직이기 시작했다. 일행은 경회루에서 멈추었다.

경회루에는 이미 왕실 종친과 대신들이 임금과 세자, 왕자들을 기다리고 있었다. 이들이 자리를 잡자 연못 가장자리에 있던 배들이 움직였다.

배가 연못 한가운데 멈추고, 배 위에 사내들이 나타났다. 수희*가

---

* 水戲, 물에 배를 띄워 놓고 토화(불을 머금었다가 뿜어내는 연희)나 귀희(귀신놀이), 솟대타기 등의 산악 · 백희를 연행하는 것

시작되었다. 뱃사공들이 배 젓기 기술을 선보이자 객석에서 감탄과 박수가 터져 나왔다. 세자만이 불안한 기색으로 주변을 살폈다. 용의 모습이 보이지 않았다.

관객들의 환호 소리가 더 커졌다. 가장 큰 배가 화려한 장식을 달고 연못 중앙에 모습을 드러냈다. 귀면(귀신의 얼굴을 상상하여 만든 탈)을 쓴 광대들이 중앙 채붕(나무로 단을 만들고 오색 비단 장막을 늘어뜨린 장식 무대)에 올라 사방으로 불을 토했다. 불길은 다른 광대들의 입에서 뿜어 나온 불길에 옮겨붙었다. 불들이 붙었다가 떨어지면서 변화무쌍한 모양을 만들어냈다. 불은 귀신처럼 관객의 혼을 홀렸다.

배 위에도 불귀신에 혼이 나간 관객이 있었다. 왕자 용은 채붕 아래, 배 한쪽 구석을 차지하고 불귀신을 올려다보고 있었다. 불귀신에 눈과 마음을 빼앗긴 용의 눈동자가 불귀신의 움직임에 맞추어 굴러갔다.

문득 용의 시선이 멈추었다. 낯익은 얼굴. 채붕 위에 쳐진 비단 휘장 틈으로 곳비가 토끼처럼 휘둥그레진 눈을 내밀고 불귀신의 움직임을 좇고 있었다. 곳비의 시선도 멈추었다. 불귀신을 사이에 두고 용과 곳비가 눈을 맞추었다.

두 사람이 눈빛과 표정으로 서로의 등장을 언짢아하고 있을 때 광대들이 일제히 몸을 뒤로 돌려 채붕 뒤쪽, 비단 휘장을 향해 불을 토해냈다.

"안 돼!"

용의 목소리가 채붕을 가로질렀다.

"멈추어라!"

용이 고함을 치며 채붕 위로 뛰어올랐다. 광대들은 행렬을 흐트러뜨리며 우왕좌왕했다. 불이 곳비가 숨어 있는 비단 휘장에 옮겨붙었다. 불은 금방 번져 비단 휘장과 장막으로, 종이 장식과 꽃 장식으로, 채붕으로 번져갔다. 광대들은 물속으로 뛰어들기 시작했다. 큰 배 주변에 도열해 있던 작은 배들은 멀리 달아났다. 연못은 아수라장이 되었다.

"왕자 아기씨!"

객석에 있던 양 내관이 소리를 지르며 연못 속으로 뛰어들었다. 관객들의 시선이 채붕 가운데 공중으로 향했다. 용이 곳비를 안은 채 채붕 위에 쳐진 줄에 대롱대롱 매달려 있었다. 내관들과 별감들이 연못 속으로 뛰어들어 배로 헤엄쳐 갔다.

임금이 자리에서 일어났다. 눈을 부릅뜨고 있었고 입을 다물지 못했다. 객석은 한겨울 얼음장처럼 차가워졌다. 세자도 왕자들도 종친들도 모두 임금의 눈치를 살폈다. 연못에 든 내관과 별감도 조용히 헤엄만 쳤다. 경회루에 정적이 흘렀다.

"아바마마, 송구하옵니다."

용이 침묵을 깼다. 용은 임금을 바라보며 빙긋 웃었다. 임금이 웃음을 터뜨리기 시작했다. 그제야 관객들은 가슴을 쓸어내렸다. 여기저기서 안도하는 숨소리가 흘러나왔다. 광대들이 연못에서 기어 나왔다.

경회루에서 한바탕 소동이 끝났다. 중전은 내명부 연향을 일찍 파하고 중궁전으로 돌아왔다. 용, 곳비, 양 내관, 주 상궁이 무릎을 꿇고 중전의 처분을 기다리고 있었다. 세자와 왕자들도 함께 있었다.

"이 아이는 누구냐?"

중전이 곳비를 보며 물었다.

"황공하옵니다, 중전마마. 오늘 입궁한 생각시이옵니다. 모든 일이 소첩의 불찰이옵니다."

주 상궁이 머리를 조아리며 대답했다.

"입궁한 첫날부터 이 무슨 해괴한 변고란 말입니까. 중전마마, 회초리로 엄히 다스려 가르침을 주시옵소서."

중궁전 김 상궁이 말했다. 곳비는 지금 이 상황이 잘 이해되지 않았지만 회초리란 말에 주눅이 들어 고개를 숙였다.

"어마마마, 오늘 입궁한 생각시가 무엇을 알겠사옵니까? 소자의 불찰이오니 이 아이는 용서해주소서."

용이 말했다. 곳비는 고개를 살짝 들어 용을 바라보았다. 소년이 제 편을 들어주고 있었다. 그러고 보니 배에서도 저를 구해준 듯하였다. 제가 숨어 있던 비단 휘장에 불이 붙자 소년이 저를 안고 줄에 매달렸더랬다. 덕분에 제 몸에는 불이 붙지 않았다.

"왕자의 말이 맞다. 내 자식의 허물이 제일 큰 법, 갓 입궁한 생각시가 무슨 분별이 있겠느냐? 하니 왕자가 벌을 받아야겠구나."

김 상궁은 회초리를 챙기며 양 내관을 보았다. 양 내관은 머리는 불에 타고 몸은 물에 젖어 있었다. 보기만 해도 기분이 축축해졌다. 김 상궁이 양 내관에게 바지를 걷고 가까이 오라고 했다. 양 내관은 젖은 몸을 떨면서 무릎걸음으로 다가갔다.

"어마마마!"

용은 팔을 뻗어 양 내관을 막았다.

"양 내관은 이미 불 맛, 물 맛을 다 보며 충분히 고초를 겪었사옵니다. 차라리 소자가 매를 맞겠사옵니다."

중전이 용을 향해 시선을 옮겼다. 용은 눈빛을 반짝이며 '왕자의 아량이 바다처럼 넓고 도량이 호수처럼 깊구나. 아랫것을 긍휼히 여기는 네 자비를 가상히 여겨 오늘은 용서해주겠다.'라는 중전의 말을 기다렸다.

"그럼 네가 맞거라."

용이 입을 벌린 채 중전을 바라보았다. 중전의 얼굴에는 웃음기가 없었다.

"김 상궁, 회초리를 이리 주게. 내 친히 왕자를 벌할 터이니."

"중전마마, 소신의 잘못이옵니다. 소신이 왕자 아기씨를 잘 보필하지 못하였사옵니다. 소신을 벌하여주시옵소서."

양 내관이 다시 무릎을 꿇으며 중전에게 머리를 조아렸다.

"양 내관은 나서지 말고, 왕자는 일어나 바지를 걷으라."

중전의 음성과 표정이 엄중했다.

"중전마마, 벌은 마땅히 소신의 몫이옵니다. 부디 소신을 벌하여주시옵소서."

양 내관이 머리를 바닥에 찧었다. 용이 일어나 소리쳤다.

"양 내관은 어디를 끼어드는 게냐? 썩 물러나거라."

용은 중전의 앞으로 가서 바지를 걷었다. 중전은 용의 다리에 시선을 고정하며 회초리를 들었다. 회초리는 매서웠다. 용은 눈을 질끈 감았다.

"어마마마, 아우를 잘 다스리지 못한 소자의 불찰이 더 크옵니다. 벌은 소자가 받겠사옵니다."

세자가 나섰다. 둘째 유도 벌을 청했다. 다섯째 여는 울음을 터뜨리며 용에게 매달렸다. 용이 여를 달래자 여섯째 유가 울음을 터뜨렸다. 넷째 구도 용서를 청했다. 중전은 왕자들을 둘러보았다. 중전의 지엄한 표정이 서서히 풀렸다. 중전은 천천히 회초리를 내려놓았다.

"형제를 대신하여 벌을 청하는 왕자들의 우애가 참으로 아름답구나. 그 우애 영원히 변치 말아야 하느니라."

용은 다시 무릎을 꿇고 중전의 치맛자락을 잡고 매달렸다.

"어마마마, 부디 소자의 잘못을 너그러이 용서해주소서."

용은 고개를 숙이며 곁눈질을 하였다. 곳비라는 아이가 저를 바라보고 있었다. 곳비는 몸집이 작고 얼굴이 붉은 아이였다.

용과 양 내관은 중궁전을 나왔다.

"왕자 아기씨, 미천한 소인을 위해 벌을 청하시다니요. 아기씨의 은혜가 실로 각골난망이옵니다."

양 내관은 소맷부리로 눈물을 훔쳤다.

"양 군아!"

용이 양 내관을 나직이 불렀다.

"내가 설마 상전을 잘 보필하지 못한 죄로 벌 받아 마땅한 너를 대신하여 매를 맞을 사람이냐?"

양 내관이 울음을 뚝 그치고 용을 바라보았다.

"거 참, 꼴 한번 사납구나. 어서 물러가 옷이나 갈아입거라. 소갈머리도 좀 가리고."

양 내관이 손으로 머리를 가리며 물러났다.

"녀석, 마음에도 없는 소리를 하는구나."

세자가 다가왔다.

"용의 말이 맞습니다. 아래 것들의 버릇을 후하게 들이면 제 주인 보기를 우습게 알 겝니다."

둘째 왕자 유가 다가왔다. 유는 용을 보며 물었다.

"한데 왜 양 내관을 대신하여 벌을 청하였느냐?"

"양 내관은 그간 절 대신하여 회초리를 맞아왔습니다. 한 번쯤은 저도 양 내관을 대신하여, 아니 실은 제가 응당 받아야 할 벌을 받아 야 하지 않겠습니까?"

"하나 내관의 처지를 헤아리기 전에 부왕의 입장부터 헤아려드려야 한다. 왕실의 위엄과 체통을 지켜 아바마마의 위신을 세워드리는 것이 자식의 도리이니라."

"예, 형님."

유가 용의 어깨를 두드리고서는 자리를 떴다. 구가 유를 쫓아갔다.

용은 풀 죽은 얼굴로 고개를 숙였다. 둘째 유의 말이 맞았다. 광대들이 비단 휘장 쪽으로 불을 뿜어도 큰 화는 없었을 것이다. 오히려 더 멋진 공연을 선보였을 것이다. 한데 그 순간에는 곳비라는 아이가 위험하다는 생각밖에 들지 않았다. 저 아이를 구해야 한다는 생각밖에 없었다. 제 경거망동으로 오늘 연향도 망치고, 부왕의 얼굴에도 먹칠을 했다. 세자가 용의 어깨를 다독였다.

용은 세자와 헤어지고 제 처소로 향했다. 주 상궁의 목소리에 용이 발걸음을 멈추었다. 주 상궁은 곳비를 꾸짖으며 처소로 끌고 가고 있었다. 다섯째 왕자 여가 용에게 달려왔다. 용은 여를 제 품으로 당겨 끌어안으면서 곳비를 바라보았다.

멀리 북악의 하늘에 어스름이 짙어왔다. 저녁노을이 궁궐도, 곳비의 뺨도 붉게 물들였다. 곳비의 얼굴이 서러워 보였다. 용은 꽃잎처럼 붉게 물든 곳비의 뒷모습에서 쉬이 눈을 뗄 수 없었다. 저 아이의 궁궐살이가 녹록지 않을 것만 같았다.

3

여자아이의 울음소리가 주 상궁의 방에서 흘러나왔다. 밤은 깊어가고, 대궐은 적막했다. 곳비의 울음은 그칠 줄 몰랐다.

"어서 집에 보내주세요. 어머니와 아우들이 절 기다려요."

"곳비야, 앞으로 넌 예서 나랑 살 거야."

"아니에요. 어머니가 대궐 구경이 끝나면 절 데리러 온다고 했어요."

곳비가 소리쳤다. 주 상궁은 고개를 절레절레 저었다.

곳비는 오늘 아침 일을 똑똑히 기억했다. 난생처음으로 쌀밥과 살코기, 생선으로 차린 조반상을 받고, 눈을 크게 떴다.

―어머니, 오늘 무슨 날이야?

―응, 대궐 구경 가는 날이니 든든히 먹고 가자.

곳비의 얼굴에 붉은 미소가 피었다. 곳비는 밥 한술을 떴다. 입 안으로 넣으려다가 아랫목에서 자는 아우들을 보았다.

―이따가 먹을 거야. 우선 너부터 먹어.

곳비는 밥을 입에 넣었다. 쌀밥 한 톨 한 톨을 음미하듯이 꼭꼭 씹
자 단맛이 입 안 가득 퍼졌다.

―아, 맛나다.

어미는 곳비의 숟가락에 생선도 발라서 올려주었다. 곳비는 생선
을 입에 넣고 씹었다.

―이것도 맛나다.

곳비는 밥풀 한 톨도 남기지 않고 다 먹었다.

어미는 곳비에게 분홍 저고리와 푸른 치마도 입혀주었다. 곳비는
기분이 들떠 조잘댔다.

―오늘 내 탄일보다 더 중한 날 같아.

―대궐에 가는데 최고로 예쁘게 하고 가야지.

어미는 곳비의 머리를 곱게 땋아 주홍 댕기도 드리워주었다. 도화
나무가 수 놓인 손수건도 품에 넣어주었다. 곳비는 난생처음으로 입
어본 색 저고리와 치마를 몇 번씩 쓰다듬으며 어깨를 들썩거렸다.

곳비는 어미의 손을 잡고 집을 나섰다. 대궐 앞에서 주 상궁이 곳
비 모녀를 기다리고 있었다.

―곳비야, 마마님이랑 대궐 구경 잘하고 나면 어미가 데리러 오
마.

곳비는 어미의 손을 놓고 주 상궁의 손을 잡고 대궐로 향했다.

―곳비야.

건춘문으로 들어서는 곳비를 부르며 어미가 달려왔다. 어미는 곳

비를 꼭 껴안으며 말했다.

—곳비야, 기죽지 말고 풀 죽지 말고, 언제 어디서나 씩씩하게 어엿하게! 알지?

—응, 알아.

주 상궁이 다가와 곳비의 손을 다시 잡았다. 곳비는 어미에게 손을 흔들어 보이며 대궐로 들어섰다.

—어떠냐?

곳비의 손을 잡고 대궐 몇 군데를 둘러본 주 상궁이 물었다.

—굉장합니다. 별천지 달천지입니다.

—그렇지? 그럼 예서 나랑 살아보겠니?

곳비는 잠시 망설이다가 고개를 저었다.

—전 우리 집에서 어머니랑 아우들과 사는 게 제일 좋아요.

주 상궁이 잠시 생각하다가 말했다.

—예서 잠시 기다리고 있거라. 내 아주 맛난 것들을 가져다줄 테니.

하지만 생과방으로 가던 주 상궁은 용을 찾는 대전의 호출을 받고 달려가야만 했다.

주 상궁을 기다리면서 곳비는 주변을 둘러보았다. 저처럼 색 저고리와 치마를 입은 아이들이 어른 여인의 손을 잡고 어디론가 가고 있었다. 내명부 연향에 초대받고 후원으로 가는 이들이었다. 곳비와 신분도, 처지도 다른 아이들이었지만 곳비가 알 리 없었다. 곳비는 그저 어서 저 아이들처럼 다른 곳에도 가고 싶었다.

주 상궁은 오지 않았다. 곳비는 시간이 아까워 홀로 대궐 구경을 나섰다. 오늘 낮 경회루에서 소동이 있기 전까지만 해도 대궐이 좋왔다. 하지만 왕자 용을 만나고 소란을 겪고 난 후부터는 당장 이곳을 나가고 싶었다. 그런데 주 상궁은 천지가 개벽할 소리를 했다.

—넌 궁녀가 되기 위해 입궁한 게야. 이제 대궐이 네 집이란다. 사가의 어미도 동생들도 다 잊거라. 잊어야 사느니라. 잊어야 사는 것이, 아니 잊어야 살아지는 것이 궁녀의 숙명이니라.

곳비는 주 상궁이 무슨 말을 하는지 이해할 수 없었다. 곳비는 주 상궁에게 집에 보내달라며 울음을 놓았다. 주 상궁이 달래고 어르고 야단쳐도 곳비의 울음은 그치지 않았다. 석반도 들지 않았다. 주 상궁은 지친 얼굴로 방을 나갔다. 곳비는 무릎을 세워 모으고 얼굴을 묻었다.

"울지 마. 너 궁궐살이가 얼마나 좋은데……. 만날 맛있는 밥을 먹고, 좋은 옷을 입고, 따뜻한 방에서 잘 수 있다."

어느새 여자아이 하나가 방 안으로 들어와 곳비 앞에 앉아 있었다.

"이거 너 먹어."

여자아이가 곳비에게 엿가락 하나를 내밀었다. 곳비는 울음을 그치고 엿가락을 받아 품 안에 넣었다.

"왜? 석반도 걸렀다면서……. 지금 먹지 않고?"

"집에 가서 아우들 줄 거야."

"집에는 못 가. 예서 사는 거야. 예서 살면 이런 엿가락도 자주는 아니지만 가끔씩 먹을 수 있어. 우리 왕자 아기씨께서는 진짜, 아니 뭐 까다로울 때도 있지만, 대부분 너그러운 분이시거든. 너 귤 먹어 봤니? 상감마마께서 왕자 방에 귤을 세 개 하사하셨는데 우리 아기씨는 한 쪽을 드시고 나머지는 내관과 궁녀들에게 다 나누어 주셨어. 귤 진짜 맛나다. 너도 여기 있으면 맛보게 될 거야."

여자아이는 귤 맛이 떠오르는지 입맛을 쩍쩍 다셨다. 하지만 곳비의 귀에는 아무 말도 들어오지 않았다. 곳비가 원하는 건 지금 당장 이곳을 벗어나는 것뿐이었다.

"네 이름은 곳비지? 한데 왜 먹지도 못하는 거로 이름을 지었대? 난 한가지야. 안 상궁 마마님방에 있는 생각시야. 앞으로 형님이라고 불러."

곳비는 울음을 그치고 가지를 바라보았다. 살이 오른 볼은 솜덩이처럼 토실토실했다. 머리는 곳비의 머리 위에 있었다.

"몇 살인데?"

곳비가 눈을 가늘게 뜨고 물었다.

"아홉 살."

"나도 아홉 살이야."

가지는 믿기지 않는다는 듯이 곳비를 훑어보았다. 곳비는 잘 먹지 못해 또래 아이들보다 발육이 더디었다. 아무리 봐도 일곱 살 정도로밖에 보이지 않았다.

"그래, 아홉 살 곳비. 그럼 동무로 지내자. 한데 성은 없니?"

"그게 뭔데?"

"이름 앞에 붙는 거. 난 성이 한이고, 이름이 가지야."

"없어."

"그럼 왕자 아기씨께서 지어 주실 거야. 우리 아기씨는 모르는 게 없으시거든. 어려운 글자도 금방 쓰시고, 성도 바로 지어 주셔. 나는 한 가지라도 잘하라는 뜻으로 '한'이라고 지어 주셨어. 잠깐만."

가지는 방을 나갔다가 잠시 후에 두루마리를 가지고 나타났다. 가지가 두루마리를 펼치며 종이에 쓰인 글씨를 손가락으로 짚었다.

"봐. 이게 내 이름이야. 한, 가, 지."

"너 글자 잘 쓴다."

곳비는 눈빛을 반짝이며 글자를 내려다보았다.

"왕자 아기씨께서 써주신 거야."

"한, 가, 지."

곳비는 글자를 짚으며 읽었다.

"너도 써주실 거야. 우리 아기씨는 정말, 아니 대부분 좋은 분이시거든."

곳비는 손가락으로 글자를 따라 써보았다. 손끝에 묻어나는 마른 먹 향기가 싫지 않았다.

사흘 후, 곳비는 주 상궁의 손에 이끌려 왕자 아기씨라는 분을 뵈러 갔다. 앞으로 곳비가 모시게 될 윗전이라고 했다.

왕자를 본 곳비는 그에게서 눈을 뗄 수가 없었다. 다시는 내 눈에 띄지 말라고 엄포를 놓던 경회루의 소년이었다. 불구덩이에서 자신을 구해준 소년이기도 했다. 중전마마께 제 처지를 대변해주던 이도 이 소년이었다.

"곳, 비!"

소년이 입꼬리를 올리며 씩 웃었다.

"요 며칠 밤새 운 이가 너구나."

용의 눈빛과 목소리가 전보다는 부드러웠다.

"어서 왕자 아기씨께 예를 올리지 않고."

주 상궁의 말이 떨어지자 곳비는 바닥에 납작 엎드렸다.

"왕자 아기씨, 아기씨께서는 참말로, 아니 대부분 좋은 분이시라고 들었습니다. 저를 집으로 보내주십시오. 전 그저 대궐을 구경하러 왔을 뿐이에요. 다시는 왕자 아기씨 눈에 띄지 않겠습니다. 제발 집에 보내주십시오."

"불가하다."

용의 목소리는 단호했다. 곳비는 고개를 들어 용을 바라보았다.

"왕자 아기씨는 좋은 분이시잖아요."

"어찌한다? 지금은 내가 '대부분' 좋은 분일 때가 아니라서 말이지?"

"아니, 왕자 아기씨는 대부분이 아니라 늘, 정말, 진짜 좋은 분이시라고 들었습니다. 제발 절 집에 보내주세요."

"어허. 시끄럽구나."

용의 표정과 목소리가 어제처럼 낮고 무거워졌다. 경회루에서 먹물을 닦으라고 명했던 소년으로 돌아와 있었다.

"곳비, 너는 이제 궁녀이다. 궁녀는 죽을 날을 받아놓기 전까지는 대궐을 나갈 수 없다. 평생 대궐 귀신으로 살아야 하느니라. 에헴."

곳비는 일어나 섰다. 주먹을 쥐고 용을 내려다보았다. 울음이 터져 나올 것 같았지만 울지 않았다.

'왕자 아기씨는 나쁜 사람이야!'

곳비는 마음속으로 외쳤다.

"곳비야, 어서 고개를 숙이거라."

주 상궁이 곳비를 나무랐다. 곳비는 고개를 숙이는 대신 방을 나가버렸다. 주 상궁이 곳비를 불렀지만 곳비는 돌아오지 않았다.

"송구하옵니다. 아직 배운 바가 없어 법도를 통 모르옵니다."

주 상궁은 눈가에 주름을 드리우고 용에게 머리를 조아렸다.

"법도는 차차 익히면 될 터. 너무 나무라지는 마시게."

용의 목소리가 다시 부드러워졌다. 용은 잠시 생각하다가 붓을 들었다. 한 획 한 획 정성스레 붓을 놀렸다.

"붉을 단이옵니까?"

주 상궁이 글자를 보며 물었다.

"저 아이의 뺨이 도화처럼 붉지 않은가?"

용은 다시 붓을 움직였다. 흰 종이 위에 '丹琵悲'*라고 썼다. 글자를 내려다보았다. 마음에 들지 않았다. 새 종이를 꺼내 다시 붓을 놀렸다.

丹
琵
飛

'슬플 비' 대신에 '날 비'를 썼다. 꽃잎이 날리는 모습이 곳비와 어울린다고 생각했다.

---

* 단곳비, '곳비'의 음역 표기

4

닷새가 지났다. 곳비는 제 처지를 깨달았다. 아무도 저를 집에 데려다주지 않으리라는 사실을 알게 되었다. 모두 저를 가리켜 생각시라고 했다. 또래 아이들과 함께 수업을 받았다. 궁녀의 도리를 배우고 대궐의 법도를 익혔다.

수업이 끝나면 한참 동안 볕 아래 앉아 있었다. 참말 말라버렸는지 더 이상 눈물은 나오지 않았다. 하지만 서러움은 가시지 않았다. 서럽고 슬프고 외로웠다. 밤이 되면 더 했다.

궁에서는 해서는 안 되는 일투성이였고 해야 하는 일투성이였다. 왜 그런지 이유를 물으면 상궁들은 무서운 표정과 목소리로 '도리이고 법도이니라.'라고만 했다. 왜 도리이고 왜 법도인지 물으면 불호령이 떨어졌다. 궁궐에서는 '왜'라는 질문을 해서는 아니 되었다. 도리, 도리, 도리, 법도, 법도, 법도. 궁녀에게는 도리밖에, 궁궐에는 법도밖에 없었다.

가지는 무엇이든지 열심히 배우고 부지런히 익히려고 노력했다. 가지의 꿈은 상궁 마마님이 되는 것이라고 했다.

"상궁이 되면 녹봉을 많이 받아. 그럼 우리 식구들이 더 배불리 먹을 수 있어."

"식구들이 배불리 먹을 수 있다고?"

"응. 상궁이 되면 쌀도, 콩도, 북어도 많이 받는대."

"그래?"

잠시 곳비의 눈이 반짝였다.

"넌 꿈이 뭐야?"

"꿈? 난 그런 거 없는데……. 그냥 우리 어머니랑 아우들이랑 배 안 곯고 함께 살고 싶어. 일단 내가 궁에 있으면 우리 식구들이 배를 안 곯는다고 해서 남긴 했는데, 내 꿈은 우리 식구들과 '같이' 사는 거야."

"그건 꿈이 아니잖아. 식구들이랑 배 안 곯고 함께 살고 싶은 건 이 궁에 있는 모든 궁녀의 소원일걸? 그런 거 말고 뭐가 되고 싶다, 어떤 사람이 되고 싶다, 어떤 모습으로 살고 싶다, 어떻게 살고 싶다, 이런 거 있잖아. 꿈은 그런 거야."

"가지야, 너 오늘 좀 똑똑해 보인다."

가지가 어깨를 들썩거리며 미소를 지었다. 용에게서 배웠다는 말은 하지 않았다.

"한, 가, 지."

용의 목소리였다. 곳비가 손을 멈추었다. 곳비는 나뭇가지로 마당에 '한 가 지' 석 자를 반복해서 쓰고 있었다. 용이 곳비를 향해 몸을 낮추었다.

"제법 잘 썼구나. 다른 것도 써보아라."

"아는 글자가 이것밖에 없습니다."

곳비가 고개를 숙인 채 입술을 앙다물었다. 그 법도라는 것이 윗전을 정면으로 응시하면 아니 된다고 하였다.

"그럼 다시 써보아라."

곳비는 나뭇가지를 들고 다시 '한 가 지'를 썼다. 용은 글씨를 보더니 따르라고 명했다. 곳비는 용을 따라 방 안으로 들어섰다. 용이 좌정했다. 곳비는 선 채로 머뭇거렸다.

"앉지 않고."

곳비는 방문 가까이에 자리를 잡았다.

"가까이 오너라."

곳비가 앞으로 자리를 옮겼다.

"더 가까이!"

곳비가 서안 앞으로 바투 당겨 앉았다. 용은 곳비에게 책 한 권을 내밀었다. 곳비는 여전히 고개를 숙인 채 책을 보지 않았다. 용이 책을 내려놓았다.

"며칠 만에 다른 사람이 되었구나. 고개를 들거라."

"법도가 아니옵니다."

"망할 할망구들! 네게 법도를 읊은 할망구들보다는 내가 더 윗전이니 내 말을 따르거라. 곳비는 고개를 들라."

곳비는 고개를 들었으나 용을 보지는 않았다. 용은 일전에 제 눈을 똑바로 응시하던 곳비를 떠올리며 한숨을 내뱉었다.

"이렇게 하자. 앞으로 우리 둘이서 이야기를 나눌 때는 가까이에 앉아서 서로 얼굴을 바라보고 대화를 해야 한다. 이는 내가 네게 주는 법도이니라."

"그래도 됩니까?"

곳비는 의심스러운 눈빛으로 용을 보았다.

"내가 높으냐, 상궁들이 높으냐?"

"왕자 아기씨께서 높지요."

"그럼, 내가 네 주인이냐, 상궁들이 네 주인이냐?"

"아기씨께서 제 주인이시겠지요."

"그럼 누구의 법도가 더 우선하느냐?"

"왕자 아기씨의 법도가 우선입니다."

"하니 넌 내 가까이에 앉아서 나를 바라보고 이야기를 해도 되느니라. 지금처럼."

용은 곳비에게 다가가 시선을 맞추었다. 곳비는 고개를 숙였다가 다시 들었다. 용의 얼굴을 바라보았다. 눈매가 시원하고 콧날이 반듯하였다.

"그리 빤히 보지 않아도 내가 잘생긴 건 알고 있다."

"예."

곳비는 반사적으로 대답했다가 고개를 저었다.

"아니요."

용은 웃으며 다시 책을 내밀었다. 곳비는 책을 받아 펼쳐보았다. 곳비의 얼굴이 환해졌다.

"글자 책입니까?"

"그래."

"세상에 글자가 이렇게나 많은지 몰랐습니다."

"이보다 더 많으니라. 우선 이것부터 익히자."

용은 붓을 들어 종이에 글자를 썼다.

"'하늘 천' 자다. 너도 한번 써보아라."

곳비는 난생처음 붓을 잡고 먹을 찍어 흰 종이에 글자를 썼다. 제가 쓴 글자가 마음에 들었다. 자랑스러운 미소를 짓고 용을 바라보왔으나 용의 미간에는 주름이 잡혀 있었다.

"제법 흉내는 내었는데 순서가 엉망이구나. 그렇게 쓰면 글자가 아니라 그림이지. 오늘부터 내가 네 글 선생이 될 터이니 잘 배우고 부지런히 익히도록 하여라. 글자를 잘 쓰게 되면 내 궁을 나가게 해 주마."

"참말입니까?"

"군자는 허언(虛言)을 하지 않으니 참말이다."

"감사합니다, 아기씨. 감사합니다, 왕자 아기씨."

곳비는 일어나 용에게 절을 했다. 요 며칠간 배운 대로 했으나 모 양새는 영 엉성하였다.

"절하는 법도 더 연습해야겠다."

"예, 왕자 아기씨. 글자도 절도 열심히 연습하겠습니다."

곳비는 용이 알려주는 순서대로 한 획 한 획 정성을 들여 그었다. 그러다가 붓을 멈추고 고개를 들었다.

"한데 궁금한 점이 있사옵니다."

"무엇이냐?"

"하, 늘, 두 글자인데 왜 한 글자만 씁니까? 그리고 분명히 '하늘' 인데 왜 '천'이라고 읽습니까? 천은 무명, 삼베, 모시, 비단 할 때 천 아닙니까?"

용은 웃었다. 여태껏 이런 질문을 한 이는 없었다. 제법 똘똘한 아 이였다. 용은 곳비가 마음에 들었다.

"원래 글자에는 훈과 음이 있는데, 이건 훈을 살려 쓴 것이다."

"그냥 소리 나는 대로 하, 늘 하고 쓰면 안 됩니까?"

"소리 나는 대로 똑같이는 아니지만, 음을 살려서도 쓸 수는 있다. 그건 아직 네가 쓰기에는 어렵구나."

"하늘 천 자는 이렇게 쉬운데 하, 늘, 두 글자는 어렵다고요? 같은 글자인데 왜 그렇지요?"

"그건……."

용의 말문이 막혔다. 부왕께 하문해보아야겠다고 생각했다.

"네 좀 더 장성하여 자연과 사물의 이치를 깨치게 되면 가르침을 주겠느니라."

"왕자 아기씨도 모르시는 거 아닙니까?"

"어허. 궁 밖으로 나가고 싶지 않은 게냐? 어서 가서 열심히 연습하거라."

"예."

용의 방에서 나온 곳비는 바닥에 '하늘 천' 자 한 획씩을 쓰면서 생각했다. 왕자 아기씨는 나쁜 사람은 아닌 것 같았다. 아니, 확실히 좋을 때가 더 많은 사람인 것 같았다.

5

곳비는 살금살금 정자 위로 올라갔다. 정자 위에는 제 또래 여자 아이가 잠들어 있었다. 상침 송 씨의 소생, 옹주 이랑이었다. 옹주는 곳비보다 두 살 아래이기는 하나 덩치는 곳비와 비슷했다. 옹주의 손에는 붓이 쥐어져 있었다. 머리맡에 널브러진 종이들에는 형체를 알 수 없는 그림이 그려져 있었다.

'아까워라. 이 귀한 종이에 낙서를 하다니⋯⋯.'

지난 며칠간 곳비는 틈이 날 때마다 글자를 익혔다. 처음에는 글자를 잘 쓰게 되면 대궐을 나갈 수 있다는 용의 말을 듣고 글자를 연습했지만 하다 보니 재미가 생겼다. 더 많이 익히고 더 잘 쓰고 싶어졌다.

곳비는 옹주의 손에서 붓을 조심스럽게 뺐다. 종이에 글자를 써나가기 시작했다. 옹주가 그려놓은 낙서를 피해 종이의 여백을 다 채웠다.

곳비가 종이 두 장을 썼을 때 옹주가 잠에서 깨어났다. 옹주는 몸을 일으켜 붓을 들고 있는 곳비의 손과 곳비가 써놓은 빼곡한 글씨를 번갈아 보았다.

"네 감히⋯⋯."

옹주가 분을 못 참고 곳비의 뺨을 갈겼다. 곳비가 손에 들고 있던 붓이 튕겨 나가면서 옹주의 치마에 먹물이 튀었다. 옹주가 제 치마를 보고 얼굴을 찡그리고 다시금 곳비의 뺨을 갈겼다. 곳비의 붉은 뺨이 더 붉어졌다. 곳비는 제 뺨을 쓰다듬으면서 옹주를 노려보았다.

"천한 것이 누굴 감히 노려보느냐?"

"귀한 종이에 낙서나 해대는 주제에⋯⋯."

"뭐라? 네 감히, 내가 누군 줄 아느냐?"

"네가 누군 줄은 모르나 한 글자도 제대로 못 쓰는 걸 보니 바보라는 건 알겠다."

옹주는 씩씩대며 다시 곳비의 뺨을 갈겼다. 동시에 곳비도 오른손을 들어 옹주의 뺨을 갈겼다. 왼손을 마저 들어 다른 쪽 뺨도 갈겼다. '으앙…….' 하며 옹주가 울음을 터뜨렸다. 옹주는 주변을 돌아보며 더 크게 울었다. 상궁이며 나인들이 모여들기 시작했다. 한 나인이 옹주를 안았다. 옹주는 손가락으로 곳비를 가리켰다.

"저 천한 것이 내 뺨을 때렸다. 저 천것이 감히 옹주의 몸에 손을 댔다. 저 천것을 살려두면 내 부왕의 자식이 아니니라."

옹주, 부왕이라니. 곳비는 그제야 제가 큰 잘못을 저질렀다고 생각했다. 두려워졌다. 주위를 둘러보았으나 제 편은 아무도 없었다. 상궁이 곳비의 목덜미를 거칠게 낚아챘다.

"저 아기씨가 먼저 절 때렸어요."

곳비는 항변했지만 아무도 곳비의 말을 들어주지 않았다.

"참말이에요. 제가 잘못했지만 저 아기씨가 절 먼저 때렸어요."

"닥치거라."

상궁이 곳비의 뺨을 때렸다. 곳비의 눈에서 굵은 눈물이 한 방울 떨어졌다. 상궁은 다시 곳비의 목덜미를 낚아챘다. 곳비는 온몸을 버둥거리며 상궁의 손아귀에서 벗어나려고 했다. 그럴수록 상궁은 곳비를 더 세게 움켜잡았다. 곳비의 작은 몸이 맥없이 무너졌다. 상궁이 다시 움직였다. 곳비는 낯선 상궁의 손아귀에 잡혀 어딘지 모를 곳으로 끌려갔다.

찰싹, 맨살을 찢는 듯한 소리와 함께 곳비의 다리에 붉은 줄이 그어졌다. 곳비의 눈에 눈물이 질금 차올랐다.

"감히 왕녀의 물건에 손을 대는 것도 모자라서 왕녀의 몸에까지 손을 대다니 네가 죽고 싶은 게로구나."

옹주의 생모인 상침(조선 시대에 내명부에 속한 정육품(세종 때는 정오품) 궁관) 송 씨가 소리를 질렀다. 다시금 회초리를 들고 곳비의 다리에 매질을 했다. 곳비의 눈에서는 눈물이, 코에서는 콧물이 흘러내렸다. 붉은 얼굴이 물기로 범벅이 되었다.

"그만하십시오."

낮고 무거운 목소리가 날아들었다. 오늘은 차갑기까지 했다. 용이 방 안으로 들어섰다. 송 씨가 얼른 일어나 용을 맞았다.

"왕자 아기씨, 어쩐 일이십니까?"

문밖에는 주 상궁의 모습이 보였다. 곳비는 용과 주 상궁을 보자 울음이 터져 나왔다. 용은 곳비에게 시선을 옮겼다가 상침 송 씨를 보았다.

"이 아이, 왕자방의 생각시입니다."

"이 아이가 감히 옹주의 얼굴에 손을 대었기에 제가 가르침을 주고 있었습니다."

"옹주 아기씨가 절 먼저 때렸어요."

곳비는 눈물과 콧물로 얼룩진 얼굴을 들어 용을 바라보았다. 용은 오늘도 제 편이었다.

"어허. 네년이 아직도 정신을 못 차리는구나. 어느 안전이라고 입을 가벼이 놀리는 게야?"

송 씨가 곳비를 꾸짖었다.

"주 상궁!"

용은 문밖을 향해 고개를 살짝 돌렸다.

"이 아이를 데리고 당장 나가시게."

용의 눈빛과 목소리가 그 어느 때보다 지엄했다. 느물대던 소년의 모습은 없었다. 송 씨는 아무 말도 못 하고 주 상궁이 곳비를 데리고 나가는 모습을 바라만 보았다.

"저 아이에게 허물이 있으면 먼저 왕자 방에 고해야 하는 것을, 어찌 상침께서는 궁궐의 법도를 무시하십니까? 저 아이를 매질하는 것은 그 주인인 저를 매질하는 것과 같습니다."

궁중에서는 후궁이라도 왕자에게 함부로 해서는 아니 되었다. 자신이 직접 낳은 아들에게도 마찬가지였다. 더구나 상침 송 씨는 승은을 입었으나 아직 후궁의 첩지를 받지 못했다. 송 씨는 고개를 숙이며 용에게 사과했다.

"저 아이는 왕자전으로 데려가서 잘 가르치겠습니다."

용이 고개를 숙이고 방을 나갔다.

뜰에서는 주 상궁이 곳비의 다리를 살펴보고 있었다. 용은 곳비에게 시선을 옮겼다. 나뭇가지처럼 앙상한 곳비의 다리가 파르족족하게 멍들어가고 있었다. 곳비의 얼굴은 평소보다 더 붉었다. 용은 주 상궁과 곳비를 앞세웠다. 곳비는 작은 몸집을 이끌고 절뚝절뚝 걷고 있었다. 오늘따라 곳비가 더 작아 보였다.

"꼴 한번 사납구나."

용이 혀를 찼다. 곳비는 용을 힐끔거렸다. 용은 여전히 화가 나 있는 듯하였다.

용이 양 내관을 불렀다.

"저 아이를 업거라. 도저히 못 봐주겠구나."

양 내관은 곳비를 업고 걸음을 옮겼다. 용은 곳비를 보며 생각했다. '궁궐에서의 삶이 네게도, 내게도 녹록지 않구나.'

용은 성큼성큼 걸음을 옮겨 앞장섰다. 곳비의 처량한 모습은 더 이상 보고 싶지 않았다.

용은 요사이 고민에 잠기는 일이 많았다. 밤이 깊어지면서 용의 고민도 깊어졌다. 처소의 등불은 꺼질 줄 몰랐다. 그때 문밖에서 들리는 곳비의 목소리에 용의 고민이 잠시 꺼졌다.

곳비가 방으로 들어와 절을 하고 문가에 앉았다. 고개를 푹 숙였다. 용은 곳비를 가까이 부른 다음 두루마리를 펼쳤다. 오늘 낮에 곳비가 옹주의 종이 위에 쓴 글씨였다.

"글씨를 아주 잘 썼더구나. 앞으로 붓과 종이가 필요면 남의 것을 쓰지 말고 내게 오너라."

"소녀에게 화나지 않으셨습니까?"

"화나지 않았다. 하나 앞으로 네가 다른 이를 때린다면 화가 날 듯하구나. 억울하거나 화가 나는 일이 있더라도 결코 사람을 때려서는 아니 된다."

"소녀는 천한 궁녀이고, 아기씨는 귀하신 왕녀이기 때문입니까?"

곳비는 눈길을 모아 용을 바라보았다. 곳비의 눈이 오늘따라 더욱 반짝였다. 용은 그 눈을 보면서 대답했다.

"아니다. 신분이 귀하든 천하든 사람이 사람을 때리는 것은 옳지 않기 때문이다. 그리고 넌 천한 사람이 아니다. 왕자 이용의 방에 있는 자 중에는 그 어느 하나 귀하지 않은 이가 없느니라. 알겠느냐?"

"그럼 너무너무 억울해서 화가 나고 너무너무 화가 나서 속이 터져 죽을 것 같을 때는 어떻게 합니까?"

"내게 고하거라."

곳비는 용을 쳐다보았다.

"내게 이르란 말이다. 내가 대신 혼쭐을 내줄 터이니."

용은 소리 없이 웃었다. 빙긋. 그 웃음에 곳비의 마음이 봄바람을 만난 듯 누그러졌다.

"왕자 아기씨, 가지에게 내리신 것처럼 저에게도 성을 내려주십시오."

용은 붓을 들어 글자를 썼다. 곳비가 글자를 읽고 물었다.

"왜 '붉을 단'입니까?"

"네 울그락하고 화를 잘 내어 얼굴이 늘 붉으락하지 않느냐?"

용은 곳비의 붉은 뺨을 가리켰다. 사실 곳비는 화를 내지 않아도 늘 얼굴이 붉었다.

"아닙니다."

"뭐가 아니냐? 지금도 화로처럼 얼굴이 시뻘게졌구나."

곳비는 두 손으로 뺨을 감쌌다.

"한데 네 이름은 어찌 곳비냐?"

"어머니가 꽃비 꿈을 꾸고 절 낳았다고 했어요."

"그럼 미나리 꿈을 꾸면 미나리냐?"

"어떻게 아셨어요? 제 여동생 이름은 미나리예요. 어머니가 미나리밭에서 넘어지는 꿈을 꿨거든요. 막내 여동생은 잘 익은 홍시 먹는 꿈을 꿔서 홍시예요."

용은 소리를 내어 웃었다.

"네 식구들 이름은 다 그런 식이냐?"

"아니요."

곳비는 고개를 저었다. 불만을 담은 듯, 볼이 **빵빵**하게 부풀어 올랐다.

"아버지는 굵게 살라고 해서 굴개, 어머니는 맏이라서 갑이, 남동생은 길게 살라고 해서 길개예요."

용은 다시 웃으려다 말고 가만히 곳비를 바라보았다. 곳비의 얼굴이 흐린 하늘처럼 어두워졌다. 식구들 생각이 나는 게로구나. 용은 짐작했다. 얼른 말을 돌렸다.

"참, 미나리는 내가 아주 좋아하는 풀이다. 나는 배추김치보다는 미나리김치를 더 좋아한다. 내 상에는 미나리김치가 올라와야 하느니라."

"저는 배추김치가 훨씬 좋은데……. 귀해서 아직 먹어본 적은 없지만요."

"배추는 향이 없느니라. 빛깔도 평범하다. 미나리는 향이 좋고 빛깔이 예쁘지. 예쁘지 못한 것은 나와 어울리지 않는다. 아름답지 않은 것도, 우아하지 않은 것도, 품위 없는 것도, 고상하지 않은 것도, 맛없는 것도. 고급스럽지 않은 것도, 평범한 것도."

용은 곳비를 찬찬히 보았다. 붉은 얼굴, 잘고 조밀한 눈, 코, 입. 예쁜 얼굴은 아니었다. 게다가 또래보다 작은 몸집은 곳비의 외모를 평범하다 못해 초라하게 만들었다.

"그러고 보니 배추는 너랑 어울리는구나. 예쁘진 않지만 그래도 평범하지는 않구나."

'뭐래? 내가 못생겼다는 말인가, 평범하지 않아서 좋다는 말인가.'

곳비는 용의 말뜻을 짐작하고자 고개를 갸웃거렸다.

용은 다시 붓을 들었다. 곳비의 이름을 쓰려다가 미소를 지었다. 그리고 '고삐'라고 썼다.

"자, 되었다. 이것이 네 성과 이름 석 자, '단곳비'이니라."

丹韁繩*

곳비가 글자를 들여다보았다.

"단곳비. 이름이 너무나 어렵습니다."

"그렇지? 하니 저 글자도 막힘없이 읽고 쓸 수 있을 때까지 열심히 공부하거라."

"예."

"어허. 목소리에 어찌하여 생기가 없느냐?"

"예."

곳비가 큰소리로 대답했다. 곳비가 절을 하고 방을 나갔다. 용은 시원치 않은 곳비의 걸음걸이를 보면서 한숨을 쉬었다.

곳비는 제 이름자 '단곳비'가 아니라 '단고삐' 석 자가 적힌 종이를 보물처럼 품고 처소로 돌아왔다. 달빛이 처소 앞뜰을 환히 비춰

---

* 고삐의 훈차 (고삐 강, 노끈 승)

주고 있었다. 곳비는 바닥에 앉아 종이를 펼쳐놓았다. 용은 붓과 종이가 필요하면 오라고 했지만 곳비는 귀한 종이를 글씨 연습하는 데 쓸 수 없다고 생각했다. 곳비는 바닥에 '단고삐' 석 자를 썼다. 이름을 쓰면서 이제 화를 조금만 내는 사람이 되어야겠다고 결심했다. 옹주에게도 사과해야겠다고 생각했다.

곳비는 방으로 들어가 용이 보내준 경단을 가지고 나왔다. 곳비는 경단 함지를 양손으로 들고 상침 송 씨의 처소로 향했다. 옹주는 송 씨와 함께 툇마루에 앉아 이야기를 나누고 있었다. 달빛에 옹주의 얼굴도 송 씨의 얼굴도 환했다.

"옹주 아가, 이 어미에게 가장 귀한 사람은 주상 전하도 아니요, 중전마마도 아니요, 바로 옹주 아가입니다. 옹주 아가에게 불미스러운 일이 생기면 이 어미는 살 수가 없습니다. 하니 늘 왕녀답게 기품 있게 처신해야 합니다. 그래야 아바마마께 인정을 받고, 좋은 가문에 시집을 가지요."

"예, 어머니. 제가 좋은 가문에 시집을 가서 꼭 어머니를 호강시켜 드릴게요."

송 씨는 옹주의 얼굴을 쓰다듬었다. 옹주는 웃으며 송 씨의 품에 안겼다.

곳비는 대문간에서 이 모습을 바라보았다. 한참을 서 있다가 말없이 뒤돌아섰다. 곳비의 눈에서 눈물이 흘러내렸다.

처소로 돌아온 곳비는 마당에 철퍼덕 주저앉았다. 상궁 마마님이 본다면 분명 지청구를 듣겠지만 지금은 거기까지 생각하고 싶지 않았다. 곳비는 옹주에게 주려고 가져간 경단을 입에 넣었다. 한꺼번에

욱여넣고 우적우적 씹었다.

나뭇가지를 들고 글자를 그렸다. '단고삐', '단고삐' 제 이름 석 자를 백 번쯤 쓰고는 나뭇가지를 휙 던져버렸다. 나뭇가지가 멀리 날아갔다.

'글자를 잘 쓰게 되면 내 궁을 나가게 해주마.'

용의 말이 떠올랐지만 그때까지 기다릴 수 없었다. 곳비는 어미가 너무 그리웠다. 어미의 목소리가, 어미의 미소가, 어미의 품이 너무 간절했다. 곳비는 벌떡 일어나 제 이름이 적힌 종이를 품에 안고 처소를 나갔다.

곳비는 후원으로 왔다. 궁궐은 한 해 내내 공사 중이기 때문에 후원에는 돌이 많았다. 곳비는 평평한 돌을 주워 북동쪽 돌담으로 가져다 놓았다. 다시 후원으로 돌아가 돌을 골라서 돌담으로 돌아왔다. 돌담 아래에는 돌들이 차곡차곡 쌓여갔다. 한 단, 두 단, 석 단, 넉 단을 쌓아 디딤돌을 만들었다. 제일 높은 단 위에 올라서면 담을 넘을 수 있을 것 같았다.

돌을 다 쌓고 보니 벌써 새벽 어스름이 깔리고 있었다. 곳비는 길게 숨을 내쉬었다. 호흡을 가다듬었다. 이제 담을 넘어 궁에서 탈출하리라. 곳비는 손바닥을 털고 디딤돌로 올라섰다. 돌담을 짚고 다리를 올리려던 참이었다.

"멈춰라."

엄중한 목소리가 곳비의 귀에 꽂혔다. 곳비의 옆구리로 날카로운 칼끝이 들어왔다. 곳비는 몸이 굳었다.

'설마 그 무시무시하다는 내금위 병사?'

곳비는 숨을 죽인 채 천천히 고개를 돌렸다. 왕자 이용이 빙긋 웃고 있었다.

6

곳비는 시선을 제 옆구리로 떨구었다. 용은 곳비의 옆구리에 칼이 아니라 부채를 겨누고 있었다. 용은 부채를 활짝 펴면서 웃었다. 하지만 곳비는 두려워졌다. 작은 몸이 더 움츠러들었다. 몰래 궁을 빠져나가려다 잡혔으니 물볼기를 열 대, 아니 수십 대는 맞으리라. 전속력으로 도망을 갈까, 죽을죄를 지었다 한 번만 살려달라고 빌어볼까, 아니면 길을 잘못 들어섰다 핑계를 댈까. 오만 가지 생각들이 머릿속을 굴러가고 있는데 용은 말이 없었다.

용은 궁에 울려 퍼지는 파루(조선 시대에, 서울에서 통행금지를 해제하기 위하여 종각의 종을 서른세 번 치던 일) 북소리를 듣고 있었다. 서른세 번 북이 울리고 나서 용은 입을 열었다.

"군자가 어찌 월담을 하리. 따르거라."

용은 앞장섰다. 일단 곳비를 나무랄 생각은 없는 듯 보였다. 곳비는 안도하며 용을 따랐다. 두 사람은 경복궁 동편 대문인 건춘문 앞에 이르렀다. 건춘문에서는 밤새 궐문을 지키던 수문장이 교대하고 있었다. 용은 문으로 나아가다가 걸음을 멈추고 곳비를 보았다.

"따르거라."

용은 온 방향으로 발길을 돌려 곳비가 돌을 쌓아두었던 담까지 돌아왔다.

"내가 먼저 넘을 터이니 너는 망을 보거라."

"예, 아니 왜요?"

"어허. 윗전의 말씀에 뭘 그리 따지는 게야?"

용이 또 목소리를 깔았다. 눈빛과 표정도 근엄해졌다. 경회루의 까칠한 소년으로 다시 돌아와 있었다.

"궁금한 점이 있으면 언제든지 하문하라고 하셨잖아요……."

"그랬지. 곳비야, 담장 밖에는 디딤돌이 없지 않으냐? 바닥을 향해 뛰어내려야 하는데 그러다 내가 다치기라도 하면 어찌하느냐?"

"그 정도는 괜찮습니다."

"아니다. 네가 다치면 내가 괜찮지 않다."

"예?"

"네 몸에 생채기가 나면 내 마음에 생채기가 나는 것이요, 네 다리라도 부러지면 내 마음이 조각나는 것이다."

'뭔 소리야? 내가 다칠까 걱정된다는 말인가?'

"하니 내가 먼저 넘은 다음에 너를 받아줘야 하지 않겠느냐?"

"아, 예. 감사합니다."

왕자 용은 중궁전과 상침 송 씨 앞에서 제 편을 들어주던 소년으로 돌아와 있었다. 곳비는 용이 왜 담을 넘으면서까지 제 편이 되어주는지 이해할 수 없었지만 우선 용의 말을 듣기로 했다. 분명한 사실은 용이 저를 발고할 생각도, 제게 벌줄 생각도 없다는 점이었다.

용은 곳비가 애써 쌓아 올린 디딤돌을 발판 삼아 가볍게 담을 넘었다. 곳비도 디딤돌을 밟고 담장에 올라섰다.

"왕자 아기씨, 소녀 뛰어내리겠사옵니다."

담장 위에 올라와 보니 담은 생각했던 것보다 높았다. 곳비는 자신을 받아주려는 용이 새삼 고마웠다.

"왕자 아기씨, 이 은혜 잊지 않겠사옵니다. 갑니다."

곳비는 용을 향해 뛰어내렸다.

"앗!"

어설프게 바닥을 찧는 소리와 여자아이의 비명이 터져 나왔다. 곳비는 바닥으로 고꾸라져 머리를 처박았다. 용은 팔짱을 끼고 곳비를 내려다보았다.

"해냈구나, 곳비. 내 굳이 받아주지 않아도 너는 능히 잘할 수 있으리라 믿었다."

곳비는 용을 향해 눈을 치켜떴다. 용은 아무런 책임이 없다는 듯이 말간 눈으로 곳비를 내려다보았다.

"어서 일어나거라. 바닥이 차다."

곳비는 아픔과 분함보다 궁을 무사히 탈출했다는 기쁨이 더 컸다. 어쨌든 용에게 고마운 마음이 들었다. 곳비는 용에게 큰절을 올렸다.

"왕자 아기씨의 은혜는 소녀, 음. 각골, 아니 뼛속까지 깊이 새기겠사옵니다. 언제까지나 강녕하소서."

용은 고개를 끄덕였다. 곳비는 일어나 발걸음을 옮겼다.

"곳비야."

"예?"

곳비가 걸음을 멈추었다.

"어딜 가느냐?"

용이 곳비의 앞을 가로막았다.

"……."

"들거라."

용이 가리킨 곳에는 봇짐이 놓여 있었다. 그러고 보니 담장 밑에서 만났을 때부터 매고 있던 것이었다.

"주시는 겁니까?"

"그럴 리가. 어서 들거라."

"제가요?"

"그럼 내가 들고 가야겠느냐?"

'그럼 그렇지. 나를 곱게 보내주는 건 아니었어.'

곳비는 한숨을 내쉬고 봇짐을 들었다.

"앞장서거라."

"어디로 가시는데요?"

"네 집으로 가는 길이 아니냐?"

"예? 저희 집이요?"

"그러려고 신새벽에 아무도 모르게 돌을 쌓아 담을 넘으려 하지 않았느냐?"

"다 알고 계셨습니까?"

"어서 가자. 조반은 네 집에서 먹어야겠구나."

아기씨께서 조반으로 드실 만한 건 없을 텐데……. 곳비의 얼굴에 잠시 근심이 어렸다.

용은 갈피를 잡을 수 없는 사람이지만 어쨌든 나쁜 사람은 아니다. 미심쩍은 면이 없는 건 아니지만. 곳비는 나를 데려다주시는 건가 봐, 라고 생각하며 앞장을 섰다.

곳비는 사립문을 밀고 들어가면서 큰 소리로 식구들을 불러댔다. 그러나 집 안에서는 아무런 답이 없었다. 곳비는 들마루에 봇짐을 내려놓고 쪽마루로 뛰어 올라가 방문을 열었다. 방 안에는 아무도 없었다. 식구들뿐만 아니라 가재도구들도 보이지 않았다. 텅 빈 것은 부엌도 마찬가지였다.

곳비가 불안한 눈빛으로 식구들을 찾고 있을 때 담 너머에서 반가운 목소리가 들렸다. 곳비와 동년배인 돔이의 어미였다. 돔이 어미가 담을 돌아 곳비의 집으로 들어왔다. 그녀는 곳비를 가까이에서 보자 눈물부터 흘렸다.

곳비의 아비는 오래 앓아누워 있었다. 그 아비 병구완을 하느라 곳비 어미는 고리채까지 손을 댔고, 원금은 물론 그 이자조차 감당할 수 없었다. 곳비 아비가 죽고 곳비 어미는 밤낮으로 일을 해서 빚을 갚았지만 빚은 더 늘어나기만 했다. 결국 곳비는 대궐로 보내고 어미는 동생들을 데리고 야반도주를 했다고 했다.

"너도 어서 도망가거라. 그것들 눈에 띄면 무슨 봉변을 당할지 모르겠구나. 그것들은 사람까지 팔아먹는 악질이란다."

돔이 어미와 헤어진 후 곳비의 얼굴은 더 붉어졌다. 눈도 코도 입술도 귀도 붉어졌다. 붉은 눈에서 뜨거운 눈물이 흘러나왔고 붉은 입에서 깊은 탄식이 터져 나왔다.

용은 곳비를 따라서 말없이 걸었다.

"참말입니까?"

마을 초입에서 문득 곳비가 걸음을 멈추고 물었다. '무엇이?' 하는 눈으로 용이 곳비를 내려다보았다.

"궁녀는 죽을 날을 받아놓기 전까지는 대궐에서 나갈 수 없습니까?"

"그러하기는 하다만 네 글공부를 부지런히 하면 내가 궁궐 밖으로 데려간다고 하지 않았느냐?"

"아주 나가는 것입니까?"

"그래."

"그럼 저 대궐 귀신이 되지 않아도 됩니까?"

"물론."

"약조하십시오."

"그래. 내 약조한다."

"진짜이지요? 이번엔 거짓부렁이 아니지요?"

용은 몸을 낮추어 곳비와 눈높이를 맞추었다. 곳비는 놀라서 뒷걸음질 쳤다. 용은 미소를 지으며 곳비의 등을 잡고 제 앞으로 살며시 당겼다.

"약조한다. 이용, 내 이름 두 자와 조선국의 왕자라는 내 명예를 걸고 약조한다. 날 믿거라."

곳비는 용의 눈을 바라보았다. 그의 눈동자에 제 모습이 담겨 있었다. 곳비는 제 모습을 들여다보며 다짐했다. 왕자만큼, 아니 왕자보다 더 자라면 대궐을 나가서 반드시 제 식구들을 찾겠다고.

"소녀, 왕자 아기씨의 약조를 믿고 환궁하겠습니다. 앞장서십시오."

"궁으로는 돌아가지 않는다."

"그럼 어디로 가십니까?"

용은 곳비를 데리고 효령 대군의 궁방으로 갔다. 효령 대군은 출가한 용의 숙부였다. 용 역시 출가를 고민하고 있었다. 결정을 마무리하기 전에 효령 대군을 만나보고 싶었다. 하지만 효령 대군의 궁방에는 주인이 없었다. 서교 별서인 희우정에 있다는 소식만 들었다. 희우정으로 가려면 또 한나절은 가야 했다. 이를 어찌 한다? 용이 생각에 골몰하고 있을 때 꼬르륵, 곳비의 배 속에서 시장기가 요동치고 있었다. 조반 때가 훨씬 지나고, 대궐에 있었다면 낮것상을 들일 시간이었다.

곳비는 제 배를 쓰다듬었다. 예전에는 굶기를 밥 먹듯이 하였지만 입궁한 이후로는 조반과 석반은 물론, 용이 남긴 낮것상과 때때로 용이 주는 간식까지 먹는 데 길이 든 터라 허기를 참기가 어려웠다. 용은 주변을 둘러보았다. 어디서 요기를 해야 할지 감을 잡을 수 없었다.

곳비는 저자 주막으로 용을 안내했다. 주막은 뜨뜻한 기운과 시끌벅적한 소음과 고소한 기름 냄새로 부산했다. 냄새를 맡으니 용과 곳비는 더 허기가 졌다. 하지만 용은 선뜻 들어가지 못했다. 너저분하고 정갈하지 못한 형태를 보니 들어갈 엄두가 나지 않았다.

"여긴 술을 파는 곳이 아니냐? 다른 곳을 찾아보거라."

용이 주막 앞에 걸린 '주(酒)'자를 가리키며 핑계를 대었다.

꼬르륵, 용의 배 속도 울기는 마찬가지였다.

"한양에서 밥을 사 먹을 수 있는 곳은 여기밖에 없습니다. 아니면 구걸을 해야 합니다. 한데 돈은 있으시지요?"

"그럼."

용은 묵직한 염낭을 꺼내어 보란 듯이 곳비에게 보여주었다.

"들어가시지요."

"이곳은 싫다."

"그럼 어찌합니까?"

"요기할 곳을 찾으십니까?"

한 사내가 다가왔다. 눈매가 매섭고 덩치가 큰 사내였다. 사내는 도련님을 모실 곳으로 안내하겠다며 어울리지 않는 넉살을 떨었다.

"그럼 길잡이를 해보거라."

사내는 허리를 숙여 절을 하고서는 걸음을 옮겼다. 용은 사내를 쫓아 걸음을 뗐다. 곳비는 사내를 따라가는 용을 바라보았다. 얼굴을 찌푸리더니 입술을 앞으로 비죽 내밀었다.

"아이고, 배야!"

곳비가 소리치며 땅바닥에 주저앉았다. 용은 뒤를 돌아보았다.

"아이고, 배야! 아기씨, 소녀 배가 아파 더는 못가겠습니다."

곳비는 바닥을 구르며 소리쳤다. 용은 곳비에게 다가왔다. 곳비는 죽겠다며 울상을 지었다.

"아이고, 아이고."

"그만하거라. 다 티가 난다."

"그렇습니까?"

곳비는 표정을 가다듬고 일어났다.

"전 꼭 여기, 이곳에서 요기를 해야겠습니다. 여기서 한 발자국도 움직이지 않겠습니다."

"네 어찌 윗전의 명을 거역하느냐?"

"벌하셔도 이번만은 소녀도 어쩔 수 없습니다. 선택하십시오. 저 사내입니까, 소녀입니까?"

용은 고개를 저었다. 대답도 하지 않고 옷자락을 펄럭이며 사내에게 갔다. 곳비는 고개를 떨구었다. 용이 저를 버리고 사내를 선택한 사실에 시무룩해졌다.

"그 고개 좀 숙이지 말거라."

곳비는 고개를 들었다. 용이 돌아왔다. 사내를 보내고 혼자였다. 곳비의 얼굴이 단숨에 환해졌다. 배시시 웃으며 물었다.

"돌아오셨습니까?"

"간 적도 없으니 돌아올 것도 없다."

용은 무표정하게 주막 안으로 들어서서 자리를 잡았다. 곳비는 맞은편에 앉아 주문을 했다.

"꾀병을 핑계 삼아 나를 붙잡았으니 얼마나 맛있는지 두고 보자."

"소녀가 오늘 왕자 아기씨를 구해드렸사옵니다."

"그게 무슨 말이냐?"

"아까 그자, 왈짜패나 무뢰배입니다. 왕자 아기씨를 꼬여내서 주머니를 털려는 심산입니다."

"제법이구나. 내 다 알고 있었으나 너의 지혜를 시험해보았느니라. 하는 꼴을 보니 네 걱정은 안 해도 되겠구나."

잠시 후 국밥 두 그릇이 나왔다. 용은 밥이 어디에 있느냐고 물었다. 곳비는 숟가락으로 국밥을 저어 용에게 보여주었다. 하얀 국물

안에 밥알이 퍼져 떠다니고 있었다.

"상스럽구나. 어찌 국물에 밥을 빠트려서 먹을까?"

"이건 국에 밥을 말아 먹는 음식인데요?"

"나는 이런 건 못 먹는다. 국과 밥을 따로 대령하거라."

"여기서는 이런 음식만 팔아요. 드셔보세요. 다들 맛있게 먹잖아
요."

곳비는 국밥을 먹는 주위 사람들을 가리켰다. 꼴깍, 용은 침을 삼
켰다.

"나는 안 먹는다."

"그럼 소녀는 먹어도 됩니까?"

"윗전이 수저를 들지 않는데 어찌 네 입에 음식을 넣을 생각을 하
느냐?"

"아! 아기씨, 저는 배고파 죽겠습니다."

용은 눈짓으로 국밥을 가리키며 말했다.

"네 처지를 가엾게 여겨 자비 한 자락 베풀어주마."

"감사합니다."

곳비는 숟가락을 들었다.

"어허, 윗전께서 먼저 수저를 드신 다음에."

"안 드신다고……."

"너를 굶길 수 없으니 윗전인 내가 먼저 숟가락을 들어보겠느니
라."

용은 국밥을 한술 떠 천천히 입에 넣었다. 구수한 맛이 입 안에 퍼
졌다. 눈매가 부드러워졌다. 생전 처음 먹어보는 맛이었지만 싫지 않

왔다. 용은 한 술 더 넣었다.

"맛이 괜찮지요?"

"아니."

용은 정색했다.

"저 이제 먹어도 됩니까?"

곳비가 숟가락을 빨며 물었다.

"내 너를 위해 왕자로서 체통을 내려놓고 국물에 빠트린 밥을 억지로 뜨고 있으니 많이 먹거라."

"감사합니다."

곳비는 밥술을 떴다. 손과 입을 부지런히 놀려 한 그릇을 다 비웠다. 용은 여전히 한 술씩 천천히 떠서 입에 넣고 있었다.

시간이 지났다. 옆자리는 손님이 두 번이나 바뀌었다. 주모가 용을 보면서 얼굴을 찌푸렸지만 용은 아랑곳하지 않았다. 그릇의 바닥이 드러나서야 숟가락을 놓았다.

주막을 나온 두 사람은 저자를 벗어나 효령 대군의 별서 희우정이 있는 서교로 출발했다. 볕이 좋았다. 길가에는 이름 모를 풀꽃과 들꽃이 살랑대고 있었다. 바람도 보드랍고, 기운도 포근했다. 두 사람의 발걸음이 가벼웠다. 곳비는 발을 빠르게 놀려 용의 옆으로 갔다.

"한데 효령 대군께는 무슨 볼일이 있으시옵니까?"

"윗전의 일을 어찌 꼬치꼬치 알려고 하느냐?"

"궁금한 점이 있으면 언제든지……."

"자연과 만물의 이치, 인간의 도리와 대궐의 법도에 대해 의문이 있으면 물으라 하였다. 누가 윗전의 사생활까지 꼬박꼬박 물으라 했더냐?"

"송구하옵니다."

곳비가 고개를 숙이고 걸음을 늦추었다. 곳비가 다시 용의 곁으로
갔다.

"한데 어찌 신새벽에 홀로 나오셨습니까?"

"어허."

"송구하옵니다."

곳비는 걸음을 늦추었다가 다시 용의 곁으로 갔다.

"한데 그 보따리 안에는 무엇이 들어 있습니까?"

용은 고개를 돌려 곳비를 바라보았다. 아차. 곳비가 어색한 미소를
지었다. 용서해달라는 뜻이었다. 용은 고개를 낮추어 곳비와 눈빛을
마주하였다. 곳비는 괜히 얼굴이 뜨거워져 용의 시선을 피했다.

"너 나랑 궐 밖에서 살 테냐?"

곳비가 다시 용을 보았다.

"벌써요? 글공부도 많이 못 했는데요?"

"글공부는 궁을 나와서 해도 된다."

"물론입니다."

"궁궐보다 좋은 곳은 아니다."

"괜찮습니다. 소녀는 왕자 아기씨께서 가는 곳은 어디든지 다 좋
습니다."

"내가 가는 곳이라 좋으냐, 궁궐 밖이라 좋으냐?"

"물론……."

곳비는 두 눈을 동그랗게 뜨고 말을 멈추었다. 곳비의 눈 끝에 주

막 앞에서 본 사내가 서 있었다. 곁에는 비슷한 인상을 가진 사내들이 세 명 더 있었다. 용은 고개를 돌려 곳비의 시선이 멈춘 곳을 보았다. 사내들은 오싹한 웃음을 흘리며 두 사람에게 다가왔다.

"과연 무뢰배가 맞구나. 멈춰라."

용은 사내들을 향해 소리쳤다.

"무엄하다. 내가 누군지 아느냐?"

사내들은 기분 나쁜 웃음을 흘리며 다가왔다. 용은 다시 소리쳤다.

"나는…… 그건 네놈들이 알 것 없다."

용의 말이 떨어지자마자 얼굴에 칼자국이 나 있는 사내가 말했다.

"누구긴 누구야? 우리 돈줄이지. 씌워라."

사내들은 곳비와 용에게 달려들었다. 눈 깜짝할 사이에 포대를 씌웠다. 곳비와 용은 암흑 속에 갇혔다. 사내는 뒷머리를 세게 때려 용을 잠재웠다.

"소녀는 얌전히 따라갈게요."

하지만 사내는 곳비도 잠재웠다.

곳비는 눈을 떴다. 사방에서 뿜어대는 도화 향기에 취할 듯했다. 주변을 둘러보았다. 바닥에는 안개와 구름이 자욱하고, 안개구름 가운데 수백 수천 수만 그루의 도화나무가 있었다. 공중에는 꽃비가 흩날렸다. 곳비는 일어나려 애썼지만 몸이 움직이지 않았다.

"엄마."

곳비는 울부짖었다. 안개구름 속에서 거짓말처럼 모습을 드러낸 어미가 다가왔다. 어미의 머리 위로 분홍 꽃비가 떨어졌다.

"엄마! 엄마!"

곳비는 어미를 불러댔다. 어미가 다가와 곳비의 머리를 어루만져 주었다.

"곳비야, 그만 눈을 뜨렴."

어미가 따뜻하고 부드러운 음성으로 말했다.

"엄마! 왜 이제 왔어? 대궐 구경 다 하고 나면 데리러 온다고 했잖아. 하나 괜찮아. 이제라도 왔으니 괜찮아."

곳비가 울먹이며 미소를 지었다.

"곳비야, 그만 일어나거라."

곳비는 눈을 떴다. 용이 곳비를 흔들어 깨우고 있었다. 곳비는 벌떡 일어났다. 어미도, 꽃비도, 안개구름도, 도화나무도 없었다. 곳비는 그제야 무뢰배를 만난 일이 기억났다. 곳비는 아린 가슴을 쓰다듬으며 한숨을 지었다.

곳비와 용은 어두컴컴한 헛간에 갇혀 있었다. 손과 발이 묶인 채였다. 이 와중에도 용은 허리를 꼿꼿이 세우고 앉아 있었다.

"살려주시오. 살려주시오."

곳비는 발버둥을 치면서 소리쳤다.

"그만두거라. 여긴 인적이 없는 곳이다."

용이 점잖게 말했다. 곳비는 이마를 찡그리며 용을 보았다.

"잘 들어보아라. 새소리, 물소리뿐이지 않느냐?"

곳비는 바깥을 향해 귀를 기울였다. 용의 말이 맞았다.

"그럼 이리 있다가 인신매매로 팔려 가시겠습니까? 뭐라도 해야지요."

"너는 궐 밖에서 살았다면서 어찌 그리 궐 밖 사정에 무지하냐?"

무뢰배들은 곳비와 용의 겉옷과 갖신, 가지고 있던 돈과 패물, 보따리 안에 들어 있던 벼루와 붓, 연적까지 몽땅 털어가버렸다. 곳비는 주변을 둘러보았다. 헛간 한구석에는 도끼와 지게가 놓여 있었다. 곳비는 앉은 채로 구석으로 기어갔다. 도끼날에 제 손을 묶은 끈을 비볐다.

"정신 사납게 무얼 하느냐?"

"줄을 끊고 탈출해야 하지 않겠습니까?"

"깊은 산중에 있는 무뢰배들의 산채에서 누가 우릴 도와주겠느냐? 밧줄을 끊고 나갔다가는 더 큰 고초를 당할 게야. 예서 때를 기다리거라."

용이 기품 있게 앉아서 때를 기다리는 동안, 곳비는 손목에 묶인 밧줄을 끊고 발목에 묶인 밧줄도 풀었다.

"정녕 아니 나가시겠습니까?"

"인신매매를 하려면 우리를 나루터로 끌고 가야 할 게다. 때를 봐서 사람이 많은 곳에서 도움을 청하면 되느니."

"그렇게 일이 쉬우면 인신매매단이 어찌 먹고 살겠습니까? 전 나가보겠습니다."

"곳비야!"

용이 나직이 곳비를 불렀다. 용의 자세는 여전히 흐트러짐이 없었다.

"내 것도 풀거라."

용의 손과 발이 자유로워졌다. 하지만 용은 움직이지 않았다.

"뭐 하십니까? 안 일어나십니까?"

"일어날 수가 없구나."

용이 얼굴을 찡그렸다.

"발이 너무 저리다."

곳비가 용의 곁에 앉았다.

"좋은 수가 있습니다."

곳비는 혀에 검지를 대고 침을 묻힌 다음 콧등을 검지로 찍었다. 같은 동작을 세 번 반복했다.

"따라 하셔야지요."

"왜?"

"이렇게 해야 발이 낫습니다."

"싫다."

"그럼, 혼자서 앉아 계십시오."

곳비는 용을 두고 일어섰다.

"어허."

용은 곳비의 치맛자락을 잡았다. 곳비는 용의 손끝을 내려다보았다. 용은 얼른 손을 뗐다.

"일어나시겠습니까?"

"기다리거라."

용은 검지에 침을 발라 제 콧등을 찍었다. 세 번을 찍은 후에 발을 움직였다. 용의 얼굴에 웃음이 번졌다.

"제법 신통하지요?"

"아니."

용은 정색하며 일어났다.

"자, 이제 여기서 어떻게 나갈 테냐? 문은 잠겼고, 밖은 무뢰배들이 지키고 있는데……."

"싸움 좀 하십니까?"

"어허. 싸움이라니! 상스럽구나."

"휴, 그럼 이제 어떻게 합니까?"

용은 곳비를 가까이 불러 귀에 대고 속삭였다.

"일단, 젖 먹던 힘까지 동원하여 몸을 던져 문을 연다. 둘, 전속력으로 앞만 보고 뛴다. 알겠느냐?"

"예!"

곳비는 비장한 표정으로 고개를 끄덕였다.

"자, 그럼 몸을 던질 것이다. 곳비, 준비됐느냐?"

"문은 같이 여는 거지요?"

"그래. 같이."

"참말이지요?"

"그래. 참말이다."

곳비는 입술을 앙다물었다.

"시작!"

용의 음성이 들림과 동시에 곳비는 문을 향해 온몸을 날렸다. 덕분에 문은 쉽게 열렸다. 백지장도 맞들면 낫다더니. 용과 함께 힘을 모으니 너무 수월했다. 마치 밖에서 잠그지 않은 듯하였다. 그 덕분에 곳비는 빠르게 튕겨 나와 넘어지면서 바닥에 머리를 처박았다. 곳비는 머리가 얼얼했다. 하지만 아파하고 있을 새도 없었다. 어서 도망가야 했다. 곳비는 주먹을 쥐고 일어났다. 용의 작전대로 앞만 보고 달리려고 했으나 몸이 말을 듣지 않았다. 다리에 힘이 풀려 주저앉았다. 다시 일어나려다가 또 주저앉고 말았다. 곳비는 용을 찾았다. 용은 제 곁에 서 있었다.

"왕자 아기씨, 어서 도망치십시오. 소녀는 괜찮사옵니다. 부디 왕자 아기씨만이라도 어서 가십시오."

곳비는 손을 내저으며 소리쳤다. 눈가가 촉촉해졌다. 용은 박수를 쳤다.

"곳비, 대단하구나."

곳비는 무언가 꺼림칙했다.

"그 작은 몸으로 홀로 문을 열다니…… 넌 역시 내 사람이 될 자격이 있다."

"홀로? 함께 열지 않았습니까?"

"그럴 리가!"

용이 팔짱을 꼈다. 곳비는 숨을 길게 토하며 바닥을 쳤다. 눈물이 쏙 들어갔다. 용이라도 먼저 보내 악당들로부터 지키려고 한 제 노력이 허탈했다. 아니, 다시 용을 믿고 속은 제가 한심했다.

"그래도 양심은 있으십니다. 혼자 도망은 안 가셨으니."

용은 웃으며 주변으로 시선을 옮겼다.

"보아라. 혼자 도망까지 갈 필요는 없느니라."

곳비도 주변을 둘러보았다. 아무도, 아무것도 없었다. 산중에 버려진 빈 헛간만 있었다.

"다 어디로 갔습니까?"

"모르지. 하나 곧 돌아오겠지. 서둘러 여기를 벗어나자."

용은 곳비를 향해 손을 내밀었다.

"됐습니다."

곳비는 손을 내저었다. 용을 믿었다가 또 어떤 식으로 뒤통수를 맞을지 몰랐다.

"어허."

용은 눈을 부라렸다. 곳비는 떨떠름한 표정으로 용의 손을 잡고 일어났다. 곳비가 일어나자 용은 손을 놓았다. 뒷짐을 지고 앞장섰다. 용의 얼굴에 미소가 걸렸다.

7

탈출의 기쁨도 잠시였다. 허기가 곳비와 용을 괴롭혔다. 용은 아무렇지도 않다는 듯이 산길을 내려갔다. 얼마간 내려가자 옹달샘이 나왔다.

"한 줄기 샘물이 있으니 흐뭇하지 않을 이유가 없구나."

'뭐라는 거야?'

곳비는 고개를 저었다. 옹달샘을 보니 배는 더 고프고 몸은 더 지치는 듯하였다. 곳비는 옹달샘으로 달려갔다.

"곳비야!"

용이 나직이 곳비를 불렀다. 샘을 앞에 두고 침만 삼키게 된 곳비는 얼굴을 찡그리고 용을 보았다.

"인상 펴고, 넓은 잎사귀 하나 찾아오너라."

"그건 못 먹을 텐데요?"

"어허. 토 달지 말고 어서 찾아오너라."

곳비는 갈증을 꾹 참고 숲을 뒤져서 넓은 잎사귀를 찾아왔다.

용은 이번에는 잎사귀 안에 물을 담아 오라고 했다. 곳비는 이를 앙다물고 나무 잎사귀를 오목하게 오므려 물을 담아 용에게 가져갔다. 용은 잎사귀에 담긴 물을 한 모금 마시며 목을 축였다.

"한 잔 더."

용이 다시 잎사귀를 내밀었다. 곳비는 저도 모르게 용을 노려보았다. 숨도 거칠어졌다.

"어허. 한 잔 더."

"그냥 손으로 떠 드십시오."

"상스럽다."

"그래야, 빨리, 많이 드시지요."

"싫다. 천천히 조금씩 들겠다."

곳비의 붉은 얼굴이 더 붉어졌다.

"그럼 소녀는 언제 마십니까?"

"……너도 마시거라."

용이 미소를 지었다. 곳비는 고개를 저었다. 옹달샘을 보니 배는 더 고프고, 몸은 더 지치는 듯하였다. 곳비는 옹달샘으로 달려갔다. 두 손에 물을 가득 담아서 연거푸 배를 채웠다. 용은 곳비의 모습을 지켜만 보았다. 곳비는 제 배를 채우고 용을 보았다. 잎사귀에 물을 받았다.

"두거라."

용은 옹달샘으로 다가와서 손으로 물을 떠서 마셨다.

곳비는 주변을 둘러보았다. 붉은 꽃이 탐스럽게 피어 있었다. 작약이었다.

"고것 참 맛나겠다."

곳비는 입맛을 다셨다.

"어찌 꽃을 보고 먹을 생각부터 하느냐?"

"그럼 꽃으로 무얼 하옵니까?"

"눈으로 빛깔을 담고, 코로 향내를 취하고, 손으로 감촉을 느낀 다음 꽃잎을 한 장씩 뿌려야지."

"아깝게 꽃잎을 뿌린단 말입니까?"

"그래. 부처님 가시는 길에 꽃잎을 뿌려 그 덕을 기린다는 고사를 들어보지 못했느냐?"

"들어보지 못했습니다. 소녀는 배가 너무 고파서 먹어야겠습니다."

곳비는 꽃잎을 뜯어 입 속에 넣고 오물오물 씹었다. 용도 곳비를 따라 꽃잎을 잎에 넣고 천천히 씹었다.

"맛이 있으십니까?"

"맛이 없다."

"화전으로 부쳐 먹으면 맛있는데. 소녀가 나중에 화전을 부쳐드리겠습니다."

곳비와 용이 옹달샘 근처에 앉아서 시간을 보내는 동안 주위는 어두워졌다. 더 지체할 수 없었다. 밤이 되기 전에 산을 내려가야만 했다. 두 사람은 일어나 걸음을 서둘렀다.

한 시진 째였지만 아무리 내려가도 산 초입은 나오지 않았다. 같은 자리를 맴돌고 있는 것 같았다. 산에는 완전히 어둠이 내렸다. 새가 노래하는 소리 대신 짐승이 울부짖는 소리가 들려왔다. 먹이를 찾는 소리 같았다.

곳비는 슬그머니 용의 바지 자락을 잡았다. 용이 곳비를 내려다보았다. 곳비는 얼른 손을 뗐다. 용은 곳비의 손을 잡았다. 두 사람은 손을 잡고 말없이 걷기 시작했다. 곳비와 용은 반 시진을 더 헤맸다. 여전히 같은 자리를 맴돌고 있는 듯하였다. 두 사람은 누가 먼저랄 것도 없이 바닥에 주저앉았다. 더는 한 발짝도 뗄 수 없었다.

"대궐에 가만 계실 일이지 도대체 여긴 왜 오셨습니까?"

"후회하느냐?"

"……."

"날 따라온 걸 후회하느냐?"

"……."

"난 후회하지 않는다. 널 데려온 걸."

곳비는 저도 후회하지 않는다고 해야 할 것 같았지만 선뜻 말이 나오지 않았다. 저도 제 마음을 잘 몰랐다. 후회하지 않는 것도 후회하는 것도 아니었다.

"한데 정말 궁금합니다. 도대체 대궐은 왜 나오셨습니까?"

용은 대답이 없었다. 곳비는 용을 바라보았다. 용의 얼굴이 진지해 보였다. 곳비는 마지막 말을 하지 않았으면 좋았으리라고 후회했다. 곳비는 잠시 있다가 말했다.

"저도 후회하지 않습니다. ……아기씨를 따라온 걸."

용은 여전히 말이 없었다. 표정도 없었다.

용은 생각했다. 부왕은 대군의 신분으로 잠저에서 지내다가 훗날 왕세자가 되었다. 하여 세자와 둘째 왕자 유는 잠저에서 태어났다. 하지만 용은 달랐다. 용은 태어날 때부터 왕자였다. 부왕의 아들이라서 자랑스러웠고 왕자의 삶이 좋았다. 양모 성녕 대군 부인의 손에서 양육되다가 다시 입궁한 후 궁궐에서의 삶도 만족스러웠다.

특히 궁궐에서 배울 수 있는 모든 것들이 좋았다. 용은 학문을 즐겼고 시와 글씨, 그림에도 매료되었다. 스승들은 용이 자라날수록 부왕을 빼닮았다고 칭찬했다. 용은 존경하고 사랑해 마지않는 부왕을 닮았다는 칭찬을 들을 때마다 행복했다. 부왕을 더 닮기 위해서 노력했다.

—일개 왕자가 부왕을 닮았다고 신료들의 입에 오르내리는 일은 세자 저하에 대한 불충이라는 사실을 모르느냐? 네 정녕 왕재(王才)라는 소리를 듣고 싶은 게냐? 그건 역심이다.

그러나 둘째 형인 유는 오히려 용을 나무랐다.

—불충이라니요? 역심이라니요? 저는 한 번도 저위(儲位, 왕세자의 지위)를 탐낸 적이 없습니다. 아니, 생각조차 하지 않았습니다.

—하나 남들은 네 뜻을 모를 게야. 네 능력을 믿고 너를 부추길 게야. 네 능력과 존재가 언젠가는 세자 저하께 위협이 될 게야.

—아니요. 저는 세자 저하의 아우이자 신하이옵니다.

—청지야, 네가 위험해질까 저어된다. 자고로 왕자는 있는 듯 없는 듯 매사에 삼가고 또 삼가야 한다. 효령 숙부를 보거라. 아바마마

께서 보위에 오르신 것은 일찍이 출가하신 효령 숙부가 계셨기 때문이다.

용은 곳비에게 대답했다.

"봉황의 뜻을 메추리가 어찌 알겠느냐?"

"예? 메추리가 드시고 싶으십니까?"

곳비는 졸음에서 깬 듯 엉뚱한 소리를 했다. 용은 웃었다. 저는 절대 세자 저하께 누를 끼치지 않겠노라고 다짐했다.

짐승이 울 때마다 곳비는 작은 몸을 움찔거렸다.

"두려우냐?"

"예."

"걱정 마라. 내가 있지 않느냐."

곳비는 고개를 끄덕였다. 굵은 베가 옷 없는 것보다는 낫다더니. 용이 믿음직스럽지는 않았지만 없는 것보다는 낫다고 생각했다.

밤공기가 차가웠다. 산바람이 불어올 때마다 곳비는 양팔로 어깨를 감싸고 작은 몸을 움츠렸다. 곳비도 용도 무뢰배들에게 겉옷을 다 빼앗긴 터라 속곳 차림이었다.

"어찌하여 푸른 산중에 사느냐고 묻지만 빙그레 웃음으로 답하는 마음 스스로 한가롭네. 도화 꽃잎 흩날려 흐르는 물에 고요히 떠내려가니 또 다른 별천지 인간 세상이 아니로세."*

---

* 問余何事棲碧山 笑而不答心自閑 桃花流水杳然去 別有天地非人間 — 이태백 〈산중문답(山中問答)〉

용은 눈을 감고 시를 읊었다. 두려움도 추위도 사라지는 듯하였다. 피로도 사라졌다. 용은 곧 한쪽 팔이 무거워지는 느낌에 눈을 떴다. 곳비가 용의 팔에 기대어 잠들어 있었다. 잠시 후 용도 다시 눈을 감았다. 두 사람은 서로에게 기댄 채 잠이 들었다. 말은 하지 않았지만 서로가 서로에게 큰 의지가 되었다.

시간이 얼마쯤 지났을까. 무거운 발걸음 소리가 산을 울렸다. 터벅터벅, 발걸음 소리가 점점 더 가까워졌다. 용이 먼저 눈을 떴다.

"곳비야, 곳비야."

용은 곳비를 흔들어 깨웠다. 잠에서 덜 깬 곳비가 게슴츠레 눈을 떴다.

"어서 도망가야 한다. 누가 오고 있다."

"누구요?"

"무뢰배 놈들이나 산짐승이겠지."

곳비는 정신을 차리고 눈을 동그랗게 떴다. 용은 곳비의 손을 다부지게 잡았다. 두 사람은 손을 꼭 잡고 일어섰다. 걸음을 내딛는 동시에 검은 그림자가 둘을 덮쳤다.

시커먼 그림자가 용과 곳비의 시야를 가렸다. 곳비는 용의 손을 꼭 잡았다. 용은 한 발짝 나아가 곳비를 제 등 뒤에 서게 했다. 사내의 발이 용의 눈에 들어왔다. 곧 사내의 목소리가 이어졌다.

"이용."

사내는 용의 이름을 불렀다. 조선에서 용의 이름을 입에 담을 수 있는 자는 많지 않았다. 용은 고개를 들어 그림자의 얼굴을 확인했다. 용은 안도했다. 제가 찾던 효령 대군이 앞에 있었다.

용과 곳비는 효령 대군을 따라 산중에 있는 작은 암자로 왔다. 사위가 어두워 잘 보이지는 않았지만, 숲으로 둘러싸인 곳 같았다. 고요하고 아늑했다. 이따금씩 짐승의 울음소리만 들려올 뿐이었다.

용은 작은 방 안에서 효령 대군과 마주 앉았다. 용은 세자 저하께 충을 다하기 위해 출가하고 싶다는 뜻을 밝혔다.

"근래 공부를 아니 하고 글씨와 그림에만 몰두한다더니 이제는 출가를 하겠다? 그것도 불도(佛道)가 아니라 충을 위해?"

"주(周) 우중과 숙부님께서도 충을 다하기 위해 출가를 하지 않으셨습니까?"

효령 대군은 크게 웃었다. 용은 영문을 몰라 효령 대군을 멀뚱히 바라보았다.

"왕자, 내가 잘난 사람이냐?"

"예."

용은 고개를 끄덕였다.

"주상을 제치고 왕이 될 만큼?"

"……."

"대답이 없는 걸 보니 정답을 알고 있는 게로구나. 네가 알고 있는 걸 할바마마이신 태종 대왕께서는 모르셨겠느냐? 똑똑한 대신들이 몰랐겠느냐? 주 우중은 부왕인 태왕(太王)의 뜻을 헤아려 머리를 깎고 암자에 은거하면서 아우에게 왕위를 양보했으나 나는 주상께 보위를 양보하기 위해 승려가 된 것이 아니다. 주상께서는 대군 시절부터 이미 왕재이셨다. 주상의 보위는 내 존재 따위에 위협받을 만한 자리가 아니었다. 하니 내가 주상께 충을 다하기 위해 출가를 한 것이 아니라는 게지."

용은 말없이 효령 대군을 보았다.

"물론, 너에 관한 송찬은 나도 익히 들었다. 네 도량이 크고 하나를 들으면 열을 깨우칠 만큼 명민하다고는 하나 네 존재가 세자의 자리를 위협할 만큼 대단하더냐?"

"당연히 아니옵니다."

"그럼 답을 얻었겠구나."

용은 대답이 없었다. 효령 대군은 잠시 용을 바라보다가 말을 이었다.

"나는 불법(不法)을 흠모하여 출가를 하였느니라. 한데 네가 불법을 흠모한다는 소린 아직 못 들었는데……."

"흠모하는 정도까지는 아니오나……."

용은 말끝을 흐렸다.

"나는 이 나라의 왕자로서 내 부친이신 태종 대왕께서 뿌리신 많은 피를 씻고, 피 흘린 자들의 넋을 조금이나마 위로해야 하는 사명도 있었다. 하나 지금은 태평성세가 아니냐. 작금의 주상께서는 요순 임금에 뒤지지 않는 성군 중의 성군이시니 너는 그리할 필요가 없다."

태평성세라. 효령 대군의 말은 틀리지 않았다. 그러나 용은 아직까지 제 마음을 알 수 없었다.

"그리고 유교를 숭상하는 나라에서 왕자가 출가라니…… 허허허. 아니 될 말이지."

효령 대군은 고개를 저으며 웃었다. 허허허, 뭐가 그리 즐거운지 웃음을 멈추지 않은 채, 방을 나갔다.

잠시 후 용도 밖으로 나왔다. 어둠에 잠긴 암자는 딴 세상 같았다. 이곳에서는 시간이 어찌 흘러가는지도 모를 듯하였다. 근심이 사라졌다. 마음도 편안해졌다. 곳비를 찾아 두리번거리던 용의 눈에 연약한 움직임이 포착되었다. 곳비였다. 곳비가 탑 둘레를 따라 돌고 있었다. 용은 곳비에게 다가가 물었다.

"무얼 위해 탑을 도느냐?"

"어머니와 아우들을 만나기 위해 탑돌이를 하고 있습니다."

"같이 돌자꾸나."

"왕자 아기씨께서도 소망이 있으십니까?"

"소망이 없는 사람도 있더냐?"

"왕자 아기씨께서는 이 땅에서 제일 큰집에 사시고, 제일 맛난 것들을 잡수시고, 제일 좋은 옷들을 입으시고, 주상 전하, 중전마마, 세자 저하, 왕자 아기씨들과 함께 사시니 더는 소망이 없을 줄 알았습니다."

용은 헛웃음을 지었다.

"네 말을 듣고 보니 내 참 배부른 고민을 하였구나."

"아기씨의 소망은 무엇입니까?"

"내 소망은……."

용은 말을 멈추고 탑을 돌기 시작했다.

'변치 않는 것. 내 소망은 내가 변치 않는 것이다.'

곳비도 용을 따라 탑을 돌았다. 두 바퀴를 돌았을 때 곳비는 용의 옷자락을 붙들며 휘청거리더니 주저앉고 말았다. 넘어질 듯하여 저도 모르게 용의 옷자락에 매달렸는데 소용없었다. 용은 곳비를 내려다보고 말했다.

"일어나거라. 천 번은 빌어야 부처님께서도 감읍하시지 않겠느냐?"

"예."

곳비는 일어나려다가 다시 주저앉았다. 용은 몸을 낮추어 곳비의 다리를 살펴보았다. 다리가 퉁퉁 부어 있었다. 어제 상침 송 씨에게 끌려가 종아리를 맞은 데다가 오늘 새벽부터 종일 많이 걸은 탓이었다. 여리고 가는 다리가 아니 부을 수가 없었다. 하지만 곳비는 아랑곳하지 않고 다시 일어나려고 했다.

"그만하거라."

"안 됩니다. 천 번은 돌아야 합니다."

"천 번까지 아니 돌아도 된다. 내가 그냥 해본 말이다."

"그래도 이왕 도는 거 천 번은 돌겠습니다."

"그럼 내일 돌거라. 오늘은 그만 쉬어야겠다."

"오늘도 돌고, 내일도 돌고, 모레도 돌겠습니다."

곳비는 일어났다. 걸음을 뗐다. 다리를 절뚝이며 탑 둘레를 돌았다. 용은 성큼성큼 다가가 곳비의 어깨를 잡고 말렸다.

"지금 네 다리로는 무리다. 그만두래도."

"하나도 안 아픕니다. 꼭 천 번은 돌 겁니다."

곳비는 용의 손을 뿌리치고 다시 걸었다.

"어허, 윗전의 명을 거역할 셈이더냐?"

용이 소리쳤다. 곳비는 걸음을 멈추고 용을 바라보았다.

"윗전의 말을 들으면 우리 식구들을 찾을 수 있습니까?"

"……"

"하나 부처님께 천 번 기도하면 우리 식구들을 찾을 수 있습니다."

"꼭 천 번을 아니 돌아도 된다."

"천 번을 돌면 부처님께서 제 마음을 더 잘 알아주실지도 모르죠."

곳비는 절뚝절뚝 다시 걸음을 옮겼다.

"단곳비, 멈추거라."

"부처님은 왕자 아기씨보다 더 윗전이시니 지금은 왕자 아기씨의 말을 듣지 않겠습니다."

곳비는 무거운 다리를 절뚝이면서도 탑돌이를 멈추지 않았다. 용은 곳비에게 빠른 걸음으로 다가갔다. 순식간에 곳비를 업었다. 곳비는 공중으로 솟구쳐 오르며 눈을 동그랗게 떴다.

"왕자 아기씨!"

"그래. 돌자. 나와 함께 돌자. 나와 함께 천 번을 돌자."

용은 곳비를 업은 채 탑을 돌기 시작했다. 아홉 살 난 계집아이의 몸이 깃털처럼 가벼웠다. 굶기를 밥 먹듯이 하여 남들만큼 자라지 못했다는 주 상궁의 말이 귓가에 되살아났다.

"몇 바퀴째입니까?"

곳비가 생기 빠진 목소리로 물었다.

"백 바퀴."

"벌써요? 아닌데……. 열 바퀴인데……."

"내가 백 바퀴라 하면 백 바퀴이니라."

잠시 후 곳비는 또 물었다.

"몇 바퀴째입니까?"

"이백 바퀴."

"벌써요? 아닌 것 같은데……."

"내가 이백 바퀴라 하면 이백 바퀴이니라."

곳비는 고개를 갸웃거렸다.

"몇 바퀴째입니까?"

"삼백 바퀴."

"진짜 빠르십니다."

곳비의 목소리가 꿈처럼 아득해졌다. 곳비가 용의 등에 머리를 묻었다.

"너 설마 자느냐?"

"아니요."

곳비는 고개를 번쩍 들었다.

"몇 바퀴 남았습니까?"

"오십 바퀴."

"예……. 얼마 안 남았군요."

곳비는 용의 등에 머리를 묻고 나직이 중얼거렸다.

"어찌하여 푸른 산중에 사느냐고 묻지만 빙그레 웃음으로 답하는 마음 스스로 한가롭네. 도화 꽃잎 흩날려 흐르는 물에 고요히 떠내려가니 또 다른 별천지 인간 세상이 아니로세."

곳비의 목소리가 잦아들었다.

"녀석, 그건 또 언제 외웠누?"

용은 미소를 지었다.

어느새 곳비는 잠이 들어 용의 목덜미에 쌔근쌔근 콧김을 내뿜고 있었다. 용은 멈추지 않고 탑을 돌았다. 이 아이가 어미도 아우도 만날 수 있게 해달라고 빌고 또 빌면서.

희부연 달빛이 좋았다. 바람도 산 내음도 좋았다. 산짐승의 울음소리마저 좋은 밤이었다.

"왕자 아기씨, 왕자 아기씨!"

곳비의 목소리에 용은 얼굴을 찌푸리며 눈을 떴다. 봉창으로 빛이 쏟아졌다. 날이 밝았다.

"왜 이리 늦게까지 주무십니까? 해가 중천에 떴습니다."

"내 어제 아기 돼지 한 마리를 업고 탑을 천 바퀴를 돌았다. 아느냐?"

"아니요."

곳비는 목소리를 낮추고 고개를 저었다. 용은 온몸으로 기지개를 켜며 자리에서 일어났다. 곳비는 이불을 걷으며 말했다.

"진짜 천 바퀴를 도셨습니까? 소녀는 몰랐습니다."

"알 턱이 있나? 쿨쿨 잘도 잤으니까. 내 등에 업혀서."

곳비는 미안한 듯 용의 시선을 피했다가 눈을 크게 뜨고 다시 용과 시선을 맞추었다.

"한데 참말입니까? 정말 천 바퀴를 도셨습니까?"

"군자는 허언을 하지 않는다."

'물론 농은 하지만.'

용은 눈썹을 씰룩였다.

"하여 소녀가 고생하신 왕자 아기씨를 위해 아침 일찍 일어나서 준비했습니다. 드셔보십시오."

곳비는 쟁반을 하나 내밀었다. 쟁반 위에는 분홍빛 꽃무늬를 입은 화전이 소복이 담겨 있었다.

"진달래꽃과 작약을 넣어 부친 화전입니다. 제가 어제 해드린다고 약조하지 않았습니까?"

"색이 왜 이러냐?"

"원래 메밀가루 색깔이 이렇지 않습니까?"

"나는 메밀가루로 부친 전은 먹지 않는다. 진가루(밀가루)로 부친 전만 먹는다."

"산 중에 귀한 진가루가 어디 있습니까? 안 드실 겁니까?"

용은 잠시 화전을 내려다보다가 말했다.

"이번은 네 성의를 보아 예외로 하지."

용은 젓가락을 들어 화전을 입에 넣었다. 곳비는 눈을 반짝이며 용을 올려다보았다. 용의 표정이 불편해 보였다.

"맛이 왜 이러냐?"

"입에 안 맞으십니까?"

"아주 이상하다. 간은 안 되어 있는데 또 간을 한 것도 같고……. 아, 이건 도대체 무엇이냐?"

"소금이 없어서 산초가루를 넣었습니다. 그래도 맛있지 않습니까? 우리 집에서는 없어서 못 먹었는데……."

용의 얼굴이 펴졌다. 눈빛도 부드러워졌다 용은 곳비에게 그릇을 내밀었다.

"너도 들거라."

"소녀는 나가서 먹겠습니다."

"예서 같이 먹자꾸나."

"아닙니다. 저는 나가서 먹겠습니다."

용은 화전을 집어 곳비의 입 안으로 밀어 넣었다. 곳비는 아기 새처럼 화전을 받아먹었다. 두 사람은 어느새 그릇을 다 비웠다.

"잘 드시는 걸 보니, 먹을 만은 하신가 봅니다."

"잘 먹었다."

뜻밖의 공치사에 곳비는 배시시 웃었다.

"한데 다시는 음식을 하지 말거라. 내 소망을 물었지? 내 소망은 네 음식을 먹지 않는 것이다."

"처음이라서 그럽니다. 앞으로 차차 나아질 겁니다."

"곳비야!"

"예, 말대답 안 하겠습니다."

곳비는 두 손을 앞으로 모았다.

"그만 환궁하자."

"예서 사는 게 아니었습니까?"

"네가 해주는 음식을 맛보니 환궁해야겠다 싶구나."

"전 환궁해도 포기하지 않을 겁니다. 왕자 아기씨께서 꼭 제 음식을 좋아하시게 만들겠습니다."

용은 고개를 저으며 방을 나갔다. 쪽마루에 선 채 고개를 들어 멀리 내다보았다. 굽이굽이 솟은 산봉우리와 산자락을 감싸고 있는 봄의 향연에 마음이 포근해졌다.

"볕은 따사하고, 배는 부르고 참 좋구나!"

용은 제 배를 두드리면서 말했다.

"곳비야! 어서 나오너라. 우리 집에 가자!"

"예."

대답과 함께 곳비가 방에서 나와 졸래졸래 용을 따랐다.

용과 곳비가 암자를 빠져나오자 익숙한 얼굴이 기다리고 있었다.

"자네는 동궁전 좌익위가 아닌가?"

"예, 왕자 아기씨. 세자 저하의 서신을 전하겠사옵니다."

좌익위가 봉서를 내밀자 용은 봉투를 뜯고 서신을 꺼내 읽었다.

　　너는 내게 가장 필요한 사람이다.

　　내 곁에서 오래도록 나를 보필하는 것이 내가 바라는 충(忠)이다.

용은 콧마루가 시큰거렸다. 두 문장에서 세자의 자애가 가슴 깊이 느껴졌다.

"한데 이걸 왜 지금 주느냐?"

괜히 머쓱해진 용이 좌익위에게 핀잔을 주었다.

"방해하지 말라는 분부가 있으셨습니다."

"자네가 무뢰배들을 쫓고 먼발치서 나를 호위하였는가?"

"그것은……."

좌익위는 말끝을 흐리고 숲에 몸을 숨긴 내금위장을 바라보았다.

내금위장이 고개를 저었다. 결코 왕자에게 존재를 알려서는 안 된다는 어명이 있었다.

"왕자 아기씨를 호위하라는 세자 저하의 명이 있었습니다. 뫼시겠사옵니다."

"어서 가자."

용이 앞장섰다.

용이 곳비와 함께 중궁전으로 들어서자 주 상궁과 나인들이 버선 발로 내려와 용을 맞았다. 모두 용을 살피며 호들갑을 떨었다. 중궁전 김 상궁이 방에서 나와 침착하게 중전의 명을 전달했다.

잠시 후, 중전의 엄중한 목소리가 중궁전 방문을 넘어 흘러나왔다. 나인들은 귀를 쫑긋 세우고 안의 상황을 살폈다.

"왕자는 아바마마와 어미 생각은 안 하느냐? 네 이미 어린아이가 아니거늘, 어찌 이리 부모의 속을 썩인단 말이냐? 오늘은 그냥 넘어갈 수가 없구나. 양 내관과 곳비는 이리 와서 종아리를 걷고, 김 상궁과 주 상궁은 두 사람에게 회초리를 치게."

김 상궁과 주 상궁이 회초리를 잡았다. 양 내관은 뒤를 돌아 바지를 걷었다. 곳비는 입술을 파르르 떨었다. 주 상궁은 안쓰럽다는 얼굴로, 곳비에게 종아리를 걷으라고 눈짓했다.

"어마마마, 이들은 잘못이 없사옵니다. 소자의 불찰이오니 소자가 벌을 받겠사옵니다."

"왕자, 이번에도 그리 말하면 이 어미가 그만둘 것 같으냐?"

"아니옵니다. 소자 불민하여 양전 마마께 깊은 근심을 안겨드렸사옵니다. 마땅히 벌을 받겠사옵니다."

"좋다. 이리 오너라."

중전의 표정과 음성이 진지했다. 분위기가 전과 달랐다. 김 상궁이 나섰다.

"아니 되옵니다, 중전마마. 왕자를 체벌하는 것은 궁중 법도에 어긋나옵니다."

"그래. 김 상궁 말 한번 잘하였네. 저 아이는 동궁과 둘째 유와는 달리 태어날 때부터 왕자였지. 그래서 매번 매를 피해갔다. 옛말에 귀한 자식일수록 매를 아끼지 말라 했거늘 매를 아껴 저 아이, 이리 방자해졌다. 이는 어미와 자식 간의 일이니 자네들은 나서지 말고 물러가 있으라."

중전은 좀처럼 화를 내지 않았다. 온유하고 자애로운 모습이 한결같았다. 하지만 오늘은 달랐다. 중전의 단호한 모습에 김 상궁도 더는 나설 수가 없었다. 김 상궁은 조용히 회초리를 중전 앞에 내밀고 방 안에 있는 사람들을 챙겨 밖으로 나갔다.

방에는 중전과 용, 두 사람만 남았다. 용은 말없이 일어나 바지를 걷었다. 중전은 회초리를 들고 용을 쳤다. 회초리 끝이 한겨울 바람처럼 매웠다. 용의 종아리에 시뻘건 줄이 그어졌다. 용은 눈을 질끈 감았다.

"중전마마, 소인을 치시옵소서."

밖에서 양 내관이 울먹이며 엎드렸다. 중전은 다시 한번 용의 종아리를 힘껏 내리쳤다.

"으악."

이번에는 용도 소리를 질렀다. 하지만 중전은 멈추지 않고 용의 종아리를 계속 내리쳤다.

"중전마마, 왕자 아기씨를 살려주시옵소서."

곳비도 울음을 터뜨리며 엎드렸다.

중전은 열 대를 치고서 매를 거두었다.

용이 방 밖으로 나왔다.

"업히십시오."

양 내관은 눈물 콧물을 훔치며 용에게 등을 내밀었다. 용은 양 내관의 등을 두 번 두드리고는 양 내관과 주 상궁, 곳비를 물렸다. 이들이 물러가자 용은 다리를 절뚝거리며 홀로 대전으로 향했다. 몇 걸음 뒤에서는 곳비가 소리 없이 용을 따르고 있었다.

용은 부왕과 마주했다. 불호령을 각오했다. 어떤 벌이라도 달게 받으리라고 생각했다. 그러나 부왕의 표정은 부드러웠다.

"무탈하게 돌아왔으니 되었다."

부왕의 따뜻한 말 한마디에 용은 소리 내어 울음을 터뜨렸다.

"안다. 아비도 세자 아닌 왕자인 시절이 있었느니라. 아비가 어찌 네 마음을 모르겠느냐? 하나 용아, 아비가 언제까지나 세자 곁에 있어줄 수는 없다. 그럼 누가 세자 곁에 있어야 하겠느냐?"

용은 울음을 그치고 부왕을 바라보았다.

"아비는 널 믿는다. 네가 세자도, 장차 태어날 세손도 지켜주어야 한다. 알겠느냐?"

"예, 아바마마. 명심하겠사옵니다."

잠시 후 임금의 명을 받은 내관이 용의 앞에 가야금을 내려놓았다.

"내 대군 시절 부왕께 하사받은 것이다. 애써 익혀보거라."

"성은이 망극하옵니다."

용은 가야금을 품에 안았다.

용이 대전 밖으로 나왔을 때 세자가 용을 기다리고 있었다. 세자는 내관에게 용의 가야금을 들려 처소로 보냈다.

"나를 의지하거라. 네 처소까지 데려다주마."

용은 세자의 팔에 의지해 세자와 나란히 걸었다. 멀리서 곳비가 숨을 죽이며 이들을 따르고 있었다.

"청지야, 훌륭한 신하가 되어 나와 장차 태어날 원손을 보필해다오."

"예, 저하."

"다시는 공부를 게을리하지 말거라."

"예, 저하."

"다시는 몰래 궁을 빠져나가지 말거라."

"예, 저하."

"다시는 나를 떠나지 말거라."

"예, 저하."

"영원히 내 곁에 있겠느냐?"

"예, 저하."

"녀석, 오늘은 어찌 이리 말을 잘 듣누?"

세자는 용의 손등을 다독이며 미소를 지었다.

용의 처소에 다다랐을 때 용은 세자에게 말했다.

"저하, 한 가지 청이 있사옵니다."

"말해보아라. 나를 떠나겠다는 말 빼고는 무엇이든지 들어주마."

세자가 웃었다. 용도 부끄러운 듯이 웃으며 말했다.

"사람을 찾아주십시오."

세자가 떠난 뒤, 용은 다리를 절뚝이며 제 방으로 들어갔다. 곳비는 오래도록 용이 서 있던 자리를 바라보았다. 달빛이 곳비의 머리 위로 고요히 부서졌다.

밤이 깊었다.

"후, 후……."

곳비는 시뻘건 줄이 그어진 용의 다리에 입김을 불었다. 용은 엎드린 채 잠이 들어 있었다. 곳비는 약방에서 얻어온 약초를 용의 상처 위에 올려놓았다.

중전이 약을 챙겨 용을 보러 들렀다가 밖에서 이 모습을 지켜보았다. 중전이 조용히 방문을 닫고, 주 상궁에게 말했다.

"기특하구나. 저 아이 곳비, 잘 키우게."

자리를 뜨는 중전의 얼굴에 흐뭇한 미소가 떠올랐다.

대궐의 밤이 깊어가고 있었다. 곳비는 용의 다리에 부채를 부치며 꾸벅꾸벅 졸고 있었다. 곳비의 손이 멈추더니 고개가 점점 낮아졌다. 몸이 자꾸만 아래로 고꾸라졌다. 곳비가 바닥에 머리를 찧으려는 찰나, 용이 얼른 일어나 곳비의 고개를 받쳤다. 어느새 잠이 깬 용이 곳비를 지켜보고 있던 터였다. 용이 조심조심 눕히려는데 곳비가 벌떡 일어났다.

"왕자 아기씨!"

"너 어째 나랑 둘만 있으면 자는 것 같구나."

"제가 언제요?"

곳비는 눈을 동그랗게 뜨고 물었다. 얼굴이 더 붉어졌다.

"하하하. 그 얼굴 뭐냐?"

"제 얼굴이 왜요?"

곳비는 여전히 눈을 동그랗게 뜨고 진지하게 물었다.

"마치…….."

용은 곳비의 얼굴을 요리조리 살피며 뜸을 들였다.

"마치…… 뭐요?"

곳비는 마른 침을 삼켰다.

"마치…… 너 꼭 나를 몰래 좋아하다가 네 마음을 들킨 것 같은 표
정이구나."

곳비의 눈이 더 커졌다.

"표가 났습니까?"

용은 소리 내어 웃었다.

"그래. 참말 나를 좋아하는 모양이구나."

곳비의 표정이 진지했다.

"예, 표가 났으니 솔직히 말씀드리겠습니다. 제가 왕자 아기씨를
좋아합니다."

"솔직해서 좋구나."

"아기씨도 제가 좋으십니까?"

"그래. 좋다."

용은 곳비를 바라보며 웃었다. 곳비의 얼굴이 더 발그레해졌다.

"한데 곳비야, 나는 집으로 돌아왔는데 너는 이제 집으로 갈 수 없게 되어서 미안하구나."

"괜찮습니다. 저도 이제 대궐에서 살겠습니다."

"이제 궁이 편해졌느냐?"

"편해지지는 않았지만 궁에서 이루어야 할 꿈이 생겼습니다."

"뭔데?"

"음……."

곳비가 양손을 들고 검지를 부딪치며 망설였다.

"말해보거라. 이미 네 마음도 다 들킨 마당에 내게 숨길 게 뭐가 있겠느냐?"

곳비는 고개를 끄덕이며 웃었다.

"저 궁에서 왕자 아기씨와 함께 살다가 크면 꼭 왕자 아기씨의 색시가 되겠습니다. 이것이 제 꿈이옵니다."

"하하하. 뭐라? 내 색시? 하하하."

곳비는 얼굴을 찌푸렸다. 용의 웃음이, 좋아서 웃는 웃음이 아니라 웃겨서 웃는 웃음 같았다.

"왜 그렇게 웃으십니까?"

용은 웃음을 멈추고 말했다.

"거절하겠다."

"예? 어찌 그러십니까? 저를 좋아하신다면서요?"

곳비는 눈을 동그랗게 뜨고 물었다.

"음…… 궁녀는 왕의 여인이니라. 하여 왕자와는 혼인할 수가 없다."

곳비의 얼굴이 어두워졌다.

"그럼 저, 상감마마께 시집을 가야 합니까?"

"법도는 그런 셈이지만…… 넌 내 사람이니 평생 나와 함께 할 것이다."

"휴우, 다행입니다."

곳비는 고개를 끄덕였다. 잘 이해는 안 되었지만 어쨌든 임금께 시집을 가지 않고 용과 평생 함께할 수 있다니 머리를 싸매고 걱정할 필요는 없었다.

"한데 너 그거 아느냐?"

"무얼요?"

"궁녀는 모시는 상전이 죽으면 산 채로 함께 묻혀야 한다. 할 수 있겠느냐?"

"산 채로 말이어요?"

"그래. 산 채로 깊은 땅속에 내 관과 함께 묻혀야 한다."

곳비는 놀라 두 손으로 제 입을 막았다.

"할 수 있겠느냐?"

용은 곳비의 눈을 보며 몸을 낮추고 다시 물었다. 곳비는 잠시 망설이다가 용을 바로 쳐다보았다.

"할 수 있습니다."

곳비는 다짐하듯 고개를 끄덕였다.

"소녀, 기꺼이 왕자 아기씨와 함께 묻히겠습니다."

용이 크게 웃었다. 작은 꼬마가 귀엽고 기특했다.

"농이다, 농. 내가 죽더라도 넌 오래오래 살거라."

"왕자 아기씨께서 돌아가시는데 저 혼자 살기는 싫습니다."

"진짜?"

"예, 왕자 아기씨 없이 저 혼자는 살기 싫습니다."

"그래. 그럼 두고 보겠다. 하하하."

용은 곳비의 진지한 두 눈을 보며 또 웃었다.

곳비는 결심했다. 용과 한날한시에 태어나지는 않았지만 한날한시에 죽겠다고. 산 채로 묻히는 한이 있더라도 영원히 용과 함께 하겠다고.

첫사랑

1

5년 후

용이 옷을 입고 자리에 앉자마자 툭, 소리가 났다. 속고의의 가운데 부분이 터져버렸다. 주 상궁이 민망한 듯 말을 잇지 못했다.

"안다. 알고 있으니 더 이상 말하지 말게."

용이 숨을 한 번 내쉬고 침착하려 애썼다.

"곳비의 짓이렷다?"

"이번엔 잘할 수 있다고 하여……."

"주 상궁."

용이 화를 누그러뜨리며 주 상궁의 말을 가로막았다.

"앞으로 곳비에게 실과 바늘을 주지 말게."

"예, 송구하옵니다."

용이 옷을 갈아입기 위해 일어났다. 팔을 들자 이번에는 투두둑, 하고 속적삼의 겨드랑이 부분이 터졌다.

"단곳비!"

용이 소리를 질렀다.

"곳비를 데려와라. 당장 데려와. 내 오늘은 이 녀석을 가만두지 않겠다!"

용의 목소리가 대군전을 흔들었다. 주 상궁과 양 내관이 곳비를 찾아 밖으로 뛰쳐나갔다.

곳비를 부르는 목소리, 분주한 발소리, 쿵쾅대며 대청을 오르는 소리에 이어 곳비가 방문 틈으로 얼굴을 내밀었다.

"예, 안평 대군 대감. 곳비 대령했사옵니다."

곳비가 숨을 고르며 용의 방으로 들어섰다. 용에게 양손을 넙죽 내밀고서는 웃었다. 용이 눈을 가늘게 뜨고 곳비의 손바닥으로 시선을 떨구었다. 곳비의 손 위에는 빠닥빠닥 풀 먹은 버선 한 켤레가 놓여 있었다. 용은 버선은 거들떠보지도 않고 곳비의 얼굴을 향해 검지를 치켜세웠다.

"너!"

"예, 소녀가 지은 버선이옵니다. 제가 직접 푸새(옷 따위에 풀을 먹이는 일)도 하고, 다림질도 하였사옵니다."

곳비가 생글거리며 용의 얼굴 가까이에 버선을 바짝 대령했다.

"치워라. 네가 바늘을 찔러댄 건 천 쪼가리 한 장이라도 쓰지 않을 것이다, 이제. 다시는 침방에 기웃거리지 말거라."

"제가 수선한 속곳이 마음에 안 드시옵니까?"

"마음에 들기도 전에 터졌다, 터졌어. 이걸 옷이라고 할 수 있겠느냐?"

용이 팔을 높이 쳐들고 터진 겨드랑이를 가리켰다.

"대감께서 살이 찌신 겁니다."

"살은 네가 쪘지."

용의 말이 맞았다. 곳비가 생각시가 되어 입궁한 지 5년의 세월이 흘렀다. 곳비는 그간 살이 보기 좋게 올라 있었다.

"그럼 수방에는 가도 됩니까?"

"침방이든 수방이든 바늘과 실은 절대 가까이하지 말거라."

"꼭 만들어야 할 물건이 있사온데……."

"아무것도, 손수건 한 장도 만들지 말거라."

곳비가 새무룩해서 고개를 숙였다.

"왜 대답이 없어?"

"예."

곳비의 목소리에서 생기가 사라졌다.

"이리 다오."

용이 인상을 누그러뜨리며 곳비의 손에 들린 버선을 낚아챘다.

"제가 찔러댄 것은 천 쪼가리 하나라도……."

"그럼 맨발로 가랴?"

곳비가 용의 발을 내려다보았다.

"소녀가 지은 버선을 기다리셨사옵니까?"

"그럴 리가."

용이 버선을 신었다. 한 짝은 헐겁고 한 짝은 너무 꽉 조였다. 용이 한숨을 쉬었다.

"침방에는 솜씨 좋은 상궁이며 나인들이 많으니 굳이 너까지 보낼 필요 없다. 이제 앞으로는 침방에 가지 말거라."

"침방에서 배울 건 이미 다 배웠습니다. 이제 수방에서 배우면 됩니다."

"수방에도 이미 솜씨 좋은 상궁, 나인들이 있으니 네가 굳이 뭘 배워서 일을 할 필요는 전혀 없느니."

"하지만 도화나무 자수는 꼭 배워야 하는데……."

"도화나무? 그건 어디다 쓰게?"

"그것이……."

곳비는 말을 멈추었다.

"예, 안평 대군 대감."

용은 둘째 왕자 유와 함께 안평 대군, 진평 대군이라는 작호를 받았다. 곳비는 작호를 받은 대군은 '대감'이라 부른다는 소리를 주워듣고서는 용을 '대감'이라고 불러댔다. 그러나 용은 아직 대감이라는 호칭이 익숙지 않았다.

"그놈의 대감 소리도 치우거라."

용이 방을 나섰다. 주 상궁이 새 속곳을 들고 대청으로 올랐다. 갈아입지 않느냐는 주 상궁의 물음에 용이 손을 내저으며 대전으로 달려갔다. 곳비가 올리겠다는 버선을 기다리다가 아침 문후에 늦었기 때문이었다.

아침 문후를 마치고 용이 처소로 돌아왔을 때 곳비는 주 상궁에게 소주방에 가겠다고 사정하고 있었다.

"소주방? 그 어려운 델 네가 가겠다고?"

용의 눈을 가늘게 뜨고 곳비에게 물었다.

"예, 어려우니 가서 잘 배우겠습니다."

"관두거라. 정 그리 어딜 가서 일을 배우고 싶으면 세수간이나 가거라. 그 정도 일은 실수 없이 할 수 있을 게다."

"세수간은 싫습니다. 꼭 소주방에 가서 음식을 만들고 싶습니다."

용은 곳비를 데리고 방으로 들어왔다. 곳비를 마주 앉히고 물었다.

"소주방에서는 뭘 하려고?"

"대군께 소녀가 직접 만든 국밥이랑 메밀 화전을 올리고 싶사옵니다."

"그건 왜?"

"가끔 찾으시잖아요. 소주방에서 대령하는 건 늘 이 맛이 아니라며 타박하시잖아요. 소녀가 그 맛을 정확히 압니다. 제가 대감의 입맛에 꼭 맞는 국밥과 메밀 화전을 만들 수 있사옵니다."

"아니다. 국밥도 메밀 화전도 네가 만든 걸 맛보면 다시는 찾지 않을 것 같구나. 그러니 너는 네 소임에 충실하거라."

"그 소임…… 절 위해 일부러 만드신 거잖아요."

곳비의 소임은 용이 음식을 먹을 때 곁에서 시중을 들고 기미를 보는 것이었다. 용이 곳비에게 내린 특명이었다.

"네가 하는 일은 다 나를 위한 것이지 너를 위한 것이 아니다."

"저도 들은 바가 있습니다. 저 먹이려고 일부러 기미를 보게 하시는 거잖아요."

"미쳤느냐? 내가, 내 먹을 걸 네게 주게? 네가 하도 튼튼하니 독을 먹어도 죽지 않을 것 같아서 네게 시키는 일이다."

하지만 곳비의 말이 사실이었다. 암자에서 곳비를 업고 탑을 돌던 날, 용은 새처럼 가벼운 곳비의 무게에 마음이 쓰였다. 환궁 후 용은 식사는 물론 간식까지도, 음식이 나올 때마다 곳비에게 기미를 보게 하고 남은 음식을 먹게 하였다. 제 상에는 올리지 말라던 배추김치까지 다시 올리라 명하여 곳비가 먹게 했다.

"좋다. 그럼 네 그리 원하니 대신 생과방으로 가거라. 생과방에서 잘 해내면 소주방으로 보내줄 것이야."

곳비의 얼굴이 꽃처럼 환해졌다.

"충! 이제 대군의 간식은 소녀가 책임지겠습니다. 염려 놓으소서."

용이 좋지도 싫지도 않은 애매한 표정을 지었다.

"염려가 되는구나. 너도 내 간식도."

"절대 걱정하지 마소서. 소녀가 대군께서 깜짝 놀라실 만한 맛을 대령하겠습니다."

곳비가 어깨를 들썽거리며 방을 나갔다.

대전에서 보낸 애호(쑥으로 만든 호랑이)가 도착하였다. 단옷날이 되면 임금께서 신하들에게 하사하시는 부적이었다. 곳비는 애호를 챙겨 들고 대청으로 뛰어 올라갔다. 문을 열기 전에 눈을 감았다. 애호를 들고 기도했다.

"우리 안평 대군 대감, 올해도 부디 강녕하시고 무탈하시고 덜 까다로우시고 더 인자하시고 질병으로부터, 재앙으로부터, 특히 요망한 것들로부터 지켜주십시오."

"곳비야, 그만 중얼대고 들어오너라."

방 안에서 용의 목소리가 들려왔다. 곳비는 눈을 뜨고 아무 일도 없었다는 듯이 방으로 들어갔다.

"애호 대령이오."

곳비는 용에게 애호를 건네고 양 손바닥을 내밀었다. 주세요, 하는 표정을 짓고 입을 오므렸다.

"옜다."

곳비는 웃으며 손바닥을 내려다보았다. 순식간에 곳비의 얼굴에 주름이 졌다. 손바닥 위에 풀뿌리가 놓여 있었다. 창포뿌리였다. 곳비가 용에게 눈을 흘겼다.

"알았느니라."

용이 웃으며 곳비의 손에 창포잠(창포 뿌리로 만든 비녀)을 올려 주었다. '수복(壽福)'이라는 글씨가 쓰인, 붉은 비녀였다. 글자는 용의 필체였다. 곳비의 얼굴이 다시 환해졌다. 비녀를 들고 새앙머리 가운데를 찔러댔으나 잘 되지 않았다. 보다 못한 용이 곳비의 머리에 비녀를 꽂아주었다.

"이러니까 제가 꼭 대군의 색시 같습니다."

곳비는 몸을 꼬며 배시시 웃었다. 붉은 얼굴이 더 붉어졌다.

"어허, 궁녀의 입에서 '색시'라니. 헛소리하면 머리에 비녀가 아니라 꽃을 달아줄 테야."

"어휴. 예, 예. 저도 대군 같은 낭군은 싫습니다."

"다행이구나."

용이 웃었다.

"오늘도 출타하십니까?"

곳비가 두 눈을 반짝이며 물었다.

"아니. 내 오늘은 서책을 봐야 한다."

용이 곳비의 시선을 피하며 책장을 열었다.

"소녀 다 알고 있습니다. 참새가 방앗간을 그냥 지나치겠습니까? 안평 대군께서 단옷날을 그저 지나치시겠습니까?"

"너만 알고 있으렷다."

용이 고개를 들고 곳비와 눈을 마주쳤다. 다짐을 받겠다는 눈빛이었다.

"예, 소녀도 데려가시면요."

"뭐라? 봄 지난 지가 언젠데 아직도 봄바람이 들어 있는 게야?"

"글공부를 열심히 하면 궁 밖으로 데려간다고 하지 않으셨사옵니까?"

"그래. 글공부를 열심히 하면……."

"열심히 하였사옵니다."

"아직 멀었느니라."

곳비가 눈매를 가늘게 모으고 용의 앞으로 얼굴을 들이밀었다.

"그 말씀 거짓이셨지요?"

"거짓이라니! 군자는 허언을 하지 않는다."

곳비가 용을 흘기듯 보았다.

"한데 제 이름을 '고삐'라고 적으셨습니까? 소녀가 음매 소입니까? 왜, 코뚜레라고 하지 그러셨습니까?"

오래 전 용이 곳비에게 성을 주던 날, 용은 장난삼아 '곳비'를 '고삐'라고 적었더랬다.

"어이 알았느냐?"

"글공부를 열심히 했다 아뢰지 않았습니까?"

"그래. 과연 열심히 했구나. 궁 밖으로 나가도 되겠구나."

용은 짐짓 진지한 표정으로 고개를 끄덕였다. 곳비는 좋아서 춤을 추듯 어깨를 흔들었다.

용은 곳비를 데리고 숭교방으로 왔다. 곳비의 눈이 휘둥그레졌다. 도성의 젊고 멋진 남녀들은 이곳에 다 모여 있었다. 여인들은 색이 고운 단오빔을 차려입고 머리에 궁궁이 꽃잎을 꽂고 있었다. 곳비 또래의 어린 처자들은 창포잠을 꽂고 있었다. 모두 꽃 만난 나비처럼 팔랑거렸다. 곳비의 입이 동그랗게 벌어졌다.

'자.' 하며 용이 곳비의 입에 쑥떡을 넣어 주었다. 곳비가 멀뚱히 용을 보았다.

"씹거라, 꼭꼭. 이거 달라고 입을 벌리지 않았느냐?"

곳비가 손을 저으며 떡을 씹었다. 그러고 보니 사람들 사이로 수리취떡이나 쑥떡, 단오부(端午符)를 파는 사람들이 오가고 있었다.

"감사합니다."

곳비가 고개를 숙이며 큰 소리로 말했다.

"그래. 많이 먹거라."

"아니요. 소녀를 이곳에 데리고 와주셔서 감사하다고요."

곳비의 얼굴이 흥분과 감격으로 상기되었다.

"그리 좋으냐?"

"예, 오늘은 단옷날이 아니라 제 탄일입니다. 어, 저기 저기, 저기로 가시지요."

용의 허락도 떨어지기 전에 곳비는 그네 터로 향했다. 붉은 줄 아래, 그네가 쥐엄나무에 매달려 흔들리고 있었다. 그네 위로 처녀의 연분홍 치마가 펄럭였다. 처녀가 높이 솟아올라 공중에 매달린 방울을 울릴 때마다 환호와 박수 소리가 터져 나왔다.

용은 지루한 듯 곳비에게 계속 보겠느냐고 물었다. 곳비는 그네에 시선을 둔 채 고개를 끄덕였다.

"재미가 없구나. 나는 씨름 구경이나 할 테니 보고 있거라."

"예."

용이 자리를 뜨고 곳비는 그네 구경에 푹 빠져 있었다. 잠시 후 곱게 땋은 머리에 주홍색 댕기를 두른 처녀가 그네에 올랐다. 구경꾼들은 여기저기서 술렁였다. 처녀는 한눈에 봐도 미인이었다. 구경꾼 모두 입을 모아 처녀의 아름다운 자태를 칭송했다.

곳비도 처녀의 미모에 감탄했다. 처녀가 그네를 구르기 시작하자 곳비는 넋을 잃고 처녀를 바라보았다. 그네가 높이 올라가자 처녀의 잇빛 치마가 잔바람에 나부꼈다. 천계에 산다는 선녀 같았다.

어느덧 용이 곳비의 곁에 다시 와 있었다. 곳비는 용을 슬쩍 보고는 미소를 지었다. 용의 태도는 대부분 다정하였고 마음은 늘 따뜻하였다. 제가 염려되어 용이 돌아왔다고 생각하니 고맙고 든든했다. 하지만 좋은 티는 내고 싶지 않았다. 이제 저는 왕자님의 색시가 되겠다고 소리치던 아홉 살 소녀가 아니었다.

"저 혼자 구경해도 되는데……."

곳비가 새침하게 말했다. 용은 대답이 없었다. 곳비가 용을 바라보았다. 용은 상기된 얼굴로 그네를 구경하고 있었다. 용의 긴 속눈썹이 흔들렸다. 눈빛이 별처럼 반짝거리고 콧날과 턱선이 매끈하였다.

"우리 왕자님, 멋지다. 하늘나라 선인 같아."

곳비는 용을 바라보며 나직이 속삭였다. 순간 곳비의 얼굴이 뜨거워졌다. 붉은 낯빛이 더 붉어졌다. 곳비는 마른 침을 삼키고 제 가슴에 손을 대었다. 가슴이 두근거리고 있었다. 소녀가 왕자에게 반하는 순간이었다.

조금 전, 용은 곳비를 그네 터에 두고 걸음을 옮겼다. 여름이 시작되고, 앵두 열매가 붉게 익어가고 있었다. 처녀 총각들은 서로를 비껴가며 눈을 맞추고 강아지들은 서로 마주 붙으며 꼬리를 쳐댔다. 용은 경치와 사람을 구경하며 씨름판을 찾아 두리번거렸다.

문득 용이 걸음을 멈추었다. 난생처음 맡아보는 매혹적인 향기에 정신이 아찔하였다. 향기의 주인을 찾아 고개를 움직였다. 정신이 몽롱해졌다. 향기의 주인은 사람이 아니었다. 이국의 그림에서나 볼 법한 자태였다. 새하얀 얼굴, 큰 눈동자, 매끄러운 콧날, 붉은 입술. 천상의 여인이었다.

용은 홀린 듯 여인을 따라갔다. 여인의 곁에는 사내가 있었다. 얼굴이 병든 이처럼 희멀겋고 웃는 모습이 계집처럼 맥없어 보이는 사내였다. 여인과 사내는 그네 터에서 멈추어 섰다. 용도 여인에게 시선을 고정한 채 멈추었다. 잠시 후 여인은 사내의 도움을 받아 그네에 올랐다.

용은 걸음을 천천히 옮겨 곳비의 곁에 섰다. 그네에 몸을 실어 하늘을 오르내리는 여인에게 시선을 모았다. 그네가 오를 때마다 여인이 천상으로 사라지지 않을까 마음을 졸였다. 그네가 내려올 때마다 여인이 선녀가 아니라 사람이어서 다행이라고 안도했다.

여인은 그 미모를 보고 달이 부끄러워 얼굴을 가렸다던 초선과 그 얼굴에 반해 물고기가 헤엄치기를 잊어버리고 물속에 가라앉았다는 서시가 환생한 듯하였다. 아니, 초선이 보면 얼굴을 가리고 서시가 보면 가라앉을 만큼 아름다운 용모였다.

곳비가 절 보면서 뭐라고 중얼거린 듯했지만 용의 귀에는 아무 소리도 들리지 않았다. 곳비가 저를 바라보는 듯하였지만 용의 눈에는 아무것도 들어오지 않았다. 용의 눈과 귀, 마음은 오직 저 여인을 향해 열려 있었다. 높이 치솟는 그네와 함께 용의 가슴도 뛰기 시작했다. 그네가 높이 올라가면 갈수록 용의 가슴은 더 빨리 뛰었다. 왕자의 첫사랑이 시작되었다.

그네 터 구경꾼들 틈에는 몰래 궁을 빠져나온 정현 옹주와 감 상궁이 있었다.

"참 아름답지 않사옵니까?"

"그래. 참으로 아름답구나."

"예, 옹주 아기씨. 아기씨 말씀대로 나오길 잘했사옵니다. 호호호."

오늘 아침 정현 옹주 이랑은 어머니 상침 송 씨 몰래 난생처음 위험한 외출을 감행했다. 어릴 적부터 자신을 돌본 감 상궁을 어르고 조르다가 종국에는 협박까지 해서 공범으로 만들었다.

—옹주 아기씨, 이 쓰개치마를 절대 벗으시면 아니 되옵니다.

　—알았다.

　—옹주 아기씨, 오늘은 사람들이 많으니 진짜 진짜 조심하셔야 되옵니다. 아는 이의 눈에 띄는 날에는 소인은 죽습니다.

　—내 자네의 목숨을 꼭 지켜줄 테니 걱정하지 마시게.

　—약조 잊지 마소서. 추천희(그네뛰기)만 구경하고 오시는 겁니다.

　—알겠으니 잔소리 그만하거라.

　감 상궁은 옹주가 쓴 옥색 쓰개치마를 몇 번이고 여며주면서 불안해하였건만 지금은 본인이 더 들떠 있었다.

　"사람들 말을 들어보니 저 낭자가 가회방에서 소문난 미인이라 하옵니다."

　"그래. 소문대로 과연 아름답구나."

　정현 옹주가 고개를 끄덕였다. 옹주의 시선은 그네 아래에 서서 그네를 올려다보고 있는 사내에게 머물러 있었다. 사내는 얼굴이 구름처럼 뽀얗고 미소가 꽃처럼 아름다웠다.

　"참말이지 제가 남정네라면 반하겠사옵니다."

　"응, 반해버렸다."

　옹주는 한 시도 눈을 떼지 않고 사내를 바라보았다. 옹주의 마음에 때 지난 봄바람이 불어오고 있었다.

2

정현 옹주는 골목 한 귀퉁이에 쪼그리고 앉아 그네 터를 향해 목을 뺐다.

"왜 이리 안 오는 게야?"

추천희가 끝나자 옹주는 사내가 향하는 곳을 보고 그를 앞질렀다.

옹주는 사내가 오는 길목에 제 당혜 한 짝을 벗어두고 왔다. 언젠가 명에서 건너온 상궁이 해준 이야기가 떠올랐기 때문이었다. 여인이 벗어놓고 온 신 한 짝 덕분에 멋진 사내와 연분을 맺었다는 이야기였다. 하지만 아무리 기다려도 옹주가 한눈에 반한, 그 멋진 사내는 오지 않았다.

"가봐야겠다."

옹주가 벌떡 일어났다.

"쓰개치마를 덮으십시오. 귀하신 얼굴을 보여서는 아니 되옵니다. 혹여 다른 이들의 눈에 띄어서는 아니 되옵니다."

감 상궁이 옹주의 뒤를 쫓으며 잔소리를 해댔다.

멀지 않은 곳에서 사내를 찾은 옹주는 앙감질을 하면서 그의 앞에 나타났다. 사내가 놀라 눈을 동그랗게 떴다. 옹주는 쓰개치마로 얼굴을 가린 채 사내에게 얌전히 말했다.

"제가 바로 그 당혜의 주인입니다."

사내는 무슨 영문이냐는 듯 물끄러미 옹주를 바라보았다.

"도련님께서 주우신 당혜, 저를 주시면 됩니다."

"당혜라니요?"

"좀 전에 이곳에서 당혜를 줍지 않으셨습니까?"

"아니요."

"아니, 제가 당혜 한 짝을 여기, 도련님이 선 자리에 딱, 놓고 왔는데 그걸 안 주우셨단 말입니까?"

"예, 소생은 보지 못했습니다."

"어떻게 그걸 못 보실 수 있습니까? 제 발 좀 보십시오. 이제 한 발로 가게 생겼습니다. 어쩌실 겁니까?"

감 상궁이 제 신을 벗어 내밀었다.

"제 거라도 신으십시오."

"네 발바닥이 곰 발바닥만 한데 내 발에 맞겠느냐?"

옹주가 울상을 지으며 감 상궁에게 쏘아댔다. 갑자기 사내가 주저앉아 옹주의 한쪽 발에 제 손을 갖다 대었다.

"어머, 어머, 어머, 어찌 규중 여인의 발을……?"

"잠시 기다리십시오."

사내는 옹주의 발 치수를 재고서는 어디론가 훌쩍 달려갔다.

잠시 후 사내가 다시 와서 당혜 한 짝을 내밀었다.

"괜찮으시면 이걸 신으십시오."

"이건 제 것이 아닌데요……."

"제 누이의 것입니다. 이거라도 신고 가십시오."

사내가 한 무릎을 꿇고 옹주의 발밑에 당혜를 놓았다. 옹주가 당혜를 신으며 환하게 웃었다.

"돌려드리겠습니다. 어디 어느 댁 도련님이신지……."

"괜찮습니다."

"아닙니다. 제가 빚을 지고는 못 사는 성격이라……."

"정말 괜찮습니다. 괘념치 마십시오."

"그럼 은인의 함자라도 간직하고 싶습니다."

"은인이라니요? 당치 않으십니다."

사내가 가벼이 절을 하고는 되돌아갔다. 옹주가 그런 사내의 뒷모습을 아련하게 바라보았다. 길을 가던 사내가 몸을 돌렸다. 옹주가 놀라 쓰개치마를 푹 덮어썼다.

"소영교입니다."

사내, 영교가 웃으며 사라졌다.

"소영교……."

옹주가 넋을 놓고 영교가 간 자리를 바라보며 중얼거렸다. 감 상궁이 어서 환궁하자고 재촉했다.

"한데 내 신은 도대체 어느 인간이 주워 간 거야?"

감 상궁의 채근에 정신을 차린 옹주가 소리쳤다.

"이걸 찾고 계십니까?"

용은 한쪽 발을 살포시 들고 주위를 두리번거리는 여인에게 다가가 제가 주운 당혜를 내밀었다. 여인이 큰 눈을 들어 당혜와 용을 바라보았다.

"제 것이 아닙니다."

여인이 정자에 앉아 잠시 쉬고 있을 때 정말 눈 깜짝할 사이에 아우, 영교가 왔다가 사라졌다. 그리고 신 한 짝도 사라졌다. 여인은 몸종과 함께 정자 주위를 두리번거리며 제 신을 찾고 있었다.

"아무럼 어떻습니까? 우선 이걸 신고 나중에 돌려주십시오."

여인이 망설였다. 씨름 대회를 알리는 북소리가 울려 퍼졌다. 여인은 신을 받아들었다.

"감사합니다."

씨름 대회를 알리는 북소리가 더 커지자 용은 재빨리 여인에게 말했다.

"진정 감사하시면 절 응원해주십시오."

"예?"

"저 씨름 대회에 제가 출전합니다. 꼭 오셔서 응원해주십시오. 꼭입니다, 꼭."

용은 여인과 눈을 맞추며 씨름장을 향해 달려갔다.

용은 씨름 대회에서 여러 번 승리하고 다시 씨름판 위에 섰다. 주위를 두리번거렸다.

구경꾼 틈에 있던 곳비는 용이 저를 찾는 걸 보고 손을 흔들며 소리쳤다.

"소녀 여기 있어요."

하지만 용은 곳비를 알아보지 못한 채 고개를 두리번거렸다.

용은 씨름판 둘레에 모인 사람들을 살피고 있었다. 순간 용의 얼굴이 환해졌다. 여인이 구경꾼들 틈에서 모습을 드러냈다. 곧 용의 얼굴이 일그러졌다. 여인의 곁에는 아까 본 그 사내가 함께 있었다. 둘은 정인처럼 다정해 보였다.

용이 말했다.

"이번에는 내가 상대를 직접 고르겠소."

용은 손가락을 들어 사내를 지목했다.

"거기."

사람들의 시선이 용의 손가락 끝을 따라 사내에게 집중되었다.

"자네 나와 한 판 붙지."

사람들이 박수를 쳤다. 사내는 얼떨결에 끌려 나와 용과 대적하게 되었다.

맑은 미소와 고운 얼굴을 가진, 선하디 선하게만 보이는 사내. 한 번 본 사람은 누구든지 금세 호감을 가질 만한 얼굴. 하지만 용의 마음은 편치 않았다. 어쩐지 이 사내와는 연적이 될 것만 같았다. 운명처럼.

용과 영교가 마주 섰다. 사람들의 시선은 용과 영교를 번갈아 오고 갔다. 객석이 더욱 소란스러워졌다. 몸이 훤칠하고 사내다운 기백을 물씬 풍기면서도 흔치 않은 기품을 지닌 사내와 그림에서 방금 빠져나온 것처럼 아름다운 인상을 지닌 두 사내의 대결. 결과는 뻔하다면서도 사람들은 두 사람의 대결을 기대했다.

곳비의 시선은 처음부터 끝까지 오직 용에게만 머물러 있었다. 저 사내는 물론, 오늘 씨름에 출전한 모든 사내들 중에서도, 아니 여기에 모인 모든 사내들 중에서도 단연, 곳비의 시선과 마음을 사로잡은 이는 용 한 사람밖에 없었다.

"어머머, 저거 저거, 아니 저분 우리 안평 대군 아니십니까?"

감 상궁이 구경꾼 틈을 비집고 들어오다가 깜짝 놀라 소리쳤다.

"이건 응원하고 환궁해야겠습니다."

"우리가 응원하는 사람은 오라버니가 아니라 도련님이다."

옹주가 영교를 가리켰다. 감 상궁이 옹주를 흘깃했다. 옹주가 눈을 부라렸다. 감 상궁은 시선을 돌렸다. 꺼림칙한 기분으로 박수를 쳐대며 영교를 응원했다. 물론 용을 응원하는 속마음은 숨겼다.

사내는 몸집은 작았지만 맷집은 강했다. 용은 앞선 사내들을 넘길 때보다 더 많은 땀을 쏟고서야 영교를 패대기칠 수 있었다. 여인이 달려와 사내를 살폈다. 사내가 여인의 팔을 잡고 일어섰다.

용은 여인을 바라보았다. 여인이 용에게 고개를 숙인 뒤 사내와 함께 씨름판을 빠져나갔다. 용은 여인을 쫓아가 막아섰다. 여인은 걸음을 멈추고 용을 바라보았다.

"다시 만나고 싶소."

여인은 사내를 바라보았다. 사내가 입을 열려는 순간 용이 손을 들어 사내를 저지했다.

"나는 이용이오."

여인과 사내가 당황한 기색으로 말을 잇지 못했다.

"언짢게 하였다면 사과드리오. 낭자를 다시 만나고 싶은 마음에 결례를 범하였소."

여인의 표정이 침착해졌다. 용을 바라보았다.

"홍현골에 사는 소영신이라고 하옵니다."

여인, 영신이 고개를 숙여 절을 하고는 자리를 떴다.

"영신."

용이 영신의 이름을 속삭이며 뒤를 따랐다. 작은 손이 용의 옷자락을 붙잡았다. 곳비였다.

"곳비야, 먼저 환궁하거라. 잘 찾아갈 수 있지?"

"대군."

용이 눈을 크게 떴다.

"곳비야, 네 목소리가 어찌 이러느냐?"

곳비가 백 년 묵은 귀신 같은 목소리를 냈다.

"대군을 응원했어요."

"용, 용 하고 윗전의 이름을 막 불러댔으니 벌을 받은 게다."

"제 목소리를 들으셨어요?"

"듣다마다."

곳비가 웃었다.

"감 상궁과 랑이 목소리도 들었지."

"두 분도 오셨어요?"

"안 온 걸로 하자. 나는 긴한 일이 있어서 가봐야 한다. 혼자 환궁할 수 있겠느냐?"

"예."

"그럼 조심해서 가거라."

용이 발걸음을 옮겼다.

"한데 대군……."

곳비가 다시 용의 옷자락을 쥐었다. 용이 곳비를 내려다보았다.

"제가 좀 아픈 것 같아요."

용이 곳비의 이마와 맥을 짚었다.

"열은 없고 맥도 정상인데……. 언제부터 아팠느냐?"

"대군께서 그네 터에 다시 돌아오셨을 때 대군을 보는 순간 열이

나고, 가슴도 탈이 난 듯하고, 이래저래 불편했어요."

"나를 보자마자?"

용이 몸을 낮추고 곳비를 가만 보았다.

"너 혹시……."

곳비가 눈을 말갛게 뜨고 용을 보았다.

"그 쑥떡을 다 먹은 게냐? 대군전 사람들과 나눠 먹으려고 산 걸 혼자 다 먹었으니 체할 수밖에."

용이 곳비의 등을 두드렸다.

"체한 건 아닌 것 같은데……."

"뭐?"

용이 눈을 크게 떴다.

"아닙니다. 안 가십니까?"

"환궁해야지."

"긴한 일이 있으시다면서요."

"아프다면서?"

"소녀 때문에 환궁하시겠다고요?"

"너 때문이겠느냐?"

"그럼?"

"말하지 마라. 귀신 같은 목소리 듣기 싫다."

"예."

"어허."

용이 목소리를 깔았다. 곳비가 손으로 입을 막고 고개를 끄덕였다. 용이 앞장서면서 말을 이었다.

"그러게 누가 소리를 지르래? 떡을 많이 먹으래? 응원을 해도 얌전히 해야지. 떡을 먹어도 꼭꼭 씹어 먹어야지. 내 꼭꼭 씹으라 하였지?"

용이 뒤를 보았다. 곳비가 걸음을 멈추었다.

"업어주랴?"

곳비가 한 손으로 입을 막은 채 고개를 저었다.

"어서 가자. 의녀한테 보여야지."

곳비가 용을 앞세우고 뒤따랐다.

곳비는 마당에 쪼그려 앉아 달을 보았다.

"꾀병쟁이."

용이 다가와 곳비의 머리를 콩, 두드렸다. 곳비가 머리를 만지며 일어났다.

"꾀병이 아니옵니다. 아깐 참말로 아팠습니다."

"한데 의녀는 어찌 아무 이상이 없다고 하느냐? 체하지도 않았다는데?"

"제가 체하지는 않았다고 아뢰지 않았사옵니까?"

"그랬지. 나를 본 순간 열이 나고, 가슴이 탈이 난 듯하고, 이래저래 불편하다 하였지. 가만, 몸이 뜨거워지고, 가슴이 두근거리다가 몹시 뛰고, 발바닥이 간질거리고, 나를 봐서 좋으면서도 불편하였느냐?"

"예, 그겁니다."

곳비가 고개를 끄덕였다.

"나도 그랬다."

용은 영신을 떠올렸다.

"연정이니라."

"예?"

"하나 너는 도둑이 제 발 저린 게지. 잘못을 한 게야."

"아니옵니다."

"잘 생각해보아라. 모처럼 궁 밖에 나갔으면 잘 놀다 올 일이지 아프긴 왜 아파?"

용은 뒷짐을 지고 걸음을 옮겼다. 곳비는 용을 따랐다.

용과 곳비는 처소를 나와 후원을 걸었다. 곳비가 어깨를 들썽거리며 조잘거렸다.

"아깝습니다. 대군께서 결승에 나가셨더라면 황소 한 마리는 당연히 대군의, 아니 우리 것이었을 텐데요."

용은 처음부터 씨름을 즐기고 싶었을 뿐, 우승할 생각은 없었다. 씨름꾼 왕자로 세간의 입에 오르내리고 싶지 않았다.

"너 결승에 나온 사내들을 못 봤느냐?"

"못 봤는데요."

"어휴, 덩치가 진짜 황소만 했다. 아마 겨루었으면 내가 황소에 깔려 죽었을 게야."

용이 과장된 몸짓으로 고개를 저었다.

"그래도…… 소녀는 대군이 이겼을 것 같은데요?"

용이 곳비를 보며 싱긋 웃었다.

"대군께서는 학문이며 무예며 빠지는 것이 없으시잖아요. 악기도 잘 다루시고 그림도 잘 그리시고요."

"그렇지."

용이 고개를 끄덕였다.

"하나 씨름은 다르다. 황소랑 싸워서 어찌 이기겠느냐?"

"대군께서는 지모가 있으시잖아요. 저는 황소가 아니라 호랑이가 와도 대군께서 이기셨을 것 같아요."

용이 말없이 곳비를 바라보았다. 곳비가 눈을 반짝이며 용을 보았다.

"곳비야, 너는 가끔씩 나를 너무 대단하게 보느니라. 난 그저 평범한 사람인데……."

"평범하지 않은데요? 대군께서는 세상에서 가장 멋지고 근사하고 훌륭한 왕자님이신걸요."

"다른 사람도 그렇게 생각해줄까?"

"그럼요."

용이 생각에 잠긴 듯 머뭇거렸다.

"참말인데요?"

"그래. 다른 이의 눈에도 내가 그렇게 보였으면 좋겠구나."

용은 영신을 떠올리며 미소를 지었다. 곳비는 미소 짓는 용을 보며 환하게 웃었다.

두 사람의 마음에 초여름 산들바람이 불어왔다. 바람에 두 사람의 꿈이 살랑거렸다.

3

한 달이 지났다. 곳비는 용만 생각하면 가슴이 간질간질하고, 용만 보면 가슴이 두근댔다. 용을 가까이 대하면 붉은 얼굴이 더 붉어졌다.

곳비의 손에서 붓끝이 가늘게 떨리고 있었다. 곧 종이 위에 검은 먹물이 부드럽게 춤을 추기 시작했다. 곳비가 쓴 글씨 아래로 가늘고 긴 난초 잎이 완만한 선을 뽑내고 있었다. 용의 그림이었다. 요즈음 사군자 그리기에 심취한 용의 방에서는 그리다 만 파지들이 몇 장씩 나왔다. 곳비는 파지들을 주워서 그 위에 제가 외운 시들을 썼다.

곳비는 시를 쓰다 말고 방 안에서 책을 읽는 용의 모습을 바라보았다. 열여섯 소년, 아니 이제는 어엿한 청년인 용의 모습은 전설 속 신선처럼 아름답고, 이야기 속 무장처럼 늠름하였다. 등을 꼿꼿이 세우고 책장을 넘기는 모습은 이 세상을 등지고, 맑고 고결하게 살아가는 선비 같기도 했다. 곳비는 행복했다. 용이 제 윗전이라는 사실이. 하지만 때때로 슬펐다. 제가 궁녀라는 사실이.

곳비는 약과와 약반을 접시에 담고 흐뭇한 미소를 지었다. 생과방에서 제가 처음으로 성공한 음식이었다. 약반에는 잣과 대추를, 약과에는 잣을 고명으로 올렸다. 잣은 용이 좋아하였다.

곳비는 간식을 들고 용의 처소로 갔다. 마침 용을 가장 잘 따르는 여 왕자와 유 왕자도 함께 있었다.

"왕자 아기씨들, 잘 오셨습니다. 소녀가 깜짝 놀라실 만한 맛을 대령하였사옵니다."

곳비는 소반을 내려놓으며 자신감을 드러냈다. 여와 유의 얼굴이 밝아졌다. 기름칠을 한 약과와 약반에는 윤기가 좔좔 흐르고 있었다. 꽤 먹음직스러워 보였다. '맛있겠다', '맛나 보인다.' 두 왕자가 음식을 들여다보며 말했다.

"진짜로 깜짝 놀랄 맛일 게다. 한데 나는 배가 불러서 못 들겠구나."

왕자들과 달리 용은 음식을 사양했다.

"소녀가 처음 만든 것이온데……."

곳비가 말끝을 흐리며 접시를 용의 앞으로 내밀었다.

"형님, 곳비의 정성이 가상하지 않습니까? 형님 먼저 한 입 드십시오."

여도 음식을 권했다. 용이 마지못해 젓가락을 들었다. 용은 약과에 올린 잣을 집어 입에 넣었다.

"괜찮구나."

곳비가 입술을 쏙 내밀고 용을 바라보았다.

"약과는 아니 드십니까? 약반도 있는데요."

용은 곳비를 한 번 보고서는 약반에 올린 대추를 먹었다.

"이것도 괜찮구나."

"약과와 약반을 맛보셔야지요."

"나는 잣과 대추만으로 충분하다."

"그래도 한 입만 드셔보십시오."

곳비의 사정에 용이 손을 떨며 젓가락을 약반으로 옮겼다. 용이 밥알 하나를 들어 입에 넣고 천천히 씹었다. 괜찮았다. 용은 약반을 집어서 입에 넣었다. 먹을 만하였다.

여와 유가 차례로 약과를 입 안에 넣었다. 왝, 하며 유가 약과를 뱉어냈다. 용은 뱉어낼 정도는 아니라고 생각하면서 고개를 갸웃하며 웃었다.

"곳비도, 나도 이미 '깜짝 놀랄 맛'이라고 하지 않았느냐? 아무튼 유를 깜짝 놀라게 했으니 곳비 네 목적은 달성한 듯하구나."

"형님은 괜찮으십니까?"

유가 여에게 물었다. 여가 무표정하게 약과를 천천히 씹고 있었다. 약과를 다 씹은 여가 곳비에게 말했다.

"맛이 있지는 않지만 맛이 없지도 않고, 그렇다고 맛있는 맛도 아니고 맛없는 맛이 나는구나. 맛없는 맛도 맛이니, 맛이 있다."

"단곳비, 넌 도대체 잘하는 게 뭐냐? 침선도 못 해, 음식도 못 해. 그렇다고 용모가 아름답길 하냐, 몸이 튼튼하길 하냐? 궁녀라면 솜씨와 재주를 갖추어야 하거늘 잘하는 게 아무것도 없는 궁녀는 처음 본다."

유가 곳비를 나무라고서는 밖을 향해 소리쳤다.

"주 상궁, 곳비를 당장 생과방에서 내쫓으시게. 곳비가 만든 음식을 먹다가 우리 형님 곧 돌아가시겠네."

곳비가 한숨을 쉬며 고개를 푹 숙였다.

"까다롭긴. 그 정도는 아니니 염려 말거라."

용이 곳비를 보며 말했다. 곳비가 새무룩한 얼굴로 용을 바라보았다. 생과방에 계속 있게 해주세요, 하는 간절한 눈빛을 보냈다. 하지만 용은 고개를 저었다. 괜히 곳비를 생과방에 두어 욕을 먹게 하고 싶지 않았다.

"생과방은 아니 된다. 정 어딜 가서 일을 배우고 싶으면 세수간에 가거라."

"소녀, 세수간은 싫습니다. 요리나 침선을 배우고 싶사옵니다."

"안 된다. 생과방도 소주방도 침방도 수방도 다 안 된다. 세수간을 제외하고 널 받아줄 곳은 아무 데도 없느니라."

용의 목소리가 단호했다.

"그럼, 곳비는 제가 데려가겠습니다."

새로운 목소리가 끼어들었다. 정현 옹주 이랑이었다. 모두가 시선을 정현 옹주에게 옮겼다.

"제 처소에는 곳비가 꼭 필요합니다. 하니 제가 데려가겠습니다, 오라버니."

"곳비가 원치 않을 텐데?"

용이 곳비를 보면서 자신 있게 말했다.

"곳비가 원하면 보내주시렵니까?"

"물론, 곳비가 원하면……."

옹주는 용의 말이 끝나기도 전에 곳비에게 말했다.

"곳비야, 오라버니의 구박을 받으면서 세수간에 갈 테냐, 나의 환대를 받으며 내 처소로 갈 테냐?"

곳비가 용을 바라보며 대답을 망설였다.

"솔직히 말해보거라. 우리 오라버니가 뒤끝 있는 분이 아니시다. 왕가에서 가장 담대하고 호탕한 분으로 유명하시지 않느냐? 그렇죠,

오라버니?"

옹주가 용을 보며 고개를 기울였다. 용이 고개를 끄덕였다.

"그래, 곳비야. 네가 원하는 대로 해주마. 옹주의 처소로 가고 싶으냐?"

"소녀, 세수간은 싫습니다."

곳비가 용을 바라보며 조심스레 말했다.

"거 보십시오. 싫다지 않습니까? 오늘부로 곳비는 제가 데려가겠습니다."

"세수간이 싫다 했지, 널 따라가고 싶다고도 하지 않았다."

"오라버니 앞에서 제 처소로 가고 싶다고 딱 잘라 말할 수도 없는 곳비의 처지를 좀 헤아려주십시오."

용이 곳비를 보았다. 곳비는 말없이 용의 시선을 외면했다.

"그리고 오라버니 방에서 데려가고 싶은 게 하나 더 있습니다."

"뭐냐?"

"저 벼루와 붓이요."

정현 옹주가 탁자에 놓인 벼루와 붓을 가리켰다.

"저 벼루와 붓은 아니 된다. 곳비는 얼마든지 데려가거라."

용이 단칼에 거절했다. 벼루와 붓은 명국에서 온 것인데, 임금이 용에게 하사한 귀한 물건이고 용이 가장 아끼는 물건이었다.

'곳비는 얼마든지 데려가거라.'

'곳비는 얼마든지 데려가거라.'

'곳비는 얼마든지 데려가거라.'

곳비의 귓가에 용의 말이 맴을 돌았다. 서운함이 밀물처럼 밀려왔다.

"곳비야, 어쩜 네가 모시는 안평 대군께서는 말도 못 하는 저 벼루와 붓을 너보다 더 귀히 여기시는구나. 하지만 난 아니다. 난 네가 더 소중하다."

"감사합니다, 옹주 아기씨."

곳비는 풀이 죽은 모습으로 옹주를 향해 절을 했다.

"우린 할 일이 많으니 어서 가자. 물론 세수간 일은 아니다."

옹주가 곳비의 손을 잡아끌었다. 곳비가 용에게 절을 하고서는 옹주를 따라 방을 나갔다. 곳비의 붉은 볼이 부루퉁했다.

댓돌에 내딛는 곳비의 발 무게가 천근만근이었다.

"네 걸음이 원래 이리 더디었느냐? 빨리 가자."

정현 옹주가 곳비를 재촉했다. 곳비는 무거운 발을 들어 옹주를 쫓았다.

"단곳비."

곳비가 마당 가운데로 왔을 때 용의 목소리가 곳비의 걸음을 붙잡았다. 곳비의 볼이 반듯해졌다. 분홍빛으로 물들었다. 곳비가 눈매에 웃음을 가득 담고 뒤를 돌아보았다. 용이 대청으로 나와 있었다.

"또 옹주와 싸우지 말거라."

용의 당부에 정현 옹주가 뒤를 돌아보았다.

"오라버니도 참, 그건 철모르던 어릴 적 일이 아닙니까? 우리가 얼마나 친한데요. 그치, 곳비야?"

옹주의 질문에 곳비가 고개를 끄덕였다.

"그럼 이만 갑니다."

옹주가 인사를 하고 돌아섰다.

"곳비야."

용이 다시 곳비를 불렀다.

"아, 또 뭡니까?"

곳비 대신 옹주가 인상을 쓰며 대답했다. 곳비는 물끄러미 용을
바라보았다.

"가서 또 사고 치지 말고, 바늘과 실은 멀리, 음식은 만드는 게 아
니라 먹기만 하는 것이다. 알겠느냐?"

"오라버니, 걱정일랑 붙들어 매십시오. 옹주방에서 곳비가 얼마나
중한 일을 하는데요. 바느질하고 음식 만드는 일에 기웃거릴 여가가
없습니다."

옹주가 용을 바라보는 곳비에게 말했다.

"오늘따라 오라버니께서 웬 잔소리가 저리 많으신지⋯⋯. 서둘러
여길 벗어나야겠다. 어서 가자."

곳비는 용에게서 시선을 거두고 걸음을 옮겼다. 대문을 나서기 전,
곳비는 다시 한번 몸을 돌려 대청마루를 보았다. 대청에 여전히 용
이 서 있다면 대군의 곁에 있게 해달라고 청할 작정이었다. 그러나
대청엔 아무도 없었다. 환담을 나누는 세 왕자의 웃음소리만 문을
넘어 들려올 뿐이었다.

곳비는 정현 옹주를 따라 왔다. 처음 입궁하여 멋모르던 시절, 곳
비는 정현 옹주와 다투고 궁을 나간 적이 있었다. 정현 옹주는 자책
하다가 곳비가 환궁하였을 때 반갑게 맞아주었고, 두 사람은 이내

벗이 되었다.

곳비는 정현 옹주의 연서를 대필해주었다. 정현 옹주는 한 달 전 단옷날에 출궁을 하였다가 홍현골에 사는 소영교라는 사내에게 반했다고 하였다. 정현 옹주는 나인으로 분장하여 곳비가 쓴 서신을 영교에게 전하고 두 번째 답신을 받아온 터였다. 정현 옹주는 곳비에게 또 서신을 써달라고 하였다.

"이번엔 무얼 써야 할지…… 어렵습니다."

"내 솔직한 마음을 쓰면 된다."

"솔직한 마음이요?"

"그래. 도련님은 내게 첨벙 빠지셨으니 무얼 써도 기꺼워하실 게야."

"이제 겨우 세 번 만났는데 벌써 고백을 받으셨습니까?"

"넌 연서는 잘 쓰는데 실전은 아직 멀었구나. 사모하는 마음을 꼭 말로 표현해야 하느냐?"

"그럼 어찌 도련님의 마음을 알 수 있습니까?"

"나를 바라보는 눈빛과 내게 건네는 말씨에 연정이 가득 담겨 있단다."

눈빛과 말씨. 곳비는 용의 눈빛과 말씨를 떠올렸다. 눈빛과 말씨는 대부분 다정했다. 하지만 여 왕자와 유 왕자, 정현 옹주를 대할 때도 그 눈빛과 말투였다. 아무리 생각해도 연정은 느낄 수 없었다. 곳비는 실망하여 저도 모르게 고개를 저었다.

"한데 은애하는 여인이 임금의 여인인 궁녀라니 그 마음이 얼마나 아프시겠느냐?"

"어찌하시려고요? 사모할 수 없는 여인을 사모하는 도련님의 마음을 생각하니 어쩐지 좀 서글퍼집니다. 계속 나인 행세를 하시렵니까?"

"아니. 곧 내가 그 연서의 주인공 정현 옹주요, 하고 정체를 드러낼 테다. 궁녀라고 생각한 여인이 궁녀가 아니고 옹주라니 얼마나 기뻐하시겠느냐?"

"그러고요?"

"물론, 길례를 올려야지."

"옹주님 마음대로 길례를 올릴 수 있습니까?"

"윗전의 허락이 있어야 하지만 어머님은 나를 가장 귀애하는 분이고, 중전마마는 세상에서 가장 자애로우신 분이고, 아바마마께서는 중전마마의 말씀을 가장 잘 들어주시는 분이니 세 분 다 분명 내 소망을 들어주실 게다."

옹주가 얼굴 가득 환한 미소를 지었다. 꿈에 부푼 옹주를 가만히 보다가 곳비가 말했다.

"옹주님이 부럽습니다."

"왜? 너도 시집을 가고 싶으냐?"

"아닙니다. 궁녀가 어찌 시집을 갑니까?"

곳비가 손사래를 쳤다. 옹주가 미소를 거두고, 곳비를 말없이 바라보았다.

오 년 전, 곳비가 처음 입궁했을 때 곳비는 저 때문에 어머니 상침 송 씨에게 모진 매를 맞아야 했다. 곳비는 저보다 두 살 위였지만 몸집은 더 작았다. 곧 부러질 듯한 나뭇가지처럼 앙상한 다리에 새겨진 매 자국을 보면서 옹주는 미안해졌다. 하여 곳비가 용과 궁을 떠났을 때 저 때문인 것만 같았다. 자책하며 곳비가 무사하기를 바랐다. 곳비가 돌아왔다는 소식을 듣고 곳비의 처소 앞을 서성거렸다. 어떻게 말을 붙일까 고민하는 찰나 곳비가 먼저 옹주에게 허리를 굽혔다.

—옹주 아기씨, 그날은 소녀가 잘못했습니다. 소녀를 용서해주십시오.

—아니…… 뭐…… 나도……. 이거 먹어.

옹주가 쥐고 있던 함지를 내밀었다. 곳비가 함지를 받아 덮개를 열었다. 안에는 쑥떡이 담겨 있었다.

—너 먹어. 쑥떡 많이 먹으면 쑥쑥 자란대.

곳비가 옹주에게 함지를 다시 내밀었다.

—옹주님 드세요.

—아니야. 너 다 먹어.

옹주가 침을 꿀꺽 삼켰다. 먹고 싶은 걸 내내 참았는데 막상 보니 입 안에 침이 고였다.

—같이 드세요.

곳비가 떡을 집어 들고 옹주에게 내밀었다.

—그럴까?

—예.

—이거 네가 먹으라고 해서 먹는 거야. 내가 먼저 먹겠다고 한 거 아니다.

—그럼요.

둘은 툇마루에 앉아 따스한 볕을 받으며 쑥떡을 찰떡처럼 나누어 먹었다.

"곳비야."

옹주가 그때 일을 떠올리며 곳비를 불렀다.

"방법이 있다."

"무슨 방법이요?"

"네가 시집갈 수 있는 방법."

"참말이요?"

곳비가 눈빛을 반짝이며 물었다.

"가고 싶긴 한 모양이구나."

"아니요."

곳비가 눈을 내리고 고개를 저었다.

"승은을 입으면 된다. 승은을 입거라. 우리 어머니도 처음엔 그냥 궁녀였다. 한데 승은을 입고 나를 낳으시고 처지가 달라지셨다. 물론 지금도 외로우시기는 하지만……."

곳비와 옹주가 동시에 한숨을 내쉬었다.

곳비는 다시 용의 처소로 돌아갔다. 한나절 동안 제가 없었는데도 대군의 처소에는 아무 일도 일어나지 않았다. 용은 '잘 놀다 왔느냐.' 라고만 물을 뿐이었다.

"소녀, 사명감을 갖고 안평 대군의 소세와 목욕을 책임지겠습니다."

곳비는 자진하여 세수간 일을 청했다. 용은 세수간은 그냥 해본 말이니 신경 쓰지 않아도 된다고 하였다. 하지만 곳비는 세수간을 고집했다. 뭐라도 배우고, 잘하는 일을 하나라도 찾아서 대군께 꼭 필요한 궁녀가 되고 싶다고 생각했다. 그래서 대군의 입에서 '곳비는 얼마든지 데려가거라.' 라는 말이 두 번 다시 나오지 않기를 바랐다. 곳비는 이번에는 용의 마음에 쏙 들겠다고 다짐했다.

목욕통에는 세수간에서 올린 물이 반쯤 담겨 있었다. 곳비는 물의 온도를 확인했다. 대군께서는 찬물은 질색하시는데……. 곳비가 이마를 찡그렸다. 용은 무더운 여름날이 아니면 찬 음식은 잘 들지 않았고, 찬 데는 앉지도 않았다. 곳비는 물을 다시 길어와 끓였다. 끓인 물을 욕조에 부었다. 손을 넣어보았다. 용이 좋아하는, 한겨울 아랫목처럼 뜨끈뜨끈했다. 곳비는 끓인 물을 계속 부어주면서 온도를 유지했다.

용이 목욕간으로 들어왔다.

"소녀에게 일을 맡긴 걸 후회하지 않으실 겁니다."

곳비가 자신만만한 표정으로 말했다. 용이 웃으며 욕조에 들어갔다.

"앗, 뜨거."

용이 비명을 지르며 벌떡 일어났다.

"뜨거우십니까?"

곳비가 놀라 용을 향해 찬물을 냅다 들이부었다.

"앗, 차가워."

용이 펄쩍 뛰면서 소리쳤다. 붉으락푸르락 얼굴을 구겼다. 그러나 곧 얼굴이 굳었다. 아랫도리가 허전했다. 설마, 한기를 느껴서 그런 거겠지. 용이 생각하며 시선을 아래로 떨구었다. 곳비의 시선도 용을 따라 움직였다. 용의 아래 속곳이 없었다. 물 위에 떠 있었다. 용의 맨몸이 완전히 드러났다.

"아!"

"아!"

용과 곳비가 목욕간이 떠나가도록 비명을 질렀다.

"아!"

용이 속곳을 주워 몸에 둘렀다. 욕탕 밖으로 나오다가 몸이 흔들렸다. 곳비가 용을 잡으려다가 용의 속곳을 잡아당겼다. 용이 곳비를 쳐다보았다. 용의 속곳이 곳비의 손에 있었다.

"아!"

"아!"

용이 소리를 지르며 욕탕 안으로 뛰어들어 주저앉았다. 곳비가 용의 속곳을 욕탕 안으로 집어 던졌다. 양손을 들어 눈을 가렸다.

"소녀, 아무것도 안 봤습니다. 참말 아무것도 안 봤습니다."

용이 고개를 숙였다. 화 덩이가 치밀어 오르는지 가슴이 위아래로 불뚝거렸다. 온몸을 부들부들 떨었다.

"하하하하, 하하하하. 하하, 하하하하하."

용이 실성을 한 사람처럼 웃어댔다. 용의 웃음에 마음이 놓였는지 곳비가 말을 붙였다.

"한데 살이 찌긴 좀 찌셨습니다. 속곳이 터질 만합니다."

"야!"

용이 다시 소리를 질렀다.

"나가! 당장 나가!"

용의 목소리가 천둥 번개보다 세고 무서웠다. 생전 처음 본 용의 모습에 곳비가 천둥에 개 뛰어들 듯 허둥대며 밖으로 뛰쳐나왔다.

"단곳비! 다시는 내 눈에 띄지 마. 다시는 내 눈에 띄지 말거라, 다시는!"

용의 고함이 대군 처소에 울려 퍼졌다. 그 목소리에 대군 처소에 있던 내관과 상궁, 나인이 다 뛰쳐나왔다. 곳비는 무슨 일이냐고 묻는 사람들의 목소리를 뒤로 하고 대문을 벗어나 냅다 달리기 시작했다.

어둠이 내리고서야 곳비가 돌아왔다. 대군의 처소는 고요했다. 곳비는 조심조심 걸음을 옮겨 뜰 한가운데에 섰다. 어둠에 잠긴 용의 방을 바라보다 절을 올렸다.

"안평 대군 대감, 사고뭉치 곳비는 이제 참말로 대군을 떠나겠사옵니다. 부디 강녕하십시오."

곳비는 돌아서다가 멈추었다. 다시 용의 방을 바라보았다. 불 꺼진 방은 어둠 속에서 고요히 잠들어 있었다. 곳비는 다시 뒤돌아섰다. 한 발짝 걸음을 옮겼을 때 듣고 싶은 그 목소리가 곳비를 붙들었다. 주위가 환해졌다.

"곳비야, 가지 말거라. 너 없이 내 어찌 살겠느냐?"

곳비가 용의 방을 향해 몸을 돌렸다. 환한 방 앞에 용이 서 있었다. 자다 깼는지 침의 차림이었다. 곳비를 보며 가지 말라고 말하고 있었다. 곳비의 눈망울이 촉촉해졌다. 곳비가 몇 번이고 고개를 끄덕였다.

"꿈 깨거라! 오라버니가 아무리 호인이라도 너 같은 대형 사고뭉치를 왜 잡겠느냐?"

"안 돼."

곳비가 소리치며 고개를 저었다. 정현 옹주의 목소리에 정신을 차리고 보니 빛도 용도 사라지고 없었다.

"그러게 내 처소에 있으라니까. 굳이 가서 또 사고를 치느냐? 이번에는 대형 사고라면서? 구제받기 쉽지는 않을 것이다."

"예, 알고 있습니다."

곳비가 어두운 얼굴로 고개를 떨구었다. 정현 옹주가 곳비를 데리고 제 처소로 돌아갔다.

곳비의 손에서 붓끝이 가늘게 떨리고 있었다. 곧 종이 위에 검은 먹물이 부드럽게 춤을 추기 시작했다. 곳비가 쓴 글씨 아래로 가늘고 긴 난초 잎이 완만한 선을 뽐내고 있었다. 오늘도 곳비는 용의 방에서 나온 파지 위에 시를 썼다.

어느새 왕자 여가 곳비의 등 뒤에 섰다. 여는 몸을 낮추어 어깨 너머로 곳비가 하는 양을 바라보았다. 곳비는 이를 알아차리지도 못한 채 글씨 쓰기에 집중하고 있었다.

"그리움이구나."

"예?"

곳비가 여를 올려다보았다.

"네 글씨에 그리움이 가득 담겨 있구나. 그리움은 사모하여 생기는 감정이지."

여가 글씨를 찬찬히 보며 말을 이었다.

"네가 사모하는 이가 이 그림의 주인이겠지."

"예, 예?"

곳비가 깜짝 놀라 붓을 떨어뜨렸다. 종이 위에 먹물이 번졌다. 곳비의 얼굴이 더 붉어졌다.

"그럴 리가요? 아니요, 아닙니다. 전 절대로 대군, 아니 이 그림의 주인을 사모하지 않습니다."

"그럼 이건 뭐 하는 짓이냐?"

여가 곳비가 쓴 글씨를 가리켰다.

"글씨 연습이요."

"굳이 안평 형님께서 버리신 종이 위에다 안평 형님의 필체를 흉내 내면서 글씨 연습을 하는 것은 무슨 연유일까?"

"그거야 종이가 아까워서…… 또 필체는 제가 어릴 때부터 대군의 글씨를 하도 많이 봐 와서 자연스럽게 익힌 게지요."

"한데 얼굴이 붉어지는 건 무슨 연유일까?"

곳비가 양손으로 제 볼을 감싸며 고개를 돌렸다.

"곳비 얼굴은 시도 때도 없이 언제나, 늘 붉습니다. 왕자, 곳비 좀 그만 놀리십시오."

방 안에서 졸고 있던 정현 옹주가 대청으로 나왔다

"누이, 전 곳비가 어째 좀 수상한데요?"

여의 눈에 장난기가 가득하였다.

"안평 오라버니는 지난 오 년을 동고동락한 곳비를 쫓아냈습니다. 곳비가 매정한 안평 오라버니를 왜 좋아하겠습니까? 우리 여 왕자라면 모를까?"

이번에는 옹주가 여를 놀렸다. 그러나 여는 쉽게 넘어가지 않았다.

"그럼, 곳비를 제 처소로 데려갈까요? 전 곳비가 만든 음식도 잘 먹는데요?"

"두 분 그만하십시오. 저 안평 대군도 여 왕자님도 둘 다, 아니 아무도 좋아하지 않습니다."

곳비가 양 볼을 두 손으로 감싼 채 고개를 저었다.

"그러게 넌 왜 그딴 걸 써서 오해를 사느냐?"

"그러게 말입니다."

여가 맞장구를 쳤다.

"안평 오라버니는 한량 기질이 다분하다. 혹여 눈곱만치라도 마음이 있더라도 관두거라. 오라버니 같은 사람은 여인에게 좋은 사내가 아니야. 사내는 자고로 소 도련님과 같아야 한다."

"소 도련님은 또 누구입니까?"

여가 흥미로운 얼굴로 물었다. 이번에는 옹주의 얼굴이 붉어졌다.

"하하. 소 도련님은…… 이야기책에 나오는 인물입니다. 아름답고 착하고 반듯하고 따뜻하고 다정하고 자상하고…… 아무튼 나무랄 데가 하나도 없는 그런 인물이지요."

옹주가 이야기책을 핑계로 둘러댔지만 그 눈빛에는 진심이 가득 담겨 있었다. 소영교를 생각하거나 그에 대해 이야기할 때 보이는 눈빛이었다.

도대체 소영교라는 분, 어떤 사람일까? 곳비는 옹주를 저렇게 만든 사람이 궁금해졌다.

옹주는 어머니 송 상침의 눈치를 살피며 바깥에 신경을 곤두세우고 있었다. 손에는 수틀과 바늘이 들려 있었지만 한 땀도 진도가 나가지 않았다. 송 상침이 자신의 수틀에 시선을 고정한 채 넌지시 물었다.

"옹주 아가, 어려우면 어미에게 말하세요."

"아니에요. 어머니, 저 혼자서도 잘할 수 있어요."

옹주가 다시 한 땀을 뜨며 말했다.

"옹주 아기씨, 곳비이옵니다."

밖에서 곳비의 목소리가 들리자마자 옹주가 발딱 일어났다.

"옹주 아가, 어디를 갑니까?"

"먼 데 안 갑니다, 어머니. 곳비와 잠시 볕을 쬐다가 들어오겠습니다."

송 상침이 고개를 들어 영창 너머로 밖을 내다보았다. 뜨거운 햇볕이 쨍쨍하였다. 기분 좋게 볕을 쬘 만한 날이 아니었다.

"그늘에서 잠시 쉬다가 오세요."

"예, 어머니. 곧 돌아오겠습니다."

옹주가 좋아라 잰걸음을 놓으며 밖으로 나왔다. 옹주는 곳비의 손을 잡아 인적이 드문 곳으로 이끌었다.

"무슨 일이어요?"

"곳비야, 날 좀 도와줘야겠다."

옹주가 봉서를 내밀면서 다급하게 말했다.

"이건 제가 써드린 것이 아닙니까?"

"그래. 이번에는 네가 직접 도련님께 전해드려야겠다."

"예? 옹주님이 안 나가시고요?"

"이제 못 나가."

옹주의 얼굴에 그늘이 졌다. 옹주는 오늘 아침 나인 복장으로 위장하고 감 상궁과 처소를 빠져나가다가 어미와 맞닥쳤다. 송 상침의 채근에 감 상궁은 옹주와 바깥나들이를 간다고 실토하였다.

"괜찮으십니까?"

"아니. 감 상궁이 나 때문에 종아리를 맞았다. 그래서 난 이제 못 나가. 다음에 또 내가 나가는 일이 생기면 중전마마께 고한다고 하셨어."

"한데 도련님과 계속 기별을 주고받으셔도 됩니까?"

"다행히 도련님에 대한 건 모르셔. 곳비야, 부탁한다."

옹주가 곳비의 손을 잡으며 사정했다.

"이렇게까지 해서 도련님을 만나고 싶으십니까?"

"응."

옹주의 대답에 한 치의 망설임도 없었다.

"도련님은 내 운명이야."

"숙명은 아니고요?"

"그건 또 뭐냐?"

"그런 게 있습니다."

"아무튼 부탁한다. 내 운명이 네 손이 달렸구나."

곳비를 보는 옹주의 눈빛이 그 어느 때보다 간절했다. 곳비가 옹주를 향해 미소를 짓고서는 봉서를 받아 품에 넣었다.

곳비는 용의 처소를 기웃거렸다. 손에는 정현 옹주가 쥐여준 봉서와 출패를 들고 있었다. 그래도 출궁하기 전에 용의 허락을 받아야할 것 같았다. 쫓겨났어도 제 윗전이 안평 대군이라는 생각은 변함이 없었다.

"안평 대군 대감, 그간 강녕하셨는지요? 소녀는 하해와 같은 대군의 은혜로 무탈하게 지내고 있습니다."

곳비가 생글거리다가 인상을 썼다.

"그날 일은 참으로 송구하옵니다. 하나 소녀, 아무것도, 그 무엇도보지 못했습니다."

곳비가 고개를 저으며 한숨을 내쉬었다. 다시는 눈에 띄지 말라고소리를 지르던 용의 모습이 떠올랐다. 얼굴이 불덩이처럼 벌게져서소리치던 용의 모습은 지옥에서 온 사자 같았다. 곳비는 물론, 용을모시는 그 누구도 보지 못한 모습이었다.

곳비는 대문간 옆 담벼락에 풀썩 주저앉았다. 용이 먼저 저를 부르기 전에 이 문간을 넘을 수는 없을 것 같았다. 아무래도 용을 만나는 일은 포기해야 할 것 같았다. 곳비가 마음을 접고 일어났을 때 대문간에서 인기척이 났다. 곳비가 붉은 얼굴에 미소를 그리고 고개를돌렸다. 양 내관이었다.

곳비는 양 내관을 따라 행각 툇마루에 앉았다. 주 상궁도 함께 자리했다.

"곳비야, 너 무슨 잘못을 한 게냐?"

양 내관이 물었다.

"대군께서는 아무 말씀이 없으셨습니까?"

"그래. 그날 일은 물론, 곳비 네 이름조차 못 꺼내게 하신다. 도대체 무슨 사고를 친 게야?"

곳비의 얼굴이 더 붉어졌다. 울상을 지었다.

"말해보거라. 그래야 우리가 널 도와주지."

주 상궁이 곳비의 어깨를 어루만지며 곳비를 달랬다.

"그래. 네가 어서 와야지. 네가 없으니 대군을 웃겨드릴 사람이 없
다. 어쩨 더 까다로워지신 것 같기도 하다. 신경질도 내시고 아주 나
만 들들 볶으신다."

양 내관이 몸서리를 쳤다.

"보았습니다."

"무엇을?"

"봐서는 안 될 것을요."

"그게 뭔데?"

곳비가 울음을 터뜨렸다.

"왜 이리 소란스러운 게냐?"

용이 대청에 서서 행각을 내려다보고 있었다. 곳비가 울음을 툭
그쳤다.

"대감, 곳비가 왔사옵니다."

양 내관이 웃으며 용을 바라보았다. 그러나 용은 곳비에게 시선을
주지 않았다.

"지금 이 시간부터 그날 일에 대해 입을 놀리는 자는 엄벌에 처할
것이다."

용이 차가운 등을 보이며 방 안으로 들어갔다. 곳비가 고개를 푹
꺾었다.

주 상궁이 소반을 들고 방 안으로 들어왔다. 소반에는 앵두화채와 약과가 놓여 있었다. 용이 음식을 흘깃하며 물었다.

"곳비가 만든 건 아니겠지?"

"생과방에서 올렸사옵니다. 앵두는 대군께 올리려고 곳비가 직접 따왔습니다."

용이 화채를 마셨다. 약과를 집다가 말고 한숨을 쉬었다.

"곳비야 늘 크고 작은 실수를 해오지 않았습니까? 한데 이번엔 어찌 그리 역정을 내시옵니까?"

용도 실수라는 걸 알았다. 하지만 그날은 진정 화가 났다. 너무 큰 실수이기에 화가 아니 날 수 없었다.

"설마 곳비와 내외를 하시옵니까?"

"어린아이와 무슨 내외를 하겠는가?"

곳비는 열넷이 되었다. 키가 자라고 살이 올랐다고는 하나 용에게는 아홉 살 곳비나 열네 살 곳비나 어린아이기는 매한가지였다. 생각해보니 어린아이를 상대로 제가 너무 과하게 군 것 같았다.

"곳비가 지금 뜰에서 대군의 하명을 기다리고 있사옵니다."

용이 대청으로 나갔다. 곳비가 뜰에 서서 고개를 숙이고 있었다.

"고개를 들라."

곳비가 천천히 고개를 들다가 시선을 멈추었다. 곳비의 눈높이가 용의 허리춤 아래에 있었다.

"너 지금……."

곳비가 얼른 고개를 숙였다.

"소녀는 아무것도 못 보았습니다."

"네 지금 당황하여 고개를 숙인 것이 아니냐? 바른대로 고하지 못할까?"

"그, 그날은, 그날은 보았사옵니다. 하나 오늘은 옷을 입고 계시어 참말 아무것도 보지 못하였습니다. 정직히 아뢰면, 생각만 조금 났습니다. 그곳을 보니 그날에 본 것이 떠올랐을 뿐이옵니다."

"곳비야, 그만하거라."

양 내관이 곳비를 말렸다.

"바른대로 고하라 하시기에……."

곳비가 고개를 높이 쳐들고 용의 얼굴을 보았다. 용의 얼굴이 벌겋게 달아올라 있었다.

"곳비가 참으로 정직한 아이옵니다."

양 내관의 말에 용이 버럭 소리를 질렀다.

"물러가! 아니, 사라져. 내 눈앞에서 당장 사라져!"

양 내관과 곳비가 처소 밖으로 줄행랑을 쳤다.

단오 후 한 달 만의 외출이었다. 그 사이 나무들은 연둣빛을 떨쳐 내고 짙은 녹엽을 드리우고 있었다. 몸에 감기는 볕이 뜨거웠다. 걸음을 내디딜 때마다 이마에 땀이 송골송골 맺혔다.

하지만 곳비는 보속을 줄이지 않았다. 걸음은 오히려 더 빨라졌다. 궁 밖을 벗어나니 몸이며 마음이 훨훨 날아갈 듯 가벼워졌다. 곳비는 고개를 이리 기웃 저리 기웃거렸다. 궁 밖에서는 집도 나무도 사람도 똥개마저도 즐거이 보였다.

곳비는 거리를 구경하면서 정현 옹주가 알려준 장소에 도착했다.

곳비의 시야를 가린 너울 너머로 아름드리 느티나무의 모습이 보였다. 정현 옹주는 홍현골 뒷산 느티나무 아래에서 느티나무 꽃을 닮은 분에게 서신을 전하라고 하였다.

—느티나무 꽃이요?

—응, 분명 느티나무에서 꽃이 핀다면 그분을 닮았을 게야.

곳비가 고개를 갸웃거렸다. 곳비가 아는 느티나무 꽃은 옹주가 반할 만한 모습은 아니었다.

곳비는 거추장스러운 너울을 벗어버렸다. 푸른 하늘이며 초록빛 잎사귀며 검은 숲이며 세상의 색들이 곳비의 눈앞에서 살아났다. 느티나무 꽃을 닮았다는 그 남자, 소영교도 곳비의 시선에 들어왔다. 곳비의 입에서 저도 모르게 피식, 하는 웃음이 흘러나왔다.

'옹주님은 느티나무 꽃을 한 번도 보신 적이 없구나.'

영교는 느티나무 꽃과는 거리가 멀었지만 느티나무 꽃을 닮았다는 말의 의미는 알 것 같았다. 꽃처럼 여리고 고운 자태와 느티나무처럼 포근하고 부드러운 심성을 지닌 사람 같았다.

곳비는 옹주의 '느티나무 꽃'을 바라보면서 용을 생각했다. 아마 전나무에 꽃이 핀다면 용과 닮았을 것이다. 느티나무가 어머니 나무라면 전나무는 아버지 나무였다. 용을 생각하던 곳비는 고개를 저었다.

이러면 안 돼, 다짐하면서도 곳비는 종일 용을 생각했다. 지붕에도 문창에도 기둥에도 담장에도 나무에도 풀에도 연못에도 온통 용이 있었다. 밥에도 국에도 찬에도……. 해그림자에도 달빛에도 별무리에도.

한편 저를 향해 다가오던 나인이 너울을 벗는 바람에 영교는 화들

짝 놀랐다. 지금까지 나인이 너울을 벗은 적은 한 번도 없었다. 옹주의 심부름을 온 나인은 늘 검은 너울로 얼굴을 감추고 말없이 서신만 건넸다. 그녀에게 들은 말이라곤 '답신.', '그럼.'이 전부였다. 게다가 그 나인이 오늘은 절 보고 피식 웃었다. 그러더니 아련한 미소를 흘렸다. 그러다가 고개를 젓고서는 이내 슬픈 표정을 지었다.

'저 여인, 더위를 먹어 실성이라도 한 것인가.'

곳비가 영교의 앞에 섰다. 영교가 고개를 살짝 숙여 인사를 건네고서는 물었다.

"괜찮으십니까?"

"예."

곳비는 당연하다는 듯 고개를 끄덕였다.

"오늘은 너울도 벗으시고, 절 보고 웃으시기에……."

"아, 이거요?"

곳비가 너울을 흔들면서 말을 이었다.

"도련님이 정말 느티나무 꽃을 닮았는지 자세히 보고 싶었습니다."

영교가 무슨 말이냐는 듯 곳비를 멀뚱히 바라보았다. 곳비가 영교의 눈을 응시했다. 물처럼 맑은 눈빛이었다. 속마음이 훤히 비치는 눈.

"옹주님께서 도련님이 느티나무 꽃을 닮았다고 하셨습니다."

"예……. 한데 느티나무에도 꽃이 핍니까?"

"그럼요. 열매도 맺는걸요. 그 열매로 떡을 만들면 얼마나 맛나는데요?"

떡 이야기를 하는 곳비의 눈이 반짝였다. 영교는 오늘따라 말이 많은 나인이 아무래도 이상하였다.

"아! 지난번에 오신 항아님이 아니시지요?"

"예, 옹주님께서, 아니 옹주님의 심부름을 하던 나인, 그러니까 음, 둑이가 사정이 있어서 제가 대신 왔습니다."

"둑이? 그 항아님 이름이 둑이였습니까?"

"예, 뭐. 바둑 할 때 둑이입니다."

옹주의 이름 '이랑'을 떠올리니 생각나는 건 바둑밖에 없었다. 옹주께서 아시면 뭐라고 하시려나? 하지만 바둑보단 낫잖아. 곳비는 가볍게 어깨를 으쓱거리며 웃었다.

"옹주님께서 지난번에 주신 답신은 감사히 받았다고 하셨습니다."

곳비가 새 봉서를 내밀었다. 영교가 봉서를 뜯어 서신을 읽었다.

"지난번에 백거이*의 '소지이수(小池二首)' 중 한 편을 보내셨더군요."

"옹주께서 시를 보내시니 저 또한 답시를 드리고 싶었습니다."

낮에는 앞 서재가 더웠는데
저녁에는 작은 연못에 물이 맑다
햇볕 든 숲에 경치가 어둑한데
가까운 물가에 미풍이 가볍게 인다
앉은 채로 포규선 손에 잡고
한가하게 두세 마디 시를 읊는다

---

* 중국 당나라의 시인

시를 듣자마자 정현 옹주가 한 치의 망설임도 없이 말했다.

—낮이나 저녁이나 내 생각을 한다는 뜻이로구나.

—어느 부분에서요?

—그걸 꼭 직접 표현해야 아느냐? 어서 답신을 쓰거라. '나도 그러하다'라는 뜻으로, 도련님처럼 은근하게.

그래서 곳비는 답신으로 백거이의 '소지이수' 이(二)편*을 썼다. 영교의 답신을 읽고 나니 옹주의 속내를 보이고 싶지 않았다.

"하니 옹주께서도 그에 상응하는 답시를 보내야 하셨겠지요."

곳비는 영교를 나무라는 듯이 말했다. 영교의 답신을 읽고 오늘 직접 만나보니 옹주가 한참 헛다리를 짚고 있다는 것을 깨달았다. 물론 영교의 입장에서는 서신을 안기고 답신을 강요하는 옹주를 거절할 도리가 없겠지만 그래도 옹주의 진심을 모른 척하는 영교가 야속하였다.

"한데 항아님도 시를 잘 아십니까?"

"좋아합니다. 그저 옹주님께 들은 정도로만."

"옹주님은 용모도 심성도 고운 분이시겠지요."

"어찌 아십니까?"

"글에는 글쓴이의 마음이 묻어납니다. 몇 편밖에 읽지 않았지만 옹주님의 글은 한 편의 시 같아서 시를 짓는 이의 시심(詩心)이 느껴진다고나 할까요? 그러면서도 필체는 유려하지요. 아마 곱고 순수한 마음결과 호방한 기상을 동시에 가지신 분일 겁니다."

---

* 뜻이 큰 곳에 있지 않아/ 담담하여 마음이 여유롭구나/ 연꽃 곁에 맑은 이슬 쏟아지고/ 개구리밥 열리니 헤엄치는 물고기들/ 매번 이곳에 앉을 적마다/ 청계의 거처에 돌아가고 싶어라

유려한 필체는 용의 필체를 닮은 것이었다.

'호방한 기상을 가지신 분이지.'

곳비는 또 용을 생각했다.

"예, 옹주님은 순수하고 무구하신 분이지요."

곳비가 천방지축 정현 옹주를 떠올리며 웃었다.

곳비는 이제 그만 가봐야겠다며 허리를 숙여 인사를 했다. 몸을 낮추어 인사를 하던 영교가 고개를 들면서 물었다.

"항아님의 이름은 무엇입니까?"

"곳비입니다."

"혹 말씀하신 느티떡을 만들 줄 아십니까?"

"예."

"느티나무 열매가 열리면 그 떡 만들어주십시오. 먹어보고 싶습니다."

"기회가 된다면 만들어드리겠습니다."

아마 기회라는 것이 오지 않을 테다. 곳비는 예의로 한 말이었지만 영교의 흰 얼굴이 박꽃처럼 곱게 펴졌다.

곳비가 다시 인사를 하고서는 자리를 떴다. 영교는 곳비의 뒷모습을 잠시 바라보다가 곳비를 쫓았다. 앞질러 가 곳비의 앞을 가로막았다. 곳비가 눈을 동그랗게 뜨고 영교를 올려다보았다.

"같이 가시지요. 저희 집도 이쪽입니다."

곳비가 고개를 끄덕이고서는 옆으로 비켜서면서 길을 터주었다. 영교가 곳비에게 먼저 가라고 손짓을 했다. 곳비가 움직이지 않자 영교가 앞장을 섰다.

두 사람이 걸었다. 영교가 몇 보 앞에, 곳비가 몇 보 뒤에. 하늘은 맑고, 녹음이 내뿜는 향기는 그윽했다. 영교의 마음도 잔잔히 떨려왔다. 시선을 앞에 두고 있었지만 온 신경은 뒤로 가 있었다.

언덕을 내려와 두 사람은 마을로 들어섰다. 아주 크지도, 아주 작지도 않은 기와집들이 늘어선 마을이었다. 골목에 들어서서 영교가 갑자기 걸음을 멈추었다. 모퉁이 앞이었다.

"누이."

영신, 영교 남매가 서로 알은체를 하자 뒤따라 오던 곳비도 걸음을 멈추고 고개를 들었다. 곳비의 얼굴에 오묘한 표정이 떠올랐다. 골목 끝에서 용이 웃음을 지으며 이곳을 바라보고 있었다.

곳비는 맑간 눈을 들어 용을 응시했다. 용도 이쪽을 보는 듯하였으나 곳비를 알아보지는 못한 것 같았다.

—네게 궁녀의 운명이 있는 것처럼, 내게도 왕자의 운명이 있다.

어린 시절 곳비는 용에게 '운명'에 대해 들었다.

—그럼 소녀가 왕자 아기씨를 사모하는 것도 운명이라면요?

—뭐라? 하하하.

용이 어린 곳비의 머리를 어루만지며 웃었다. 곳비가 똘망한 눈을 들어 용을 바라보았다.

—그 마음을 접고 운명을 바꾸어보거라.

—왜 꼭 마음을 접어야 하나요? 궁녀라는 운명을 바꾸면 되잖아요?

—운명을 바꾸는 데에는 많은 고통이 따르고 엄청난 대가를 치러야 한다. 궁녀의 운명을 바꾸기보다는 나를 사모하는 운명을 바꾸는 게 힘이 덜 드니까.

—마음을 접을 수 없다면요? 아무리 애쓰고 용써도 접을 수 없다면요?

—그럼 숙명이 되겠지.

—숙명이요?

—피할 수 없는 운명, 그게 숙명이다. 누군가를 사모하지 않으려 해도 피할 수 없다면 그건 숙명일 것이야.

'피할 수 없다면 숙명이다.'

'숙명이야.'

'숙명……'

곳비는 용의 말을 떠올리면서 제 숙명이 가슴 속 호수 깊이 자리 잡는 것을 느꼈다.

4

영신이 영교와 함께 모퉁이를 돌아 사라졌다. 한적한 골목에는 곳비와 용만 남았다. 곳비는 용이 저를 보아줄 때까지 기다렸다. 용이 곳비를 알아보고 눈을 크게 떴다. 곳비는 용을 만나서 그 어느 때보다 반가웠다. 뜻밖의 장소에서 뜻하지 않게 용과 마주쳤다. 운명처럼, 아니 숙명처럼.

"대감, 어인 일이시옵니까?"

"길을 잘못 들었다. 그러는 너는?"

"소녀는 옹주 아기씨의 심부름을 왔사옵니다."

"따르거라."

용이 앞장을 섰다.

"아이, 저 바쁜데……."

곳비가 용에게 들릴 듯 말 듯 중얼거리면서 용의 뒤를 쫓았다. 곳비의 얼굴이 함박꽃처럼 피어났다.

"아까 함께 있던 사내는 어찌 아느냐?"

"모릅니다."

곳비가 고개를 저었다.

"아니, 잘 모릅니다."

"같이 있지 않았더냐?"

"어쩌다 보니 같은 길로 들어서긴 했으나 잘 모르는 사람입니다."

"단옷날 나랑 씨름을 겨루던 사내이다."

"아, 그런가요? 그러고 보니 그런 것도 같네요."

그날 곳비는 용에게만 정신이 팔려 있어 용의 상대까지 눈에 익힐 겨를이 없었다. 곳비가 웃었다. 이런들 어떠하며 저런들 어떠하리. 지금 내 곁에 대군이 계시는데……. 사뿐사뿐 곳비는 붉은 땅을 가볍게 내디뎠다.

용이 곳비를 이끈 곳은 난전이 어지럽게 흩어져 있는 거리였다.

"필요한 거라도 있으십니까?"

난전을 두리번거리던 용이 방물을 파는 난전 앞에서 멈추었다.

"여인들이 좋아할 만한 물건으로 골라보아라."

'옹주님께 곳비는 얼마든지 데려가라고 호기롭게 말했지만 실은 내가 마음에 걸리셨던 게야.'

곳비는 좋으면서도 아닌 척했다.

"이런 거 필요 없는데……. 다 고를까요?"

"그래. 마음에 드는 건 다 골라 담거라."

"그리 말씀하시니 사양치 않겠습니다."

곳비는 금박으로 수가 놓인 비단 댕기를 골랐다. 그다음 은가락지를 들어 손에 껴보다가 내려놓았다. 옥가락지를 만지작거리며 용의 눈치를 살폈다. 용은 무언가 마뜩잖은 표정이었다. 곳비가 옥가락지를 다시 내려놓으려는데 용이 물었다.

"더 없느냐?"

"더요?"

용이 고개를 끄덕였다.

곳비가 비녀와 뒤꽂이를 만지작거렸다. 사실 제일 갖고 싶은 건 비녀와 뒤꽂이였지만 이건 제게 소용이 없는 것들이었다. 곳비는 비취 삼작노리개를 하나 골랐다.

곳비가 고른 물건을 보던 용이 장수에게 말했다.

"여기 있는 건 다 싸주게."

용이 진열된 노리개를 전부 가리켰다. 주인이 놀라 눈을 끔뻑거렸다. 주인 대신 곳비가 다시 물었다.

"다 말이어요?"

"그래. 다."

주인은 노리개를 싹 다 포장하여 곳비에게 건넸다. 용에게 몇 번씩 절을 하고서는 '감사합니다.'를 외쳤다.

장신구 보따리를 양손에 쥔 곳비가 날아갈 듯 걸음을 가뿐히 놀렸다. 양팔은 무거웠지만 마음은 그 어느 때보다 가벼웠다.

　궁으로 돌아온 용은 곳비에게 장신구 꾸러미를 용의 방에 갖다 놓
으라고 명했다.

"지금 안 주십니까?"

"나중에⋯⋯."

용이 말을 멈추었다. 자신을 바라보는 곳비의 눈이 별처럼 초롱초
롱 빛나고 있었다.

용은 곳비를 데리고 방으로 들어갔다. 곳비가 책상에 장신구를 펼
쳐놓았다. 용은 장신구 하나하나를 유심히 살펴보다가 노리개 하나
를 골랐다. 붉은 산호와 푸른 비취와 황금빛 호박이 화려하게 돋보
이는 삼작노리개였다. 용은 제가 고른 삼작노리개를 남겨 두고, 나머
지를 모두 곳비에게 주었다.

"너무 많습니다."

"나누어 갖거라."

"예, 감사합니다."

"맨 처음 고른 댕기와 가락지는 네가 갖고."

"예!"

곳비의 목소리가 커졌다. 얼굴에 웃음이 방실 떠올랐다.

'대군은 무심한 척하시지만 내가 무얼 좋아하는지 다 알고 있어.
언제나 내 생각을 먼저 해주신다니까.'

곳비가 장신구 보따리를 가볍게 흔들며 방을 나갔다. 호호호. 저를
보낸 용에게 서운한 나머지 침통하기까지 하던 곳비는 언제 그랬느

냐는 듯이 웃었다. 웃지 않으려 해도 자꾸자꾸 웃음이 흘러나왔다.

다음 날 곳비는 용의 방을 정리하면서 용이 버린 종이들을 챙겼다. 한 장 한 장 종이들을 살펴보니 오늘은 여느 때 나온 파지들과 다른 점이 있었다. 하얀 종이에는 검은 글씨나 사군자가 아니라 색깔을 입은 노리개가 그려져 있었다. 책상 한편에는 어제 용이 고른 삼작노리개도 놓여 있었다. 중전마마 탄일에 드릴 노리개를 주문하려는 모양이었다.

곳비는 용이 버린 종이 중에서 하나를 골랐다. 붓을 들어 그리다만 노리개에 살과 뼈를 붙이기 시작했다. 산호와 비취와 호박으로 삼작을 만들고 띠돈은 꽃 모양 옥으로 그려 넣었다. 붉은색, 푸른색, 노란색으로 매듭도 그려 넣었다. 곳비는 제가 그린 노리개를 들여다보았다. 중전마마의 노리개로는 뭔가 아쉬웠다. 삼작 가운데에 진주도 박아 넣었다. 진주가 박힌 노리개는 왕비가 쓰는 대삼작 노리개였다. 한눈에 봐도 반할 만큼 아름다운 노리개가 완성되었다.

곳비는 수문장에게 출패를 보여주고 궁문 밖으로 나왔다. 소영교에게 서신을 쓰는 일은 물론, 그 서신을 전하는 일도 이제 곳비의 몫이 되었다. 곳비는 싫지 않았다. 글을 쓰는 것도 궁 밖으로 나가는 것도 모두 곳비가 좋아하는 일이었다.

소영교는 그때처럼 느티나무 아래에서 기다리고 있었다. 곳비를 보자 웃음을 환하게 지으며 다가왔다.

"꽃이 폈네, 꽃이 폈어. 느티나무 꽃이 폈네."

곳비는 '느티나무 꽃'을 노래하던 정현 옹주를 떠올리며 중얼거렸다. 곳비의 웃음에 영교의 얼굴이 더 환해졌다. 곳비가 다가와 마주서자 영교가 또 웃었다.

"도련님, 왜 자꾸 웃으십니까?"

"모르겠습니다. 항아님을 뵈니 그냥 자꾸만 웃음이 나옵니다."

영교가 또 웃으며 말했다. 곳비가 서신을 내밀었다.

"감사합니다. 한데 오늘은 너울을 안 벗으십니까?"

"아, 법도가 아닌 것 같아서……."

"괜찮습니다. 우리 둘뿐인데 어떻습니까?"

곳비가 너울을 벗었다. 산에서 불어오는 바람이 얼굴에 닿자 기분이 좋아졌다.

"좀 걸으시겠습니까?"

"왜요?"

곳비는 의아했다. 여태껏 자신에게 함께 걷자고 말한 이는 없었다.

"보여드리고 싶은 곳이 있습니다."

곳비가 너울을 만지작거리며 망설였다.

"좋아하실 겁니다."

"……."

"지난번엔 답신을 못 드렸는데 제가 직접 써서 드리겠습니다."

답신이라는 말에 곳비가 고개를 끄덕였다. 그렇지 않아도 오늘은 꼭 답신을 받아오라는 옹주의 당부가 있었다.

영교가 곳비를 이끈 곳은 작은 정자가 놓인 언덕이었다. 언덕 아래로 도성의 모습이 한눈에 들어왔다.

"와! 이런 곳이 있었습니까?"

곳비가 눈을 크게 뜨며 감탄을 했다. 대궐과 건춘문이 보였다. 곳비는 손가락으로 저와 용이 살고 있는 집채를 가늠해보았다.

"이리 높은 곳에서 대궐을 본 것은 처음입니다. 정말 작아요."

"좋아하실 줄 알았습니다."

"참말로 좋습니다. 감사합니다."

산 아래를 한참 내려다본 곳비가 시선을 돌려 영교를 바라보았다. 곳비를 바라보고 미소를 짓고 있던 영교가 놀라 눈을 깜빡였다. 곳비가 정자를 보면서 물었다.

"한데 이 정자는 무엇입니까? 이름도 없고요."

언덕 위에 이름 없이, 덩그러니 지어진 정자가 생뚱맞아 보였다.

"이름은 없지만 사람들은 별루정(別淚亭)이라고 부릅니다."

"이별의 눈물……. 이별과 관련이 있는 정자이군요."

영교가 고개를 끄덕였다.

"앞날을 약조한 사내와 여인이 있었답니다. 그러나 둘은 금혼령이 내려지는 바람에 혼인을 미루게 되었지요. 그 사이 여인은 공녀로 간택이 되었지요. 여인이 명국 사신을 따라 공녀로 끌려가던 날, 정인은 이곳에 와서 그 행렬을 바라보았다고 합니다. 그 후 그는 매일 해가 뜨면 이곳에 와서 산 아래를 바라보다가 해가 지면 돌아갔다고 합니다. 그리고 몇 달 후 사내는 상사의 병으로 죽고, 그 부모가 사내의 넋을 기려 이곳에 정자를 지었다고 합니다."

"아픈 이야기군요."

"사람들의 입에서 입으로 전해져오는 이야기이니 어디부터 어디까지가 사실인지는 잘 모르겠습니다."

곳비는 저도 모르게 가슴을 어루만졌다. 상사의 병으로 죽어가는 사내와 이국 만 리 낯선 땅에서 사내를 그리워했을 처자를 생각하니 가슴이 먹먹해졌다.

"혹 정지상의 '송인'이라는 시를 아십니까?"

곳비가 고개를 끄덕였다. 영교가 가지고 온 지필묵을 꺼내어 시를 썼다.

뜰 앞에 잎새 하나 떨어지니
마루 아래 온 벌레 슬퍼하누나
서둘러 떠나가 막지 못하니
아득히 어디로 가시려는가
마음은 산 끝에 걸려 조각이 되고
달 밝을 때면 외로이 꿈을 꾸리
남포에 봄 물결이 푸르러지거든
그때여 우리의 기약 쳐버리지 마오

곳비가 시를 읽고 고개를 갸웃거렸다.

"어찌 그러십니까?"

"제가 알고 있는 정지상의 '송인'과는 다릅니다."

"항아님께서 알고 있는 시를 써주십시오."

영교가 곳비에게 붓을 쥐여주었다.

비 갠 긴 둑에 풀빛 짙푸르거늘

남포에서 그대 보내며 슬픈 노래 솟아나네

대동강 물은 어느 때에나 다하려나

이별의 눈물 해마다 푸른 물결에 더하는 것을

곳비가 쓴 시를 보면서 영교가 웃었다. 두 편 다 정지상이 쓴 '송인'이었다. 시를 말없이 살펴보던 영교의 눈이 점점 동그래졌다. 익숙한 필체, 영교가 좋아하는 그 필체였다. 영교가 고개를 들어 물었다.

"혹시 옹주님이 아니십니까?"

"아닙니다."

"필체가 옹주님의 것과 같습니다."

곳비가 얼굴을 붉히며 고개를 저었다.

"옹주님과 제가 서로 같은 필체를 보며 연습하다 보니 이리되었습니다."

영교는 당황하는 곳비를 보면서 생각에 잠겼다.

영교와 헤어진 곳비는 걸음을 서둘렀다. 영교와 시를 주고받다 보니 어느새 한 시진이 훌쩍 지나 있었다. 목을 빼고 저를 기다리고 있을 정현 옹주를 생각하니 더는 지체할 수 없었다. 또 그사이 용이 저를 찾았을지도 몰랐다. 곳비는 몸도 마음도 급해졌다.

구불구불 휘어진 골목 모퉁이를 돌아 큰길로 나왔을 때, 곳비는 망부석처럼 굳어버렸다. 한 발자국도 움직일 수 없었다. 숨도 멎을 것 같았다. 한눈에 반할 만큼 아름다운 삼작노리개가 곳비의 시선에 들어왔다. 곳비가 잘 아는 노리개였다.

─곳비야, 이 노리개 네가 그린 것이냐?

곳비가 그린 그림을 보고, 용이 물었다.

─예, 버리시는 종이 위에 그려보았습니다. 마음에 안 드시면 그냥 버리십시오.

─아니. 아주 마음에 든다. 잘 그렸구나.

용이 곳비의 머리를 쓰다듬으며 웃었다.

─이대로 만드시게요?

─그래. 세상에 하나밖에 없는 노리개가 될 것이다.

며칠 전 곳비가 그린 그림 속에 있던 노리개였다. 세상에 단 하나밖에 없는 노리개, 용이 주문한 노리개. 그 노리개의 주인은 중전마마가 아니었다. 노리개의 주인은 대로를 오고 가는 많은 이 중에서 단연 돋보이는 여인, 그네 터에서 뭇사람들의 탄성을 자아내게 하던 여인, 홍현골에서 가장 아름답기로 소문난 여인, 영교가 골목에서 누이라고 부르던 여인이었다. 곳비는 가슴을 어루만졌다. 가슴이 번개에 맞은 것처럼 찌릿찌릿했다.

멍하니 서 있던 곳비는 다시 골목 안으로 들어갔다. 영신은 이미 모퉁이를 돌고 있었다. 곳비는 달려가 영신의 뒤에 바짝 다가섰다. 꽃처럼 환한 얼굴로 뒤를 돌아본 영신은 곳비를 보고는 실망한 듯 웃음기를 거두었다.

"무슨 일입니까?"

영신이 얼굴이 벌게진 곳비에게 물었다.

"그 노리개 어디서 사셨습니까?"

"아! 이거요?"

영신이 노리개를 들어 보이며 되물었다. 그녀의 얼굴에 다시 꽃처럼 환한 미소가 번져나갔다.

"정인께 받았습니다."

곳비의 얼굴에 먹구름이 드리웠다. 곳비가 얕은 숨을 토하며 고개를 떨구었다.

"어찌 그러십니까?"

"아, 노리개가 너무 아름답습니다."

"세상에 하나뿐인 노리개라니 아마 사실 수는 없을 겁니다."

"예……."

"그럼, 이만."

영신이 돌아섰다.

"잠시."

영신이 곳비를 향해 다시 돌아섰다.

"진주가 박힌 대삼작 노리개는 왕비님만 패용하실 수 있답니다."

영신이 놀란 듯 길고 가는 속눈썹을 떨었다.

"법도가 그러한지라 혹 노리개를 주신 분과 아씨께 해가 될까 저어되어……."

"알려주셔서 고맙습니다."

영신이 눈인사를 건네고 돌아섰다. 대삼작 노리개가 치맛자락과 함께 찰랑댔다.

영신은 집으로 돌아오면서 노리개를 어루만졌다. 눈처럼 하얗고

빛처럼 반짝이는 진주가 노리개 한가운데에 박혀 있었다. 영신은 이 귀하고 화려한 노리개를 받았을 때, 노리개를 건넨 이 사내가 가져다줄 화려하고 귀한 미래를 확신했다.

영신의 가문은 전조에서는 고위 관리를 배출하고 명문가로 제법 가세를 떨쳤다. 하나 새 왕조가 들어서면서는 문과에 급제한 자들이 더러 있지만 그 지위가 옛날만 못했다. 지위가 낮아지니 재물도 모여들지 않았다. 상서원 판관인 부친의 녹봉으로 그럭저럭 먹고살 수만 있었다.

영신은 아름다웠다. 천상의 선녀도 궁궐의 왕후나 공주도 영신만큼 아름답지 않을 거라고들 했다. 영신은 외모에 어울리는 기품을 배웠다. 그러면서 생각했다. 자라서 선녀가 되겠다고. 좀 더 자라면서 생각했다. 왕후가 되겠다고. 하지만 그저 그런 상서원 판관의 여식에게는 기회가 오지 않았다. 영신은 과년하면서 깨달았다. 왕후는커녕 정일품 정경부인, 아니 정삼품 숙부인도 되기 힘들다는 사실을.

영신 역시 그저 그런 하급 관리에게 시집가거나 그저 그런 양반가에 시집가서, 그저 그런 자식을 낳고, 그저 그렇게 살 운명이었다. 다행히 총명한 영교가 등과하여 집안을 번성케 할 줄 알았으나 영교는 입신양명에 뜻이 없었다. 아버지도 남동생도 제 운명을 바꿔주지 않았다. 그렇다면 제 운명을 바꿔줄 사내를 찾아 낭군으로 맞이하는 수밖에 없었다.

사내들은 늘 영신의 집 담벼락을 기웃거렸다. 영신이 사는 홍현골 사내들뿐만 아니라 매현, 동곡 등 가회방 전역에서 영신을 보러 왔다. 영신이 있는 안채 마당에는 꽃과 봉서와 선물이 날아들었다. 그 중에는 노리개도 있었다. 산호나 비취, 호박 등을 매달고 있었다. 하지만 그것들은 영신의 관심을 끌지 못했다. 그저 그랬다.

어느 날, 한 사내가 왔다. 꽃도 봉서도 선물도 건네지 않았다. 대신 몸종에게 명령했다. 기품과 기백이 있는 목소리였다. 영신이 기다리던 목소리였다.

—아씨께 이 사람을 향해 돌아보시라 여쭈어라.

영신이 몸종에게 답했다.

—규방의 아녀자가 어찌 외간 사내와 시선을 마주할 수 있겠느냐고 여쭈어라.

다시 사내가 몸종에게 명했다. 제게 안달하던 뭇 사내들과 달리 여유로운 태도였다.

—돌아보지 않으면 후회하실 거라고 여쭈어라.

—뉘시기에 아녀자의 얼굴을 뵙고자 하는지 여쭈어라.

—안평 대군 이용이오.

사내가 몸종 대신 제게 말했다. 왕가의 사내답게 당당하고 자신감이 넘치는 목소리였다.

영신이 슬쩍 시선만 움직였다. 낯이 익은 사내의 얼굴이 있었다. 단옷날 당혜 한 짝을 건네주고, 씨름판에서 자기를 응원해달라던 사내. 씨름 상대로 영교를 지목한 사내였다. 씨름이 끝난 후 저를 다시 만나고 싶다던 그 사내였다.

영신이 미소를 지었다. 제게도 기회가 생겼다. 그럭저럭 먹고 사는 양반의 딸에서 넘치게 먹고 사는 왕가의 일원이 될 수 있는 기회. 대군의 부인의 될 수 있는 기회. 정1품 부부인*이 될 수 있는 기회. 영신이 눈을 새초롬히 뜨며 돌아보았다.

─그날 날 응원하였소?

용이 물었다.

─아무도 응원하지 않았습니다.

그 말은 사실이었다. 그날 영신은 용도 영교도 응원하지 않았다. 영교를 응원하는 것이 당연하겠으나 왠지 그 '당연'이 내키지 않았다.

─어째서?

─선택할 수 없었습니다.

─그럼, 이제부터 날 선택하시오. 그 선택을 후회하지 않을 것이오.

영신의 선택은 옳았다. 오늘 이용은 그 어떤 사내도 주지 않던, 진주가 반짝거리는 대삼작 노리개를 건넸다. 그리고 제가 버린 희망을 건넸다. 금상께서도 삼남(三男)이시라 들었다. 용도 삼남이다. 왕이 되지 못할 이유가 없었다. 영신은 노리개를 만지작거리며 감히 왕후의 꿈을 다시 품었다.

5

임금을 대신하여 세자가 편전에서 명국 사신을 맞이하였다. 세자는 공녀를 간택하여 명국으로 보내는 진헌색의 일을 주관하고 있었

---

* 왕비의 어머니와 대군의 처에게 주던 정일품(正一品) 작호

고, 둘째 진양 대군이 이를 돕고 있었다.

중요한 날이니만큼 셋째 안평 대군 용도 함께 자리했지만 마음이 어수선했다. 용은 이미 부왕께 소영신을 배필로 맞고 싶다고 청하였다. 부왕은 공녀 간택이 끝나면 영신을 용의 부인으로 간택해주겠다고 약조하였다. 용은 공녀 간택이 어서 끝나기만을 기다렸는데 막상 이 자리에 있으니 마음이 납덩이처럼 무거웠다. 제 나라의 처녀를 이국에 공녀로 보내는 것이 마음 편한 일만은 아니었다.

반면 명국 사신들은 들떠 있었다. 공녀를 최종 간택하는 일은 늘 즐거웠다. 개중에는 제 첩실로 들일 처자도 있었다.

전국에서 선발된 스물여덟 명의 처녀들은 사(四)열로 나뉘어 편전에 들었다. 처녀들은 침통한 얼굴로 고개를 떨구고 있었다. 세 명의 사신은 처녀들을 하나하나 뜯어보면서 자기들끼리 떠들어댔다. 용은 차를 들면서 먼 산을 바라보았다. 처녀들과 얼굴을 마주하기가 미안했다.

사신들은 총 일곱 명의 처녀를 낙점하고서는 내관에게 문서를 건네주었다. 내관이 문서를 세자에게 건넸다. 세자가 고개를 끄덕였다. 내관이 처녀들의 이름을 호명했다. 한 명 한 명, 이름이 호명될 때마다 한숨 소리와 울음소리가 동시에 터져 나왔다. 내가 선택되지 않았다는 안도와 내가 선택되었다는 절망이었다. 선발된 처녀들은 바닥에 주저앉아 통곡했다.

"상서원 판관 소기남의 여식."

용이 처녀에게 시선을 던졌다. 소 기 남. 맨 마지막 줄에서 영신을 닮은 여인, 아니 영신이 선 채로 눈물을 쏟아내고 있었다. 용은 자리를 박차고 일어났다. 처녀들 사이를 비집고 들어가 영신의 손을 잡았다. 영신이 고개를 들었다. 당황한 기색과 슬픈 기색이 뒤엉켜 있었다.

용은 영신의 손을 잡고 밖으로 나갔다. 세자와 진양 대군이 자리에서 일어났다. 사신들의 표정이 괴물처럼 일그러졌다. 사신들은 노발대발하며 어찌 된 일이냐며 세자에게 따져 물었다.

곳비는 사정전 뜰에서 가지와 수다를 떨고 있었다. 사정전 문이 벌컥 열리고, 용이 영신의 손을 잡고 편전을 나왔다. 진양 대군이 용을 부르며 쫓아 나왔다. 용은 진양 대군의 말을 무시하고 영신과 함께 사정전을 벗어났다. 양 내관이 울 듯한 얼굴로 용의 뒤를 따랐다. 곳비가 동그래진 눈을 들어 용의 뒷모습을 바라보았다.

"어머머머, 저거 우리 대군 아니시니? 저 처자는 누구래니? 어머, 왜 저러시니?"

가지가 수선을 떨면서 용을 쫓았다.

곳비의 가슴에 다시 번개가 내리쳤다. 이번에는 벼락도 함께 내렸다. 곳비가 가슴에 손을 얹었다. 찌릿찌릿, 요 며칠 내내 곳비를 괴롭히던 통증이 다시 시작되었다.

영창으로 스며든 달빛이 용의 얼굴 위에 하얗게 부서졌다. 용은 붓을 들어 난을 쳤다. 난잎이 용의 어지러운 심사만큼 어수선하게 흩어졌다. 용이 붓을 놓고서는 한숨을 쉬었다.

오늘 낮 영신과 함께 편전을 나온 용은 영신을 태우고 말을 달려 대궐을 벗어났다. 영신은 제 등에 얼굴을 파묻고 계속 흐느꼈다. 등이 땀과 눈물로 젖어 축축했다. 하지만 용은 더위를 느낄 줄 몰랐다.

용은 물과 바위가 있는 계곡에 도착하여 말을 멈추었다. 용은 먼저 내려서서 영신을 내려주었다. 영신의 얼굴이 눈물로 얼룩져 있었다. 뽀얀 분이 지워져 얼룩덜룩했다. 입술연지도 번져 있었다. 용이 손수건을 꺼내 영신에게 건넸다. 영신이 손수건에 얼굴을 묻고 다시 울음을 터뜨렸다. 영신이 어깨를 들썩거렸다. 용은 영신을 달래며 지켜주겠다고 약조하였다. 영신이 용의 가슴에 얼굴을 묻었다.

용은 제 가슴을 적시던 영신의 눈물을 떠올리며 한숨을 토했다. 인기척이 들렸다. 방을 가로지르는 작은 발. 곳비였다. 용은 고개를 들어 멍하니 곳비가 하는 양을 지켜보았다. 곳비가 용의 앞에 소반을 내려놓았다. 소반 위에는 진가루로 부친 화전과 화채가 있었다.

"들어가도 되는지 여쭈었는데 대답이 없으시기에……."

용은 생각에 골몰하느라 곳비의 목소리도 듣지 못했다. 용이 곳비를 쳐다보았다. 곳비가 움찔하며 말했다.

"제가 만든 음식은 아닙니다. 마음 놓고 드십시오."

용은 늘 곳비가 해주는 음식이 맛없다며 나무랐지만 그건 곳비를 놀리기 위해서였다. 사실 용에게 곳비의 음식은 늘 맛나고, 때로는 위로마저 되었다.

곳비는 용의 손에 젓가락을 쥐여주었다. 용은 곳비를 대하니 정체 모를 기분이 들었다. 마음이 아파서 곧 죽을 것만 같았는데 약을 바른 듯 통증이 가라앉고 있었다. 용을 옥죄던 불안도 슬픔도 근심도 잠시 사라지는 듯하였다.

곳비는 서안 위에 놓인 종이를 들여다보았다. 백거이의 '낭도사사

류수(浪淘沙詞六首)'가 쓰여 있었다.

"어찌 대군의 백거이는 이리도 다릅니까?"

"다른 이의 백거이는 다르더냐?"

"대군처럼 이별을 노래하지는 않았습니다."

"그렇구나……."

용이 말끝을 흐리며 음식을 들었다. 곳비도 잠자코 있었다.

"요즈음 옹주전 출입이 잦더구나. 옹주의 곁에 있으니 좋던?"

용이 화전에 시선을 떨군 채 물었다.

"좋은 점도 있고 싫은 점도 있습니다."

"나를 모실 때보다 좋은 점은 적고 싫은 점은 더 많을 터인데?"

용이 화전을 집어 곳비의 입 속에 넣어주었다.

"내가 아니면 누가 네 입에 모이 들어가는 것을 챙겨주겠느냐?"

"그런 차원이 아니옵니다."

곳비가 화전을 씹으며 대답했다

"차원이라. 말해보거라. 네가 생각하는 차원을."

곳비가 용을 가만 바라보았다.

"말해보라니까."

"종일 헛것이 생각나서 싫고, 한편으로는 그 헛것이 보이지 않고
들리지 않아서 좋았습니다."

사실이었다. 옹주 곁에 있으면 내내 용이 생각났다. 용의 모습이
보이지 않아서, 용의 음성이 들리지 않아서 좋기도 하였다. 용은 제
가 사모해서는 아니 되는 사람이니, 눈에서 멀어지면 마음에서도 멀
어질 수 있으리라 생각하였다.

"헛것? 귀신이라도 본 게냐?"

"차라리 귀신이면 좋겠습니다."

곳비도 용도 잇달아 한숨을 쉬었다. 용이 잠시 생각하다가 말했다.

"그래도 살아있는 게 낫다. 살아있으면 다시 만날 수 있다는 희망을 품을 수 있으니까. 그 희망이 내가 살아가는 힘이 되어줄 테니까."

"덕분에 처소에서 근신하라는 어명을 받으셨습니다. 아직도 다시 만날 수 있다고 생각하십니까?"

곳비가 얕은 숨을 내쉬었다. 창밖에서 쓰르라미가 구슬프게 울었다.

"처음이었다."

"……."

"마음을 준 이는 그이가 처음이었다."

곳비는 순간 목이 메 아무 말도 못 하고 화채를 용의 앞에 밀어주었다. 용이 젓가락을 놓고 화채를 들이켰다.

"고맙다."

곳비가 용을 바라보았다.

"화전도, 화채도……. 내게 들려준 너도."

"그만 쉬십시오."

곳비가 소반을 챙겨 일어났다. 문 앞에 선 곳비의 등에 용의 목소리가 흘러들었다.

"곳비야, 다음엔 메밀전으로 부쳐다오. 산사에서 네가 해준 메밀화전, 참말 맛났다."

곳비가 방을 나왔다. 달빛 아래에 서서 용의 방을 바라보았다. 문창 너머 용의 그림자가 보였다. 용의 마음도 슬픔도 절망도 고통도 다 보였다. 하여 아팠다. 하여 슬펐다. 곳비가 용의 그림자에게 속삭였다.

"저도 처음이었습니다. 마음을 준 이는 대군이 처음이었습니다."

용의 그림자를 향해 뻗어가는 곳비의 손이 닿지 못하고 멈추었다.

날이 밝았다. 안평 대군전 뜰을 딛는 사람들의 발걸음 소리가 그 어느 때보다 나직했다. 내관도 상궁도 나인들도 대군의 눈치를 살피며 조심스럽게 거닐었다. 용은 처소에서 근신하며 대기하라는 어명을 받고 방 안에 틀어박혀 있었다. 다른 명은 더 없었다.

"곳비야."

한나절을 침묵 속에서 보낸 용이 꺼낸 첫마디였다. 양 내관이 곳비에게 손짓을 했다. 뜰에 서 있던 곳비가 용의 방으로 뛰어 들어갔다.

"이 서신을 소 낭자에게 전해다오."

용이 곳비에게 봉서 한 통을 내밀었다. 곳비의 얼굴이 어두워졌다.

"은밀히, 신속하게 다녀오너라."

곳비는 주먹을 쥔 채 손을 내밀지 않았다.

"어서. 받거라."

"안 됩니다."

곳비가 고개를 저으며 뒤로 물러났다.

"걱정 말거라. 절대 널 다치게 하지 않으마. 모든 책임은 내가 지겠다. 너는 그저 심부름만 하면 된다."

곳비는 봉서를 받지 않고 두 손을 등 뒤에 숨겼다.

"안 됩니다. 지금 대군께서는 소 낭자 때문에 벌을 받고 계십니다."

"소 낭자 때문이 아니다. 나 때문이다."

"예, 대군 때문입니다. 어제 대군께서 편전을 나가신 후 큰 소란이 일었다는 사실은 대군께서도 아시지요? 그 일로 주상 전하도 세자 저하도 얼마나 곤혹을 치르셨는지 짐작하시지요?"

"곳비야."

용의 눈빛과 목소리가 간절했다. 곳비는 용의 시선을 외면했다.

"안 됩니다. 아니, 싫습니다. 중전마마께서도 따로 하명하셨습니다. 출타는 물론, 서신도 안 됩니다."

"되고 아니 되고는 내가 판단하느니라. 넌 그저 내가 시키는 대로 하면 된다."

"예, 소녀는 대군의 시중을 드는 궁녀이니 배 놔라 감 놔라 할 자격이 없지요? 그저 윗전이신 대군께서 시키는 대로만 하면 된다는 말씀이시지요?"

곳비가 목소리를 높였다. 눈이 벌게졌다. 꾹꾹 눌러 담았던 감정이 울컥하고 치밀어 올랐다.

"그래."

용의 목소리가 지엄했지만 눈빛은 떨렸다. 곳비에게 가혹히 말한 것 같아 마음이 불편하였지만 지금은 윗전의 위엄을 보여 곳비를 움직여야만 했다.

"하니 내 명을 따르거라."

"예, 주십시오."

곳비가 손을 내밀어 봉서를 낚아채듯이 가져갔다.

"이 서신, 중전마마께 바치고 대군이 벌을 받게 할 겁니다. 오늘부터 제 윗전은 대군보다 더 높으신 중전마마이시니까요."

곳비가 붉은 얼굴을 돌리고 밖으로 나갔다.

곳비는 무작정 중궁전으로 달렸다. 숨을 헐떡거리며 도착한 중궁전 뜰에 서서 숨을 골랐다. 중궁전 전각을 올려다보았다. 손에는 용이 건네준 봉서가 들려 있었다.

중궁전 상궁이 곳비를 보고 직접 내려왔다.

"안평 대군전 곳비구나. 대군께 무슨 일이 있느냐?"

곳비는 멍하니 서 있었다. 상궁이 무슨 일인지 채근했다.

"마마님."

"어서 고하거라. 대군께서 또 일을 벌이신 게야?"

왈칵, 곳비의 눈에서 눈물이 쏟아졌다.

6

영교는 대궐에서 사람이 나와 누이를 찾는다는 소식을 듣고 깊은 숨을 내쉬었다. 자리를 보전하고 누운 어머니가 통곡하기 시작했다. 영신의 부은 눈에서도 눈물이 다시 흘러내렸다.

얼마 전에도 대궐에서 사람이 나왔다. 소 씨 처자에게 볼일이 있다고 하였다. 영신은 입매를 길게 늘어뜨리고 눈빛을 반짝였다. 올 것이 왔구나 싶었다. 용이 임금께 가례를 청하겠다고 하였다. 그리하면 대전이나 중궁전에서 영신을 살피기 위해 상궁들이 나올지도 모른다고 하였다.

하지만 영신을 찾아온 이는 상궁이 아니라 사내 둘이었다. 진헌색 별감과 명국에서 온 내사(內史)라고 하였다. 내사는 영신을 보고 자글자글한 주름을 지으며 웃었다. 무언가 일이 잘못되었다는 것을 알았지만 영신은 용에게 먼저 연통할 방법이 없었다.

"소자가 나가보겠습니다."

영교가 자리에서 일어났다. 그의 발이 바위를 매단 듯 무거웠다. 미인박명이라고 하더니 날 적부터 미인으로 이름을 날린 누이의 운명이 너무나 가련했다. 아름다움이 독이 되어 결국 누이의 생을 박복하게 만들었다.

영교가 대문간으로 나갔다. 영교의 얼굴이 일순 환해졌다. 안도의 숨을 토했다. 반가운 얼굴이 서 있었다. 곳비였다. 대문간에 서 있는 이가 곳비라서 다행이었다. 반가웠다. 기쁘고 편안했다.

"항아님, 절 만나러 오신 거지요?"

"아니요. 오늘은 아씨를 뵈러 왔습니다."

영교의 얼굴이 다시금 어두워졌다.

"안평 대군의 심부름을 왔습니다. 아씨를 뵙고 전해드릴 것이 있습니다."

영교의 낯빛에 다시금 빛이 돌았다.

"저를 따라오십시오."

곳비는 안채 뜰에서 영신의 방을 바라보았다. 열린 창 너머로 용의 서신을 읽고 있는 영신이 있었다. 얼굴이 솜처럼 하얗고 눈이 크고 눈매가 또렷한 영신은 가히 아름다웠다. 숨을 쉴 때마다 꽃처럼 붉은 입술이 가늘게 떨렸다. 모두 곳비가 가지지 못한 것들이었다.

"대군께서는 무탈하십니까?"

곳비가 대군을 어찌 아느냐는 눈빛으로 영교를 바라보았다.

"그날, 누이가 대궐에서 공녀로 최종 간택되던 날, 대군께서 누이를 데려다주고 가셨습니다."

곳비가 고개를 끄덕였다. 그날 용은 밝을 때 영신과 대궐을 빠져나가 어두워지고서야 돌아왔다. 그동안 대전이며 중궁전이며 동궁전에서는 연신 용을 호출하고, 양 내관은 용을 찾으러 출궁하고, 궁인들은 발을 동동 구르며 용을 기다려야만 했다.

"도련님께서는 괜찮으십니까?"

영교의 눈에 맑은 물이 그렁하였다. 당연히 괜찮지 않았다. 하지만 누이와 부모님 걱정에 자신이 괜찮은지는 살필 겨를이 없었다.

"누이와 헤어져야 하시잖아요. 저도 가족과 헤어졌더랬지요. 지금 도련님의 마음이 어떠실지 짐작이 갑니다."

"항아님도요?"

"예, 제가 생각시로 입궁하고 나서 어머니와 동생들이 종적을 감추었습니다. 전 가족들이 살았는지 죽었는지도 모릅니다. 하지만 누이께서는 살아 계시니……."

'살아있으면 다시 만날 수 있다는 희망을 품을 수 있으니까. 그 희망이 내가 살아가는 힘이 되어줄 테니까.'

용의 말이 옳았다.

"다시 만날 수 있다는 희망을 가지십시오."

"고맙습니다."

영신이 방에서 나와 댓돌로 내려섰다. 곳비와 영교가 영신에게 다가갔다. 영신이 곳비의 팔목을 잡으며 눈물을 글썽였다.

"항아님, 대군을 만나게 해주세요."

"죄송합니다. 지금 대군께서는 어명을 받잡고 처소에서 근신하고 계십니다. 궁을 나오시기가 곤란합니다."

"마지막이에요. 이제 도성을 떠나면 언제 대군을 뵐지 몰라요. 마지막으로 한 번만 뵐 수 있게 해주세요."

"아씨……."

"부탁드립니다. 대군을 뵙기 위해서라면 무슨 짓이라도 할게요. 제발 도와주세요, 항아님."

"죄송해요. 서신을 써주십시오. 그건 꼭 전해드리겠습니다."

영신이 힘없이 곳비의 팔을 놓았다. 그녀의 눈도 코도 붉어졌다. 눈에서는 눈물이 줄줄 쏟아졌다. 하지만 곳비로서도 뾰족한 수가 없었다. 곳비는 얕게 한숨을 내쉬고는 고개를 떨구었다.

곳비가 환궁했다는 소식을 듣고 용은 자리에서 벌떡 일어나 대청으로 나왔다.

"낭자는 어찌 지내더냐?"

곳비가 한숨을 쉬었다. 어떠한 상황에서도 기품을 잃지 않고 침착하려 애쓰는 대군이었는데 저리 허둥대는 모습을 보니 야속했다.

"대군 걱정이나 하십시오."

"답신을 다오."

"못 받았습니다."

"왜?"

용이 눈을 부릅뜨고 물었다. 울다가 지친 영신이 혼절하다시피 하는 바람에 답신을 받아올 겨를이 없었다. 곳비는 말없이 꾸벅 절만 하고는 제 처소로 돌아가 가지를 찾았다.

곳비는 다시 홍현골로 갔다. 마을 초입에서 영교가 곳비를 기다리고 있었다. 곳비가 그를 따랐다.

"제가 건춘문까지 배웅해드리겠습니다. 수문장에게 이 패를 보이고 건춘문으로 들어서시면 나인이 기다리고 있을 겁니다. 이름이 가지입니다."

"고맙습니다."

곳비와 옷을 바꿔 입은 영신이 곳비의 손을 잡았다.

곳비는 나인 복장으로 출궁을 하던 정현 옹주를 떠올리고 방법을 생각해내었다. 영신이 곳비 대신 궁에 들어가는 것이다. 그다음에는 가지가 영신을 대군에게로 인도하면 될 것이다. 물론 들키지 않아야 하지만. 위험을 무릅쓰고 영신의 청을 들어준 이유는 울며불며 매달리는 영신이 가여워서인지, 오매불망 영신을 그리는 대군이 애틋해서인지 곳비 저도 알지 못했다.

"안전해질 때까지 너울을 벗지 마십시오. 나머지는 가지가 다 알아서 할 것입니다."

대궐 앞에서 곳비는 영신에게 재차 당부했다.

"예, 명심하겠습니다. 이 은혜 꼭 잊지 않을게요."

영신이 너울을 다시 한번 여미고 건춘문으로 다가갔다. 영교가 근심스러운 얼굴로 누이를 바라보았다.

곳비는 영신이 건춘문으로 들어가는 것을 확인하고 무작정 걸었다. 영교가 말없이 그 뒤를 따랐다. 곳비가 내를 건너고 대로를 지나 구불구불한 골목을 몇 개 벗어났다. 언덕을 올라 영교와 만났던 느티나무 앞에 이르렀을 때, 영교가 입을 열었다.

"항아님, 혹시 별루정에 가십니까?"

"도련님, 어찌 오셨습니까?"

곳비는 그제야 영교의 존재를 알아차리고 뒤를 돌아보았다.

"항아님을 쫓아왔습니다. 별루정에 가신다면 제가 안내해드리겠습니다."

"아니요. 오늘은 계곡으로 갑니다. 할 일이 있거든요."

곳비가 가지고 온 보따리를 들어 보였다.

"계곡도 소생이 안내하겠습니다. 숲에서 혼자는 위험합니다."

영교를 따라 계곡에 온 곳비는 보따리를 풀었다. 보따리 안에는 종이가 가득 들어 있었다. 영교가 종이 한 장을 들어보고서는 감탄했다.

"진짜 명필입니다. 항아님의 글씨입니까?"

종이는 용이 글씨 연습을 하고 버린 것들이었다.

"아닙니다. 안평 대군의 글씨입니다."

"안평 대군의 글씨에 관한 소문은 들었는데, 과연 명불허전이군요. 한데 이 종이들은 왜?"

"제 윗전은 안평 대군이십니다. 처음 생각시로 입궁하였을 때부터 대군을 모셨지요. 어릴 때부터 대군이 쓰다 버린 종이들을 주워 그 글씨 위에 다시 글씨를 썼답니다. 그리고 그 종이들을 물에 씻어 말린 다음, 그 위에 또 연습을 했습니다."

"대군의 글씨를 정말 좋아하시는군요."

"종이가 아깝잖아요. 대군 처소에서는 하루에도 수십 장의 파지가 나오거든요."

곳비가 어깨를 으쓱하고서는 종이를 계곡물에 담가 흔들기 시작했다. 새까만 먹물이 종이 위로 떠올랐다.

"그럼 정현 옹주님도 대군께 글을 배우신 겁니까? 필체가 세 분 모두 비슷합니다."

"아…… 예, 그렇지요."

곳비는 영교의 시선을 피하며 얼버무렸다.

"참 다정한 오누이입니다."

"예, 대군께서는 실은 다정하신 분이지요. 보이는 것보다 훨씬……."

곳비의 얼굴에 엷은 미소와 그늘이 동시에 드리웠다.

"자상한 오라버니이십니다. 아우를 가르치는 일이 얼마나 어려운데……. 에이, 저라면 화증이 나서 못 했을 겁니다."

영교의 말을 듣고 곳비는 지난날을 생각했다. 용은 곳비에게 글을 가르치면서 한 번도 화를 낸 적이 없었다. 농을 던져 곳비를 약 올리기는 했지만 나무란 적은 없었다. 처음 글을 배울 때는 곳비가 시도 때도 없이 질문을 해댔는데도 용은 성가신 기색 없이 다 알려주었다.

"예, 참 자상하신 오라비입니다."

곳비가 물기 어린 목소리를 내뱉고서 말없이 종이들을 씻어냈다.

"이 글씨, 제가 한 장 가져도 되겠습니까?"

"파지인데요."

"제가 언제 또 안평 대군의 글씨를 가질 수 있겠습니까?"

곳비가 고개를 끄덕였다. 영교가 종이를 잘 접어 품에 넣었다.

아비가 힘이 없어 미안하다는 부왕의 말에 용은 대전을 나올 수밖에 없었다. 용은 하늘을 올려다보았다. 제 마음처럼 하늘에도 먹구름이 잔뜩 끼어 있었다. 곳비의 도움으로 궁에서 영신을 만난 후, 문제를 해결하기 위해 왕세자를 통해 명국 사신을 만나고 부왕께 눈물로 간청하였지만 소용없었다.

용은 혼자 있고 싶다며 양 내관을 보냈다. 터벅터벅 제 발길 닿는 대로 걸었다. 어느새 곳비가 곁에 와서 절 따르고 있었다.

"무엇 하러 와?"

"송구합니다."

곳비는 사고를 친 저보다 더 풀이 죽은 모습이었다.

"무엇이?"

"다 소녀의 잘못입니다."

"잘못은 내가 했지. 네가 무슨 잘못을 했다고?"

"제가 중전마마께 고해 대군께서 벌을 받게 하겠다 하여 이리되었습니다."

"넌 아무것도 고하지 않았잖아. 오히려 나와 낭자를 만나게 해주었지.”

“마음속으로는 대군께서 벌을 받았으면 좋겠다고 빌었습니다. 송구합니다.”

곳비가 어린아이처럼 울음을 터트렸다.

“네 잘못이 아니다. 울지 마라. 다 내가 못난 탓이다.”

“아닙니다. 대군은 못나지 않습니다. 제가 나쁜 마음을 먹어서 일이 이렇게 되었습니다. 제 잘못입니다.”

곳비가 고개를 저으며 흐느꼈다.

“아니다. 내 잘못이다.”

“아닙니다. 제 잘못입니다.”

“아니래도.”

“아닙니다. 제 잘못입니다.”

“그래! 네 잘못이다.”

곳비가 울음을 뚝 그치고 용을 바라보았다.

“제 잘못입니까?”

“그래.”

잠시 곳비가 용을 바라보다가 말을 이었다.

“예, 제 잘못이지요. 송구합니다.”

“정녕 송구하면…….”

곳비가 용을 올려다보면서 숨을 꼴깍 삼켰다.

“너는 내 곁을 떠나지 마라. 넌 영원히 내 곁에 있거라.”

“다시는 눈에 띄지 말라고 하셔도요?”

“그래.”

"불같이 화를 내셔도요?"

"그래."

"제가 큰 잘못을 저질러도요? 그러니까 대군의 그것을 봐도……."

곳비의 시선이 아래로 떨어졌다.

"그래!"

용이 얼굴을 붉히며 소리를 질렀다.

"영원히요?"

"영원히."

눈물로 젖은 곳비의 얼굴에 발그레한 미소가 피어올랐다.

"예, 영원히 영원히 대군의 곁에 있겠사옵니다."

곳비가 나직이 중얼거리다가 소리쳤다. 용을 보며 활짝 웃었다. 용의 뺨에도 물방울이 흘러내렸다.

"우십니까?"

"빗방울이잖아."

곳비가 하늘을 보았다. 한 방울, 두 방울 빗방울이 듣더니 굵은 빗줄기가 쏟아지기 시작했다. 소나기였다.

"비다!"

갑자기 곳비가 뛰기 시작했다. 용도 비를 피하기 위해 달렸다.

곳비의 걸음이 처소와 다른 쪽으로 향했다.

"처소로 안 가고 어디로 가는 게야?"

"먼저 돌아가십시오. 소녀는 할 일이 있습니다."

곳비가 뛰어간 곳은 후원 숲이었다. 곳비는 이리저리 뛰면서 낮은 나뭇가지와 바위 위에 걸린 빨래들을 걷어냈다.

"넌 도대체 무슨 빨래를 여기다…… 이건…….."

곳비를 도와주려고 빨래를 한 장 걷어내던 용이 말을 멈추었다. 빨래가 아니었다. 종이였다. 종이 위에는 미처 씻기지 못한 글씨 자국이 얼룩덜룩 남아 있었다.

"내가 글씨를 연습한 종이구나. 한데 이 종이가 왜 여기에…… 네가 이 종이들을 세초(洗草, 초고를 씻어냄)했느냐?"

곳비가 말없이 종이를 걷고서 나무 밑으로 숨어들었다. 종이를 흔들어 물기를 털어냈다.

"버리기엔 아깝잖아요."

"하여 조지서에 보내지 않느냐? 먹물을 씻어내고 환지로 재활용하기 위해서. 한데 이 종이들을 네가 간직했다는 것은…….."

곳비가 침을 꼴깍 삼켰다.

"여전히 내가 네 주인이 맞구나."

곳비가 눈을 깜빡였다.

"맞구나? 맞지?"

곳비가 다시 한번 눈을 깜빡였다.

"녀석, 말하지 않아도 네 마음을 다 알고 있느니라."

"모르십니다."

"다 안다니까. 우린 이심전심 아니더냐?"

"이심전심이요? 하여도 대군께서는 진짜 제 마음은 모르십니다."

"알다마다. 곳비야, 내겐 네가 제일이다. 네가 아니면 누가 있어 내가 쓰다 버린 종이까지 이리 살뜰히 아껴주겠느냐? 양 내관이? 주 상궁이? 안 상궁이? 가지가?"

용이 손을 좌우로 흔들면서 말을 이었다.

"아니. 너 말고는 아무도 없느니라."

곳비가 눈도 깜빡이지 않고 가만히 있었다.

"그러니 넌 내게 꼭 필요한 사람이다."

곳비의 눈이 반짝였다.

"정말입니까?"

"그래. 군자는 결코 허언을 하지 않느니라."

곳비가 입술을 앞으로 모으며 어깨를 들썩였다.

"사실 제 처소에 대군께서 쓰시던 종이들이 한가득 있습니다."

"그러니까! 다 내가 쓰다가 버린 것들이지."

"또 제 필체가 대군의 필체와 닮았답니다. 그 종이들로 글씨를 연습했거든요."

"세상에. 얼마나 연습을 많이 했으면 내 필체까지 닮게 되었느냐? 역시 우리 곳비는 똑똑한 데다가 성실하기까지 하구나."

"다, 대군께서 자상하게 가르쳐주신 덕분입니다."

"그러고 보면 나도 네게 꼭 필요한 사람이구나."

"그러니까요. 대군이 아니면 누가 제게 시와 글을 가르쳐주겠습니까? 아마 다른 이 같았으면 화증이 나서 진즉에 내팽개쳤을 겁니다."

"그래? 아니 뭐, 그깟 글 가르쳐주는 게 뭐 어렵다고 화증을 낸단 말이냐?"

"그러니까요. 대군은 한 번도 절 가르치다가 내팽개치신 적이 없지요. 한데 다른 이들은 화를 낸답니다."

"그래. 나는 그랬지. 난 전혀 화가 나지 않던데……."

함께 이야기를 주고받는 동안에 곳비와 용의 얼굴에서 먹구름이 걷혔다. 용은 조잘대는 곳비를 보면서 미소를 지었다. 오늘도 이 작고 여린 아이에게 큰 위로를 받고 있었다.

용과 곳비가 나란히 나무 아래에 서서 비를 피했다. 도란도란 이야기를 나누는 동안에 비가 그쳤다. 비 온 뒤라 곳비의 마음도 활짝 개었다.

"시장하시지요? 따뜻한 국밥 한 그릇 말아 올릴까요?"

"쉿."

용이 주변을 살피면서 한 손가락을 제 입술에 가져다 댔다.

"누가 언제 국밥을 먹는다고?"

"에이, 생각하시는 거 다 아는데요. 우리는 이심전심이잖아요."

"쉿!"

용이 검지를 들어 곳비의 입술에 댔다.

"조용히 한 그릇 말아 주든가."

곳비가 눈을 내리깔고 용의 검지를 보면서 고개를 끄덕였다.

"고기 많이 넣어서."

곳비가 제 손가락으로 용의 검지를 가리켰다. 용이 검지를 뗐다. 곳비가 용의 곁으로 바투 다가가 작은 목소리로 속삭이듯 말했다.

"대군께서 국밥을 좋아하시는 건 저만 아는 사실이지요?"

"그래. 그러니 비밀 꼭 지켜라."

"아무도 모르는, 우리 둘만의 비밀이지요?"

"그래. 그러니 내가 국밥을 좋아한다는 소리가 들리면 무조건 네게 책임을 물을 것이야."

"예! 꼭 제게 책임을 물으십시오. 이 대궐에서, 아니 이 세상에서 대군이 국밥을 좋아하신다는 사실은 저만 아니까요."

"오냐."

"그럼 저 먼저 가겠습니다. 할 일이 있으니까요."

곳비가 어깨를 흔들며 뛰어갔다. 내딛는 걸음마다 물방울이 경쾌하게 튀었다.

7

"넌 영원히 내 곁에 있거라. 넌 영원히 내 곁에 있거라. 넌 영원히 내 곁에 있거라라라라라라라라라."

용의 목소리가 메아리쳤다. 곳비는 이불 속에 몸을 숨기고 환호성을 질렀다. 좋아서 몸을 비틀었다. 팔을 흔들고 발을 찼다. 마음은 이불을 걷어차고 천장을 뚫고 하늘을 날고 있었다.

하늘이 시커메지더니 숲에 어둠이 내려앉았다. 눈 깜짝할 사이에 소낙비가 쏟아졌다. 곳비와 용은 나란히 숲을 걷다가 손을 잡고 뛰기 시작했다. 두 사람은 덩치 큰 느티나무 아래로 몸을 숨겼다. 무성한 녹엽 아래에서 비를 피했다.

용은 내리는 비를 바라보았다. 곳비는 고개를 들고 초록 하늘을 바라보았다.

"앗."

빗방울이 이마에 듣자 곳비는 어깨를 움츠렸다. 용이 곳비를 보며 싱긋 웃었다. 손을 들어 곳비의 이마에 맺힌 물방울을 닦아주었다. 곳비의 붉은 얼굴이 더 붉어졌다. 곳비는 용을 가만히 바라보았다. 용도 미소를 지으며 곳비를 응시했다. 용의 눈빛이 꽃가루처럼 보드랍고 꽃꿀처럼 달콤했다.

"곳비야, 넌 내게 꼭 필요한 사람이니라. 내겐 너 외엔 아무도 없구나. 오직 너뿐이란다. 하니 다시는 날 떠나지 말거라. 아니, 떠날 생각조차 하지 말거라. 영원히 내 곁에 있거라."

용이 곳비의 손을 잡았다. 곳비는 몸이 따뜻해졌다. 눈에서 눈물한 방울이 또르르, 가 아니라 입에서 침 한 줄기가 흘러내렸다.

"침 닦아."

가지가 곳비를 흔들어 깨우고는 수건을 건넸다. 곳비가 눈을 뜨고 입맛을 다셨다.

"대군께서 찾으셔."

"벌써?"

"첫닭이 울기 전에 기침하셨다는데 아예 못 주무신 듯해. 상태가 영 안 좋으셔."

곳비는 벌떡 일어나 용을 만날 차비를 했다.

곳비는 용의 거처로 달려갔다. 방에 들기 전에 옷매무새를 가다듬고, 용을 불렀다. 들어오라는 말이 들리자마자 곳비가 방으로 들어가 아침 문후를 올리고 물었다.

"무얼 할까요, 대감?"

곳비가 자리에 앉으며 물었다. 용은 눈을 크게 뜨고 곳비의 얼굴 앞에 제 얼굴을 들이밀었다. 곳비는 숨을 멈추며 얼굴을 뒤로 물렸다.

"왜 그러십니까?"

"이상한데?"

"안 이상합니다."

"오늘따라 얼굴이 더 붉지 않느냐? 혹시 밤새 이상한 꿈이라도 꾼 게냐? 나처럼 멋진 사내에게 고백이라도 받은 게야?"

'헉. 저 귀신.'

곳비는 침을 꿀꺽 삼켰다. 용은 곳비의 목젖이 꾸무럭거리는 순간을 놓치지 않았다.

"뭐야? 참말인 게야?"

곳비는 두 손으로 양 뺨을 가리고 고개를 여러 번 저었다.

"더워서 그렇지요. 열이 올라서요. 아, 덥다. 덥네요. 대군께서는 안 더우십니까?"

곳비가 양손을 부채 삼아 바람을 일으켰다.

"저 뭘 할까요, 이제?"

"뭘 그리 꼭 하려고 하느냐?"

"전 대군께 꼭 필요한 사람이니 대군께 꼭 필요한 일을 하고 싶습니다. 뭐든 시켜만주십시오."

"냉수 두 사발."

"예, 곧 대령하겠습니다."

곳비는 어깨를 흔들며 방을 나갔다.

잠시 후 곳비는 소반에 냉수 두 사발을 받치고 들어와 용의 앞에 내려놓았다. 용은 소반을 곳비 쪽으로 밀었다.

"아니 드십니까?"

"너 먹으라고."

"예?"

"냉수 먹고 속 차리라고."

곳비의 얼굴이 더 붉어졌다.

"이 봐라, 얼굴이 아직도 벌겋지 않느냐?"

"어휴."

곳비는 냉수 한 사발을 벌컥벌컥 들이켰다. 용은 소리 내어 웃었다. 대청에 있던 양 내관이 용의 웃음소리를 듣고 안도했다.

"다행입니다. 곳비가 오니 대군께서 웃으시옵니다."

"곳비가 다른 건 서툴러도 어릴 때부터 대군을 웃게 하는 재주는 있잖은가?"

양 내관의 곁에 있던 주 상궁이 미소를 지었다.

곳비가 나머지 한 사발에 손을 대자 용이 손가락으로 곳비의 손등을 쳤다.

"한 잔은 네 성의를 봐서 내가 들겠다."

"찬 거 싫어하시지 않습니까? 좀 데워드리겠습니다."

곳비가 양손으로 사발을 감쌌다. 용은 곳비가 하는 양을 보고 미소를 지었다. 곳비는 냉기가 가시자 용에게 사발을 내밀었다. 용은 물을 몇 모금 마시고 사발을 내려놓으며 말했다.

"아, 맛있다."

용은 곳비의 눈치를 살피면서 말을 이었다.

"곳비가 아니면 누가 있어 이리 맛있는 물을 가져다줄꼬?"

"그렇지요."

곳비는 눈빛을 반짝이며 웃었다.

"아, 어깨가 좀 결리는구나."

"안마 대령이오."

곳비는 얼른 일어나 용의 어깨를 주무르기 시작했다.

"아, 등도 가렵다."

곳비는 용의 등을 긁었다.

"어떠십니까?"

"시원하구나. 역시 이 넓은 대궐에서 내 가려운 등을 시원하게 긁어주는 이는 곳비 너밖에 없구나."

곳비는 어깨를 으쓱하며 웃었다.

곳비가 다시 어깨를 주무르는 동안, 용은 자꾸만 고개를 아래로 꺾었다. 곳비는 고개를 앞으로 빼고 용의 얼굴을 들여다보았다. 용은 눈을 감고서 잠들어 있었다. 간밤에 대군께서 잠을 이루시지 못했다는 가지의 말이 생각났다. 곳비는 안마를 멈추고 조심스럽게 용의 몸을 자리에 눕혔다. 싱긋 웃으며 용의 얼굴을 들여다보았다.

'어쩜 주무시는 모습도 이리 아름다우실까?'

밖에서 쓰르라미가 시끄럽게 울어댔다. 곳비는 얼른 일어나 창을 닫으며 속삭였다.

"조용히들 하렴. 우리 왕자님께서 주무시니까."

곳비는 부채를 가져와 용의 곁에 앉았다. 천천히 부채 바람을 일으켰다.

"전, 대군께서 주무시나 깨어 있으시나 꼭 필요한 사람이지요? 헤헤헤."

곳비의 부채질이 좋은지 용의 얼굴이 더 편안해졌다.

다음 날부터 용은 이른 아침부터 곳비를 불러 먹을 갈게 했다. 곳비는 먹을 갈면서 용을 힐끔댔다.

"어허, 집중! 먹을 가는 것도 글씨를 쓰는 것과 마찬가지야. 상념을 비우고 손끝에 온 마음을 모아야 하느니라."

그러는 대군께서도 집중을 안 하시네요, 라고 대꾸하고 싶었지만 날이 날이니만큼 곳비는 말을 삼켰다.

용은 아침부터 서도(書道)에 골몰했다.

"저……."

곳비는 다시 용의 눈치를 살피며 운을 뗐다. 용은 반응하지 않았다.

"오늘 떠나신다는데……."

"……."

"오시(吾時)에 건춘문에서……."

"……."

"지금은 편전에 있으시다는데……."

"……."

곳비는 먹을 놓았다.

"서신이라도 주시거나 가서 인사라도 나누십시오. 소녀가 안내하겠습니다."

"먹이 너무 묽어. 정신 안 차리느냐?"

"그러다가 상사병으로 돌아가십니다. 직접 만나 마음을 풀어 놓으십시오."

용이 붓을 놓았다. 곳비는 얼른 고개를 숙이고 먹을 갈았다.

"이번에는 세초하지 말거라."

"예?"

"씻고 말리는 수고를 하지 말란 말이다. 종이가 필요하면 내 방에서 가져다 쓰고."

용은 일어나 밖으로 나왔다. 아침 공기가 선선했다.

—너도 이제 가례를 올릴 때가 되었구나.

어제저녁 세자가 석반을 같이 들자며 찾아와 말했다.

—가례라니요?

용은 막 입으로 가져가려던 젓가락을 손에 든 채 물었다.

—무얼 그리 놀라느냐? 네 이만큼 장성하였으니 마땅히 배필을 맞아야지. 진작 가례를 올렸다면 이리 상심할 일을 겪지 않았을 터인데…….

용은 세자와 나눈 대화를 떠올리며 한숨을 지었다.

소 낭자를 천생배필이라 여겼는데 그녀를 보내고 다른 여인을 배필로 맞을 수 있을까. 가혹했다. 소국(小國)에 태어난 그녀의 운명이. 잔인했다. 무력한 왕자의 자리가. 용은 또 한숨을 쉬었다. 용의 어깨가 들썩거렸다. 방 안에서 이를 지켜보던 곳비도 길게 한숨을 내쉬었다.

용은 서재에 틀어박혔다. 아침나절까지는 글씨를 썼고, 지금은 서책을 읽고 있었다.

"오정시(吾正時)가 지났습니다."

양 내관의 말에 용이 고개를 들었다.

"책을 너무 오래 보시는 것 같아……. 그렇다고 말씀 올렸사옵니다."

양 내관은 어색한 미소를 지었다.

"대군, 대감, 대군 대감!"

"아, 마침 곳비가 왔사옵니다. 소인은 잠시 물러가 있겠사옵니다."

용의 따가운 눈초리에 몸을 꼬던 양 내관은 곳비를 반기며 자리를 피했다.

"출궁하십시오."

용이 달뜬 곳비를 물끄러미 응시했다. 눈빛으로 근신 중이지 않느냐, 라고 묻고 있었다.

"괜찮습니다. 세자 저하께서 알아서 하시겠답니다."

용은 대답하지 않았다.

"진짜입니다. 돌아다니는 걸 좋아하시는 분이 내내 처소에서만 지냈으니 얼마나 답답하셨습니까? 얼른 나가서 바람이라도 쐬고 오십시오."

"……."

"물론, 소녀도 함께요."

"……."

"대감! 제발 바깥 구경 좀 시켜주십시오. 대군 때문에 저도 내내 근신하였더니 곧 죽겠습니다."

"……."

"사신단은 이미 떠났습니다. 소 낭자도요. 그냥 소녀가 콧바람을 쐬고 싶어서 그럽니다. 예? 안 됩니까?"

용은 여전히 대꾸하지 않았다. 생각에 잠겨 있는 듯했다.

"됩니까?"

곳비는 제 얼굴을 용의 시선 아래로 들이밀었다.

"되겠지요? 되지요? 예? 되는 게지요?"

곳비의 채근에 용은 하는 수 없다는 듯이 자리에서 일어났다.

"얼른 차비하겠습니다."

곳비가 환하게 웃으며 용보다 먼저 밖으로 나갔다.

용은 곳비를 따라 대궐을 나왔다. 생각도 말도 없이 곳비가 이끄
는 대로 따라왔다. 곳비를 따라 걸음을 멈추고 보니 낯선 곳이었다.

"이런 곳은 또 어찌 알았느냐?"

두 사람이 도착한 곳은 별루정이었다. 숲이 우거진 산잔등에 정자
한 채가 있었다. 바위며 나무며 주변 경관이 보기 좋았다. 물소리가
들렸다. 가까운 곳에 계곡이 있는 듯도 하였다. 용은 세상만사 다 잊
고 이런 곳에 틀어박혀 고요히 사는 것도 좋을 성싶었다.

"어, 여기 뭐가 보이네."

곳비가 산 아래를 내려다보며 소리쳤다.

"대감, 이것 좀 보십시오."

용은 절벽으로 다가가 곳비가 가리키는 곳을 내려다보았다. 도성
을 가로지르는 명국 사신 행렬이 눈에 들어왔다.

"아, 눈이 침침해서 잘 안 보이네."

곳비는 눈을 비비면서 자리를 떴다.

'녀석, 이걸 보여주려고……'

용은 곳비가 대궐 밖으로 나가자고 호들갑을 떨 때부터 알아차렸다. 용 자신도 이걸 보기 위해 곳비를 따라나선 건지도 몰랐다. 용은 말없이 사신 행렬을 바라보았다. 저 행렬 가운데 영신을 태운 가마가 있으리라.

"지필묵을 꺼내보거라."

사신 행렬이 시야에서 사라졌을 때 용이 말했다.

"그동안 공부를 얼마나 열심히 하였는지 보자꾸나."

"지금요?"

"그래. 붓을 잡거라."

"우리 지금 청유(아담하고 깨끗하며 속되지 아니하게 높) 나온 것 아닙니까?"

"청유에 시가 빠질 수 없지."

곳비는 붓을 들고 시를 쓰기 시작했다. 잠시 후 곳비가 건넨 종이를 받아든 용은 곳비가 쓴 시를 읽었다.

　　무정한 이 사람을 탓하시고
　　　그 고운 마음에 그늘일랑 지우소서

시를 다 읽은 용이 시구를 다시금 중얼거리다가 약하게 숨을 토했다.

"뭔 시가 이래?"

"다시 올릴까요?"

"됐다. 사람의 심사를 또 어찌 후벼내려고……."

"별로입니까?"

"아니. 실력을 보아하니 이제 하산해도 되겠구나. 그만 가자."

"벌써요?"

용은 대답하지 않고 산 아래로 걸음을 놓았다. 곳비는 지필묵을 챙겨 졸래졸래 용을 쫓았다.

영신이 떠난 지 한 달이 지났다. 아무 일도 일어나지 않은 것처럼 새벽이면 동이 트고, 해거름이면 노을이 졌다. 이따금 바람이 불고 빗방울이 듣고 나뭇잎이 떨어졌다. 용은 누구도 사랑하지 않은 것처럼, 아무도 이별하지 않은 것처럼 지냈다.

여느 때처럼 이른 새벽에 일어나서 곳비를 깨웠다. 곳비에게 먹을 갈게 하고, 글씨를 썼다. 오전에는 서책을 읽고, 오후에는 그림을 그리고, 저녁에는 가야금을 뜯었다. 밤이면 시를 쓰고 곳비를 가르쳤다. 용은 '소영신' 이름 세 글자를 땅에 묻었다. 첫사랑, 그 아련하고 애틋한 감정도 그 여인의 이름과 함께 덮어버렸다.

─우리는 왕실에서 태어나 많은 것들을 누리고 사는 대신 사사로운 정을 포기하고 대의를 위해 살아야 한다.

세자도 둘째 진양 대군도 양전의 뜻에 따라 빈과 부인을 맞았다. 용도 부왕의 아들이자 조선의 대군으로 종묘사직과 백성을 위해 정이 아니라 명분을 따르기로 했다. 하지만 때때로 잊어야 하는 기억을 묻어둔 곳에서 뜨거운 무언가가 울컥하고 치밀어 올라왔다. 그때는 곳비를 놀리고 부러 크게, 많이 웃었다. 곳비는 매번 용의 장난과 농에 씩씩대며 얼굴을 벌겋게 데웠다. 그 모습이 용에게는 가장 큰 위로가 되었다.

곳비에게는 보였다. 용의 웃는 얼굴 아래에 감춰진 슬픈 눈이. 용은 웃고 있으면서도 슬퍼했다. 가끔 멍하니 생각에 잠긴 채 긴 한숨을 쉬기도 했다. 그럴 때마다 곳비도 용을 따라 한숨을 쉬었다. 조용히. 아무도 모르게. 하지만 용이 놀리면 금세 파르르하며 한마디도 지지 않았다. 그러다가 용의 칭찬에, 매력적인 미소에 금방 화가 녹아내려 기분이 달뜨고 용에 대한 애정이 샘물처럼 퐁퐁 솟았다.

정현 옹주는 여전히 곳비에게 서신 심부름을 시켰고, 소영교를 향한 애정은 날로 깊어져만 갔다. 곳비는 정현 옹주를 대신하여 연서를 쓰고 영교를 만났다. 영교도 정현 옹주의 서신을 기다리는 일이 즐겁다고 했다. 서신을 읽고 정현 옹주에 대해서 많이 생각하게 된다고 했다. 정현 옹주를 만날 날을 고대하고 있다고 했다. 곳비는 두 사람의 연정은 꼭 이루어졌으면 좋겠다고 생각했다.

오늘 만난 영교는 말끝을 흐리며 곳비를 바로 응시했다.

"옹주님도 항아님 같은 분이셨으면 좋겠습니다. 아니, 항아님이 옹주님이셨으면 좋겠습니다."

곳비가 손사래를 치며 펄쩍 뛰었다.

"아닙니다. 어찌 저 같은 것을 귀하신 옹주님께 비하겠습니까?"

"소생에겐 항아님이 귀하신 분입니다."

곳비를 보며 웃는 영교의 모습이 아이처럼 천진하였다.

"그런 말씀 하지 마십시오. 전 그저 옹주님 심부름을 해드리는 궁녀일 뿐입니다."

영교는 눈빛을 반짝였다.

"소생, 옹주님을 뵐 날을 학수고대하고 있습니다. 옹주님께 전해 주십시오. 소영교가 이제 그만 정현 옹주님을 뵙고 싶다고요."

'저도 두 분이 이제 그만 만나셨으면 좋겠네요.'

곳비는 미소를 지으며 고개를 살짝 끄덕였다.

안평 대군 이용의 배필이 간택되었다. 좌부대언 정연의 여식이었다. 양 내관이 대전에서 흘러나온 소식을 듣자마자 용에게 달려와 전했다. 용은 담담하게 받아들였다. 더 이상 궁금해하지 않았다. 가례에 대해서도, 간택된 처자에 대해서도.

"그래? 출합(왕자가 자란 뒤에 사궁(私宮)을 짓고 따로 나가서 살던 일)이라니 곳비가 좋아하겠구나."

단지 이렇게 말할 뿐이었다. 오늘 석반에는 생선을 올리겠습니다, 라는 소식을 들었을 때보다 반응이 덜 했다. 용은 여전히 붓을 잡은 채 시만 썼다.

용은 왕자로서의 운명에 온전히 순응하기로 마음먹었다. 이제 더는 제 인생에 여인도 연정도 없으리라. 양전께서 간택해주시는 처자와 가례를 올리고 후사를 잇고 왕실이 번창하는 데 기여할 것이다. 이제는 영신을 묻은 자리도 매끈하게 다져졌다. 가슴 속에서 울컥하고 치밀어 오르는 것도 없었다.

시를 짓던 용은 붓을 멈추고 밖을 향해 소리쳤다.

"곳비야."

"곳비는 정현 옹주의 부름을 받고 갔사옵니다."

곳비 대신 양 내관이 대답했다.

"아직도 안 돌아온 게야? 가서 데려오너라. 출합 소식을 어서 알려 줘야지."

옹주의 처소로 곳비를 찾으러 간 양 내관은 혼자 돌아왔다. 곳비는 옹주의 심부름으로 출궁하였다고 전했다. 뜰을 거닐고 있던 용의 얼굴이 어두워졌다.

"내가 눈 감아줬더니 이 녀석이 아주 바람이 들었어. 감히 윗전의 윤허도 구하지 않고 시도 때도 없이 출궁하는구나."

"시도 때도 없이는 아니옵고 가끔씩, 대엿새마다 한 번씩 옹주 아기씨의 심부름으로 나갈 뿐이옵니다."

용이 양 내관을 노려보고서는 방 안으로 들어갔다.

"가례를 올려도 문제, 안 올려도 문제이시니……."

양 내관이 구시렁대며 대문을 향해 목을 뺐다.

한 시진 후, 곳비가 대문간에 모습을 드러냈다. 양 내관이 쪼르르 달려가 곳비를 나무랐다.

"뭐 하다 이제 왔느냐?"

"옹주 아기씨의 심부름을 갔다가 침방에 들렀습니다."

"대군께서 널 찾으셨다. 내내 기다리시는 눈치야. 어서 가보거라."

곳비는 용의 방으로 달려갔다. 손에는 용을 위해 만든 팥 주머니를 들고 있었다. 영교를 만나고 환궁한 후 침방에서 만든 것이었다.

"대감, 소녀를 찾으셨습니까?"

"아니."

용은 곳비를 쳐다보지도 않고 대답했다. 곳비는 팥 주머니를 만지작거리며 용의 눈치를 살폈다. 말을 붙이려다가 용의 어두운 얼굴을 보니 말문이 막혀버렸다. 뒷걸음질 치며 물러나는데 용의 목소리가 곳비를 붙잡았다.

"넌 도대체 뭘 하고 돌아다니는 게야?"

"대군께서 옹주님의 심부름은 언제든지 해도 된다고 하셔서⋯⋯."

"대군전이 한가할 때 가끔씩 하라는 말이었지."

"송구하옵니다. 급한 분부가 있으신지 몰랐사옵니다. 분부하소서, 대감."

"없다."

"예."

곳비가 절을 하고 물러나는데 용이 말했다.

"너 궐 밖이 얼마나 위험한지 아느냐? 호위도 없이 그렇게 싸돌아다니다가 또 납치라도 당하면 어떡하느냐? 아리따운 처자들만 노리는 부랑배들이 얼마나 많은데?"

"소녀가 아리따운 처자입니까?"

곳비가 눈빛을 반짝이며 물었다.

"아니."

"방금 아리따운 처자들만 노리는 부랑배들이 많다고⋯⋯."

"아리따움과 거리가 먼 아이들만 노리는 부랑배들도 간혹 있느니라."

"아, 예⋯⋯."

곳비는 대꾸를 하려다가 말끝을 흐렸다.

"소녀에게 분부하실 일이라도 있으십니까?"

"없다. 물러가거라."

용의 표정은 여전히 시무룩했다. 곳비도 시무룩한 얼굴로 방을 나왔다.

곳비는 제 처소로 돌아왔다. 주 상궁, 안 상궁, 가지가 곳비를 목이 빠지게 기다리고 있다가 왜 이제 왔냐며 호들갑을 떨었다. 모두들 평소보다 들떠 있었다. 주 상궁이 곳비의 손을 잡았다.

"곳비야, 좋은 소식이 있다."

"좋은 소식이요?"

"그래. 드디어 출합이다."

"출합이요?"

"응, 대군께서 가례를 올리신단다. 우리 모두 대군과 함께 궁을 나가게 되었단다."

주 상궁이 환하게 웃으며 말했다.

"가…… 례요?"

곳비의 표정이 굳었다.

"그래. 대군께서도 이제 부인을 맞으셔야지."

"부인…… 이요?"

곳비의 눈빛이 흔들렸다.

"응, 좋지?"

가지가 물었다.

"대궐 안에서보다는 훨씬 편하게 지낼 수 있을 게야."

주 상궁이 덧붙였다.

"마마님, 대궐을 나가도 상궁이 될 수 있지요?"

가지가 주 상궁과 안 상궁을 보면서 물었다.

"요것아, 머릿속에는 먹을 것과 그 생각밖에 없지."

안 상궁이 가지의 머리를 살짝 쥐어박으며 답했다. 가지가 머리를 매만지며 엄살을 떨었다.

주 상궁과 안 상궁, 가지의 이야기가 끊이지 않았다. 모두 용의 가례와 출합 소식에 흥분하고 있었다.

곳비는 붉어진 얼굴을 돌렸다. 열린 창 너머로 나뭇가지가 눈에 들어왔다. 나뭇잎들은 붉은 옷을 반쯤 벗었다. 가을이 가고 있었다.

곳비가 용의 방으로 건너오자 용이 환한 얼굴로 말을 꺼냈다.

"우리 드디어 궁을 나가게 되었다. 이번에는 잠깐이 아니라 영원이다. 내 약조하지 않았느냐? 네가 글공부를 부지런히 하면 널 궁 밖으로 데려가겠다고. 이제 '곳비'와 '고삐'도 구별할 줄 아니 나갈 때가 되었구나."

곳비는 잠시 가만있다가 물었다.

"그 약조가 가례를 올리고 나가신다는 말씀이었습니까?"

곳비는 지난날 두 사람이 가출했을 때 용과 한 약조를 떠올리면서 한숨을 삼켰다.

"그래. 너도 벌써 들었구나. 내 함구하라고 했거늘……."

"하여 좋으십니까?"

"좋으냐고?"

"가례를 올리게 되어 좋으시냐고요?"

"가례를 올리는 건 그다지 좋지 않지만 너와 한 약조를 지키게 되었으니 뿌듯하구나. 보아라, 안평 대군 이용은 결코 허언을 하지 않는다."

용은 싱글벙글 웃었다. 용이 웃는 모습을 그토록 보고 싶었는데, 용을 웃기기 위해 갖은 노력을 다했는데 막상 용이 웃자 곳비는 반갑지 않았다. 오히려 기분이 울적했다. 심술도 났다.

"너무 좋아하십니다. 소 낭자는 벌써 잊으셨습니까?"

순간 용의 얼굴에서 미소가 가셨다. 용은 입을 벌린 채 말을 잇지 못했다.

"송구합니다."

곳비는 고개를 숙였다. 잠시 후 용이 말했다.

"넌 좋지 않으냐? 궁을 나가는 바가 소원이지 않았느냐?"

"소녀의 소원은 대군께……."

'시집가는 것이었지요. 잊으셨습니까?'

곳비는 얕은 숨을 내쉬었다. 하고 싶은 말을 꺼내지 못했다.

"언제입니까?"

"아직 택일은 하지 않았다. 아마 몇 달은 더 기다려야 할게야."

"그럼 당장 준비할 건 없겠군요."

"마음이 있지 않으냐? 마음의 준비를 하거라. 너무 좋아하는 티는 내지 말고."

용이 웃었다. 곳비의 눈에는 용이 좋아하는 티를 내는 듯하였다. 곳비는 용을 잠시 바라보다가 입을 열었다.

"저…… 꼭 궁을 나가야 합니까?"

"왜? 나가고 싶지 않으냐?"

"소녀는 이제 궁이 제집 같습니다. 편하고 좋습니다. 평생 여기서 살아도 괜찮습니다."

"그리 말하는 걸 보니 나갈 때가 되었구나. 너 진짜 대궐 귀신으로 늙어 죽을 생각이냐?"

"대군께서는 주상 전하와 중전마마를 떠나 궁을 나가는 일이 좋으십니까?"

"네게 궁녀의 운명이 있듯, 내게도 왕자의 운명이 있다고 하지 않았느냐? 왕자는 때가 되면 윗전께서 정해주신 대로 가례를 올려야 하고, 가례를 올린 왕자는 궁을 나가서 살아야 하고, 궁을 나간 왕자는 정사를 멀리해야 하고…… 그것이 왕자의 운명이니라."

"그 운명을 거부할 수는 없습니까?"

용의 미간이 깊어졌다.

"곳비야, 네 말이 위험하구나. 다른 이가 들으면 불충이라 오해를 살 수도 있다. 하니 다시는 그런 말을 하지 말거라."

"소녀는 그저 대군께서……."

"안다. 궁궐에 정이 많이 들어서 정 많은 네겐 이곳을 떠나는 일이 힘들겠지. 하나 우리 식구들은 다 함께 갈 터이니 걱정 말거라."

그게 아닌데……. 용은 아무것도 몰랐다. 제 속은 눈곱만큼도 짐작하지 못한 채 그저 따뜻하고 다정하기만 하였다.

"소녀는 나가서 사는 건 싫습니다. 대군과 대궐에서 오래오래 살고 싶습니다."

곳비가 갑자기 어린아이처럼 울음을 터뜨렸다.

영교는 정현 옹주를 뵙고 싶다고 청한 후, '일일여삼추(一日如三

秋)'라는 말뜻을 절감했다. 하루에도 몇 번씩 '참을 인' 자를 마음속 깊이 새겼다. 달콤한 인내 끝에 정현 옹주에게서 만나자는 연통이 왔다.

영교는 곳비가 정현 옹주라고 짐작하고 있었다. 하지만 오늘은 나인이 아니라 옹주의 신분인 곳비를 처음 만나는 날이다. 영교는 이 사실에 설레어 어젯밤 늦게까지 잠을 이루지 못했다. 영교는 느티나무 아래에서 주먹을 쥐었다 폈다 하면서 옹주를 기다렸다.

멀리 쓰개치마를 푹 덮어쓴 여인 두 명이 언덕을 올라오고 있었다. 한 명은 옹주, 한 명은 상궁이리라. 영교는 식은땀이 흐른 손바닥을 옷자락에 한 번 문지른 다음, 느티나무 그늘을 벗어났다. 옹주가 영교를 발견하고 걸음을 멈추었다. 고개를 숙여 인사를 건네고 몸을 꼬았다. 영교는 미소를 지으며 옹주에게 다가갔다.

"옹주님!"

영교가 들뜬 목소리로 먼저 입을 열었다. 정현 옹주 이랑이 쓰개치마에 얼굴을 묻은 채 고개를 들었다.

"옹주님, 고운 얼굴을 아니 보여줄 작정이십니까?"

"호호호."

옹주가 웃으며 쓰개치마를 살포시 내렸다. 가을 햇살 아래 옹주의 얼굴이 드러났다. 영교의 표정이 어두워졌다.

"당신은…… 둑이……. 항아님이 아니셨군요."

영교의 얼굴에 웃음기가 싹 가셨다. 영교는 '답신'만 외치며 이상하게 굴던 나인 둑이를 떠올렸다.

"진정 옹주님이십니까?"

"예, 소녀가 도련님께 전한 연서의 주인, 정현 옹주 이랑입니다. 호호호."

옹주는 한 손으로 입을 가리고 얌전히 웃었다.

"그러니까 곳비 항아님이 아니라 둑이 항아님이 옹주님이시라는 말씀이군요."

"예? 둑이요?"

"……."

"아, 곳비가 제 신분을 밝힐 수 없으니 밭둑인지 논둑인지로 둘러댄 모양이군요. 한데 둑이가 뭐람?"

옹주가 입술을 뾰족이 내밀다가 영교를 향해 미소를 지었다.

"그럼, 곳비 항아님은 진짜 나인입니까?"

"예, 곳비는 대궐의 생각시고 저와는 어린 시절부터 동무처럼 지냈답니다."

영교는 실망하며 어깨를 늘어뜨렸다.

"본의 아니게 도련님을 속였습니다. 단옷날 도련님을 처음 뵙고, 다시 뵙고 싶어졌습니다. 하나 섣불리 제 신분을 드러낼 순 없었습니다. 하여 나인으로 변장해 서신을 전해드리면서 도련님을 뵈었습니다. 나중엔 그마저도 여의치 않았고, 결국 곳비를 대신 보낼 수밖에 없었지요."

옹주는 연습한 대로 조곤조곤히 말하였다. 영교는 말이 없었다. 옹주는 영교의 얼굴을 올려다보았다. 영교는 울 듯 말 듯한 표정으로 고개를 떨어뜨렸다.

"도련님, 어디 불편하십니까?"

"아, 아닙니다."

"그럼 소녀를 만나 너무 감격하셨나 봅니다. 호호호."

"……."

"괜찮으시면 제게도 별루정을 구경시켜주시겠습니까?"

"……."

"곳비에게 이야기를 많이 들었습니다. 꼭 한 번 보고 싶었습니다. 어서 데려다주시지요, 어서요."

옹주의 재촉에 영교가 앞장섰다. 옹주는 영교를 따르면서 감 상궁을 노려보았다. 감 상궁은 한숨을 쉬었다. 제 자리에서 열을 세고 옹주를 따랐다.

'말씀을 잘 하신다고 들었는데…….'

옹주는 말없이 산을 오르는 영교를 보며 고개를 갸웃했다. 그래도 기분이 좋았다. 음전하고 차분하게 영교를 응대한 자신이 자랑스러웠다.

'별루정이 아니라 별로정이구먼.'

옹주는 별루정을 보고 떨떠름한 표정을 지었다. 별루정은 곳비에게 듣던 것보다 훨씬 더 별로였다. 높은 곳에서 도성을 바라보니 정신이 아찔하였다. 절벽 아래로 고꾸라져 머리를 처박을 것만 같아서 눈을 감고 얼른 자리를 피했다.

"멋진 곳이군요."

옹주는 정자로 가서 앉았다가 다시 일어나 영교에게 자리를 권했다.

"둑이 항아님이 옹주님이신 줄은 꿈에도 몰랐습니다."

"하하하…… 호호호."

옹주는 크게 웃음을 터뜨리다가 다시 입을 모으고 미소를 지었다.

영교는 품에서 봉서 한 통을 꺼냈다.

"옹주님께 드리려고 시를 한 편 가져왔습니다."

"감사합니다."

옹주는 미소를 지으며 봉서를 받았다.

"아니 보십니까?"

"부끄럽습니다. 후에 홀로 보겠습니다."

"별것 아닙니다. 보시고 답시 한 편 주십시오. 옹주님의 서신을 볼 때마다 아름다운 시심을 가진 분이시리라고 짐작하였습니다."

옹주는 머뭇대다가 봉투를 열고 종이를 펼쳤다.

글자가 하나, 둘, 셋, 넷, 다섯에 행이 하나, 둘, 셋, 넷. 총 스무 자의 진서 글자가 있었다. 옹주는 한숨을 쉬었다.

"마음에 들지 않으십니까?"

"아닙니다."

옹주는 울상을 지었다.

"한데 어찌 그러십니까?"

"송구합니다."

옹주는 고개를 숙였다.

"옹주님, 어찌 그러십니까?"

"도련님, 참으로 송구합니다."

옹주가 울음을 터뜨렸다. 영교는 놀라 자리에서 일어났다. 감 상궁이 달려왔다.

"옹주님, 소생의 시가 옹주님을 언짢게 해드렸습니까?"

"아닙니다. 도련님의 시는 너무나 훌륭합니다. 아니, 훌륭할 겁니다. 아니, 실은 모르겠습니다."

영교는 영문을 몰라 옹주를 바라보기만 했다.

"전 모릅니다. 아아아아아……."

옹주의 울음소리가 더 커졌다.

"전 도련님의 시가 어떤지 모릅니다."

"옹주 아기씨."

감 상궁이 무명 수건을 꺼내 옹주의 눈물을 닦았다. 옹주는 감 상궁을 노려보며 물러나라는 눈짓을 했다. 감 상궁은 한숨을 쉬며 멀찍이 떨어졌다.

"도련님, 송구합니다."

"전 괜찮습니다. 제게 사과하지 마십시오, 옹주님."

"괜찮지 않습니다. 도련님께 사죄드려야 합니다. 소녀, 실은 진서를 모릅니다. 도련님의 시를 봐도 좋은지 나쁜지 알 길이 없습니다."

"무슨 말씀이신지……."

"소녀의 서신은 글을 잘 아는 곳비가 썼습니다. 하나 서신에 담긴 마음은 제 것입니다."

"제가 그 서신을 얼마나 좋아했는데……."

영교는 실망을 넘어 화가 끓어오르는 듯하여 말을 멈추고 숨을 내쉬었다.

"알고 있습니다. 저도 도련님의 답신을 좋아하였습니다. 제 마음도 도련님의 마음과 같습니다."

"아니오. 제 마음은 옹주님의 마음과 다릅니다."

영교는 분노를 참으며 말했지만 표정과 음성이 단호했다.

"소녀를 만나기를 고대하고 있다고 쓰지 않으셨습니까? 소녀를 많이 그린다고 쓰지 않으셨습니까? 소녀의 마음을 소중히 여긴다고 쓰지 않으셨습니까?"

"예, 제가 그리 답신을 드린 분은 제게 서신을 보낸 옹주님이시지요."

"예, 제가 그 옹주입니다, 정현 옹주요. 도련님께 서신을 보낸 정현 옹주가 바로 접니다."

"그 서신에 옹주님의 의도는 담았을지 모르나 문장 하나하나, 글자 하나하나에 담긴 마음은 옹주님의 것이 아니지요. 그 마음은 글을 쓴 이의 것이지요."

"제가 시킨 대로 쓴 것인데……."

옹주는 영교의 태도에 주눅이 들어 말을 잇지 못했다.

"귀하신 옹주님은 사람을 이리 기만하셔도 됩니까? 제가 만나기를 고대한 이는 제게 서신을 쓴 분이지 거짓 연서로 제 마음을 산 옹주님이 아닙니다."

영교가 등을 보이며 자리를 떴다. 그의 옷자락에서 찬바람이 일었다.

"으앙!"

옹주의 울음소리를 듣고 어미 상침 송 씨가 옹주의 방으로 달려왔다.

"옹주 아가, 무슨 일이에요?"

"어머니."

"무슨 일이에요?"

"어머니, 어머니, 전 이제 어떡합니까?"

"울지 말고 말해보세요. 무슨 일이냐고요?"

"어머니, 전 이제 망했습니다."

"옹주 아가, 고운 입에 상스러운 말을 담으면 안 됩니다. 무슨 일
인지 이 어미에게 말해보세요."

"꼭 시집을 가고 싶었는데 다 틀렸습니다. 이제 못 갑니다. 이제
저 시집 못 갑니다. 평생 혼자 살아야 합니다. 엉엉엉."

송 상침이 얼굴을 찡그리다 말고 웃었다.

"예? 지금 시집을 가고 싶다고 우는 거예요? 그거라면 이 어미가
중전마마께 청을 올리겠습니다. 걱정하지 마세요."

"아니에요. 저는 꼭 도련님께 시집을 가야 하는데 도련님이 저를
거절했어요. 저 이제 시집 못 가요. 망했어요. 시집가고 싶은데, 꼭
시집가고 싶은데……. 이제 다 망했어요. 도련님이 그 고운 얼굴로
화를 내며 가셨어요. 절 버리고 가셨어요. 엉엉엉."

옹주가 울면서 횡설수설했다.

"그 맑은 음성으로 무섭게 말하고 가셨어요. 엉엉엉."

"도대체 무슨 말인지……. 도련님이라니? 감 상궁 자넨 뭐 아는 게
있는가?"

감 상궁이 놀라 딸꾹질을 시작했다. 옹주가 울면서 감 상궁을 힐
끗 보았다.

"감 상궁은 아무것도 몰라요. 혼내지 마세요."

송 상침이 옹주 때문에 진을 빼고 있을 때 소식을 듣고 곳비가 왔다. 송 상침이 곳비를 맞았다.

"곳비야, 어서 옹주 좀 달래보거라."

"어머니는 나가주세요. 곳비와 둘이 있고 싶어요. 엉엉엉."

옹주는 울면서도 제 할 말은 꼬박꼬박 했다. 송 상침은 곳비에게 옹주를 맡기고 방을 나갔다.

옹주는 곳비에게 낮에 있었던 일을 털어놓았다. 옹주의 이야기를 다 들어주고 곳비가 말했다.

"옹주님, 사람이 너무 당황하거나 화가 났을 때 하는 말은 진심이 아니에요. 도련님은 마음이 봄처럼 따뜻하고 성정이 비단실처럼 부드러운 분이셨어요. 오늘은 너무 당황하여 그리 말씀하셨지만 분명 시간이 지나면 옹주님의 진심을 헤아려주실 거예요."

"정말, 그럴까?"

옹주가 눈에 눈물을 머금은 채 코를 훌쩍이며 물었다.

"예, 그럼요. 그리고, 그래서 전 옹주님이 부러운 걸요."

곳비의 눈에도 물기가 잔잔히 어렸다.

곳비는 용의 가례 소식에 한 달이 지나도록 마음을 잡지 못했다.

—그래그래. 우리 새 궁방에서 오래오래 함께 살자꾸나. 죽을 때까지 오래도록.

곳비가 용의 방에서 울음을 놓았을 때 용은 웃으며 곳비를 달랬다. 하지만 곳비는 울음을 멈추지 않았다. 멈추고 싶었지만 멈춰지지가 않았다. 용이 이리 빨리 가례를 올릴 줄은 몰랐다.

곳비는 홀로 별루정에 올랐다. 마음이 어지러워 한 곳에 발을 붙이지 못하고 허우적거리고 있을 때 정현 옹주의 부름을 받았다. 옹주의 분부를 받고 곧장 영교의 집으로 갔으나 그는 출타 중이었다. 다음에 다시 오마하고 궁으로 향하던 발걸음이 저도 모르게 별루정으로 움직였다.

곳비는 붓을 꺼내 바위 위에다 시를 적었다. 일전에 용의 방에서 본 백거이의 시였다. 시를 보면서 생각했다.

'소 낭자를 향한 대군의 마음은 바다보다 깊을까? 그럼 대군을 향한 내 마음은?'

곳비는 한숨을 쉬고서 대궐을 내려다보았다.

"항아님!"

익숙한 목소리에 곳비는 뒤를 돌아보았다. 영교가 환한 얼굴로 곳비를 보고 있었다.

"도련님, 예서 뵙는군요."

"소생을 찾으셨다고 들었습니다. 항아님을 뵈리라고는 기대하지 못했는데 이곳에 오길 잘했습니다. 이리 뵈니 너무 좋습니다."

"옹주님께서 도련님의 안부를 여쭈셨습니다."

"옹주님은…… 별고 없으시지요?"

별고가 있었다. 영교가 화를 내고 떠난 후 정현 옹주는 크게 상심하였다.

"별고 있으십니다. 도련님의 마음을 상하게 하였다고 심히 자책하고 계십니다. 도련님 걱정이 많으십니다."

"그날은 소생도 무례했습니다. 사죄드린다고 전해주십시오."

"부디 옹주님의 진심을 곡해하지 말아주십시오."

"옹주님의 거짓에 악의가 없었다는 건 압니다. 덕분에 좋은⋯⋯ 문우(文友)도 생겼고, 아름다운 문장과 글씨도 알게 되었습니다. 어쨌든 옹주님이 분부하신 일이니까요. 하나 옹주님의 마음을 받아드릴 수는 없습니다."

"옹주님은 진심으로 도련님을 사모하고 계십니다. 부디 다시 한번 생각해주십시오."

"소생은 아닙니다. 제 마음은 옹주님께 있지 않습니다."

영교의 음성이 단정하면서도 단호했다. 곳비의 눈이 붉어졌다.

"너무 하십니다. 그럼 처음부터 다정히 굴지 마시지요. 처음부터 매정히 대하시지요. 웃어주지 말고, 염려하지 말고, 먼저 말 건네지 말고 박정히 대하시지요. 너무 하십니다. 이미 정을 주고서 이제 와서 그 정을 받을 수 없다고 하시면 어찌합니까? 이리 떠나실 거면 처음부터 정을 주지 말지 그러셨어요? 처음부터 인연을 맺지 말지 그러셨어요? 이제 와서 이별을 말하시면 저는, 아니 불쌍한 우리 옹주님은 어찌합니까?"

곳비의 마음에서 눈에서 눈물이 줄줄 흘러내렸다.

"항아님⋯⋯."

영교는 당황하고 놀라 곳비의 어깨를 살며시 잡으려다가 차마 잡지 못했다.

"이제 다시는 도련님을 뵐 수 없을 것 같습니다. 안녕히 계십시오."

곳비는 영교를 뿌리치고 산 아래로 달려갔다. 영교는 곳비를 쫓으려다가 말고 멈추었다. 곳비의 뒷모습을 바라보며 생각에 잠겼다.

''저는' 어찌합니까? 분명 '저는 어찌합니까' 라면서 항아님이 우셨어.'

곳비의 뒷모습이 시야에서 사라지자 영교는 별루정 끝에 걸터앉았다. 곳비의 말을 곱씹었다. '저는' 이라 말하던 곳비의 목소리가 귓전을 떠나지 않았다.

요사이 영교는 매일 별루정에 올라 대궐을 내려다보았더랬다. 저대궐 어딘가에 곳비가 있을 거라고 생각하면서. 영교가 대궐이 있는 절벽으로 시선을 돌렸을 때 낯설면서도 낯익은 것이 눈에 들어왔다. 바위 위에 글씨가 있었다. 곳비의 글씨였다. 영교가 일어나 바위로 다가갔다.

강물과 바닷물에 잠시 묻습니다
어찌 임의 마음과 저의 마음이 같을까요
서로 원망하니 조수의 믿음만도 못하고
그립고 보고프니 바다가 깊지 못함을 비로소 깨닫습니다*

예서 곳비와 함께 읊은 적이 있던 백거이의 시였다. 영교는 단숨에 시를 읽어 내려갔다.

'이것이 항아님의 진심입니까? 그 서신에 담긴 마음도 진짜 항아님의 것이었군요. 제 마음도 바다보다 깊습니다. 제가 항아님을 그리고 보고파 하는 마음도 바다보다 더 깊습니다.'

---

* 백거이 〈낭도사사륙수〉

영교의 눈에서 빛 한 방울이 반짝 빛났다.

날이 지났다. 영교는 몇 개의 정과 망치를 마련했다. 매일 별루정이 있는 언덕에 올라 곳비가 바위에 쓴 시를 파내고 새겼다. 힘이 들면 대궐을 바라보면서 곳비를 생각했다. 먹이 씻기고 바위 위에 시가 완전히 자리 잡았을 때는 붉고 노란 나뭇잎들이 흔적을 감추고 있었다. 사라지는 낙엽과 함께 곳비와 용과 정현 옹주와 영교는 저마다 한 사람을 제 가슴에 묻었다.

이 계절이 끝났다. 산에도 들에도 대궐에도, 이들의 마음에도.

8

용의 가례가 정월 스무날로 정해졌다. 날이 다가올수록 안평 대군 전 내관과 궁인들은 몸과 마음을 분주히 움직이고 정돈하며 새 궁방에서 시작할 새 생활을 기대했다.

새해를 맞이하면서 곳비는 말수가 줄어들고 차분해졌다.

"곳비가 언제 이리 조신해졌누?"

"우리 곳비도 이제 시집갈 때가 되었구나. 호호호."

상궁들이 놀려대도 곳비는 별 대꾸 없이 희미한 미소만 지을 뿐이었다. 한껏 들떠 있는 다른 이들과 달리 곳비는 용의 가례와 출합을 담담히 받아들이고 있는 듯하였다.

하지만 곳비는 생애 처음으로 울적한 기분을 느끼고 있었다. 말할 기분이 들지 않았다. 무얼 해도 흥이 나지 않고 우울하기만 했다. 그러면서도 용을 모시는 데에는 더 성의를 보였다. 용의 타박에도 버선을 짓고 간식을 만들고 목욕물을 준비했다.

용의 곁에서 곳비가 말없이 먹을 갈고 있었다.

"곳비야, 너 괜찮으냐?"

"예."

"한데 어찌 먹물이 탁해? 머릿속에 잡생각이라도 품은 게야?"

"송구합니다. 더 집중하겠습니다."

용은 붓을 놓고 곳비를 보았다.

"너 정말 어디 아픈 게야?"

"아니요."

"손은 또 왜 이리 찬 게야? 먹을 놓고 화로에 손을 좀 쬐거라."

용이 곳비의 손등을 만져보고서 말했다. 곳비는 먹을 놓고 화로 가까이에 갔다.

"별거 아닙니다. 그냥 고뿔이 오려나 봅니다."

"그러게 날이 찬데 밖을 싸돌아다니니 이리 몸이 아픈 게야. 앞으로 정현의 심부름을 거절하거라. 내 명이라고 하고."

곳비는 눈을 깜빡거리며 고개를 돌렸다. 곳비의 눈에서 물 한 방울이 흘러나왔다. 용이 곳비의 얼굴을 확인했다.

"우느냐?"

"요즈음은 궁 밖으로 안 나가는데요. 옹주 아기씨도 더는 심부름을 시키지도 않고요."

"그랬느냐? 널 나무라는 게 아니야. 네가 궁 밖으로 나다니는 걸 탓하는 게 아니다. 다만 날이 추운데도 정현의 심부름 때문에 밖으로 돌아다니느라 병이 났을까 걱정하여 한 말이다. 울지 말거라."

곳비가 손으로 눈물을 훔쳤지만 눈물은 멈추지 않았다.

"날이 따뜻해지면 또 나가거라. 정현이 심부름을 시키지 않으면 나라도 시킬 테니. 아니다. 내달이면 우리 함께 출합하지 않느냐? 그때까지 조금만 참거라."

"전 안 나가겠습니다."

용은 입을 다물지 못하고 곳비를 보았다. 곳비는 결연한 눈빛으로 고개를 끄덕였다.

"전 궁에 남겠습니다."

"아니, 왜?"

"전 궁에 있고 싶습니다."

"그런 게 어디 있느냐? 내가 나가면 당연히 너도 나가야지."

곳비가 무릎을 꿇었다.

"대군의 윤허를 받아야 한다면 윤허를 구하겠습니다. 부디 소녀가 궁에 남도록 허락해주십시오."

곳비가 머리를 조아렸다. 용은 영문을 몰라 곳비를 쳐다보기만 했다.

"윤허해주십시오."

"곳비야…… 너 항상 대궐 밖으로 나가고 싶어 하지 않았느냐? 대궐에 살기 싫어서 도망가기도 했잖아. 한데 왜 궁에 남겠다는 게야?"

"연유는 묻지 말고 부디 소녀의 청을 들어주십시오, 대감."

"……오늘은 네 몸이 편치 않아 보이는구나. 그만 가서 쉬거라."

곳비는 잠시 머뭇거리다가 밖으로 나갔다. 잠시 후 용이 밖을 향해 소리쳤다.

"양 내관, 가지를 부르거라."

곳비는 제 처소를 향해 걸음을 옮겼다.

가지가 곳비에게 함지를 내밀었다. 방구석에 앉아 있던 곳비가 함지를 열어보았다. 함지 안에는 귤이 두 개 들어 있었다.

"대군께서 꼭 너랑 나누어 먹으라며 주셨어."

"너 다 먹어."

곳비가 시무룩한 얼굴로 함지를 가지에게 다시 내밀었다.

"너 먹는 거 보고. 대군께서 꼭 너 먹이라고 하셨어."

가지가 귤을 까서 곳비에게 내밀었다. 곳비는 귤을 입에 넣자마자 오만상을 찌푸렸다.

"이게 뭐야? 너무 시잖아."

"응, 대군께서 너 신 거 먹고 정신 좀 차리라셔."

"곧 가례를 올리신다는 분이 아직도 장난이나 치시고……."

"그러게 말이다. 이제 정신 좀 들었어? 너 정신 들었으면 하루 두 었다 먹으라고 하셨어."

가지는 함지를 챙겨서 윗목에 두었다.

"너 대군께 궁에 남겠다고 했다면서?"

"응."

"왜?"

"그냥."

"대군을 따라가면 훨씬 편한데 왜 굳이 남겠대?"

"그냥 궁에 남고 싶어졌어."

"대군을 따라가도 녹봉도 똑같고 상궁도 될 수도 있는데 왜…….
너 설마 전하의 승은이라도 입으려는 거야?"

"승은?"

"그거 외에 궁에 남을 이유가 뭐가 있어?"

"그렇구나."

"그런 거야? 넌 다른 꿈이 있다더니, 전하의 승은을 입는 거였어?"

"꿈?"

곳비가 피식 웃었다.

"그것도 괜찮겠네."

며칠 동안 용은 곳비에게 출합에 대해 묻지 않았다. 곳비는 하루
하루 제 일에 충실했다.

용이 곳비를 찾았다. 용의 방에는 광평 대군의 작호를 받은 왕자
여와 금성 대군의 작호를 받은 왕자 유가 함께 있었다. 세 사람은 귤
을 먹고 있었다.

"신 것은 곳비를 주거라. 정신이 번쩍 들게."

용은 곳비를 보자마자 웃으며 농을 던졌지만 곳비는 별 반응이 없
었다.

"어찌 부르셨습니까?"

"뭐 이리 정색을 하느냐? 아직도 안 나은 게야?"

"다 나았습니다."

"그럼 차비를 하거라. 함께 출궁할 것이다."

"예, 대감."

곳비가 나갔다.

출궁이요? 어디요? 우리 둘이요? 평소 같았으면 한참을 조잘댔을 텐데……. 용은 걱정스러운 얼굴로 곳비가 나간 자리를 바라보았다.

"형님, 곳비가 좀 이상합니다."

금성 대군이 말했다.

"네 눈에도 그러하냐? 농을 던져도 발끈하지도 않고, 타박을 해도 고분고분히 받아들이고 애가 추위를 먹었는지 영 이상하다."

"더위를 먹었으면 먹었지 추위도 먹습니까?"

"하도 희한하여 하는 말이다. 일전에는 나와 함께 궁을 나가지 않고 대궐에 남겠다고 하더구나."

"예? 곳비가요? 그렇게 나돌아다니기 좋아하는 곳비가요?"

잠자코 듣고만 있던 광평 대군이 용을 향해 입을 열었다.

"형님은 못 하는 게 없는데 딱 하나 서툰 게 있으십니다."

"무슨 소리입니까? 우리 형님이 서툰 것도 있습니까?"

금성 대군이 물었다.

광평 대군이 대답 대신 미소를 짓고서는 자리에서 일어났다.

"자, 우리도 그만 나갑시다."

곳비는 왕자들과 함께 용을 따라 대궐을 나왔다. 용이 이들을 이끈 곳은 인달방에 있는 대갓집 앞이었다. 곳비는 솟을대문을 보며 고개를 갸웃거렸다. 용이 곳비를 보며 말했다.

"우리가 살 새집이다."

양 내관이 대문을 밀었다.

"자, 그럼 함께 첫발을 내디뎌볼까?"

용이 문 안으로 들어섰다. 이어서 곳비와 왕자들, 양 내관이 안으로 들어섰다.

곳비는 사랑채를 둘러보는 왕자들을 두고 안채로 발걸음을 돌렸다. 부부인이 쓰게 될 곳이었다. 안채 둘레에는 행랑이 있었다.

"여기가 네가 쓸 거처구나."

용이 다가와 안채 행랑을 가리켰다. 곳비는 말이 없었다.

"대궐에 비하면 좁고 불편하겠지? 좀만 기다리거라. 다음에 큰 집을 지으면 궁인들이 따로 거처할 별채를 마련해주마."

"곁에서 윗전을 모시는 것이 아래 것들의 일인걸요."

'아래 것'이라는 말에 용은 저도 모르게 마음이 편치 않아졌지만 부러 밝게 말했다.

"새집이 어떠하냐? 마음에 드느냐?"

"대군의 마음에 들어야지요. 대군께서는 마음에 드십니까?"

"나는 나쁘지 않다."

용이 서쪽을 가리켰다. 산줄기가 병풍처럼 펼쳐져 있었다.

"인왕산이다. 예서 조금만 가면 수성동 계곡이고. 산수가 그림처럼 좋더구나. 네 마음에도 들게야. 여름이면 다 같이 청유를 가자꾸나."

"좋아 보이십니다."

"그래. 너도 이제 이 집이 좋지?"

"아니요. 대군께서 좋아 보이십니다."

"대궐을 벗어나면 좀 더 자유롭고 홀가분하게 살 수 있지 않느냐.

너도 마찬가지이다."

"전 대궐에 남겠습니다."

"아직도 그 소리냐?"

"윤허해주십시오, 대감."

용의 미간이 깊어졌다. 얕게 숨을 내쉬었다.

"도대체 무엇 때문이야? 너 항상 대궐을 나가고 싶어 했잖아. 대궐을 벗어나고 싶어 했잖아. 이제 그 소원을 이루게 됐는데 무엇 때문에 대궐에 남겠다는 게야?"

용의 목소리가 화난 사람처럼 높아졌다.

"경복궁에 갇히나 대군의 궁방에 갇히나 제 신세는 매한가지 아닙니까?"

"하여 자유롭게 해주겠다잖아. 여기서는 자유롭게 살아도 된다잖아."

"하여도 소녀는 궁녀가 아닙니까? 궁녀가 예서 자유롭게 살아봤자 얼마나 자유롭겠습니까? 대문 밖 출입이 좀 더 쉬워졌고 보는 눈이 적어졌다 하여 제가 자유롭게 살리라고 생각하십니까? 제 마음이 편하리라고 생각하십니까?"

곳비의 목소리도 높아졌다.

"그럼 대궐에서는? 대궐에서는 이보다 더 갑갑하게 살아야 하지 않느냐? 하니 내 곁에서 편하게 살라고."

"대군 곁에 있는 것이 불편합니다."

"무어라?"

용의 목소리에 힘이 빠졌다.

"내가 불편하다고?"

"아니, 그것이 아니고 대궐에서는, 대궐에서는……."

"대궐에서는 뭐?"

"아닙니다."

"내가 가는 곳은 어디든지 좋다 하지 않았느냐?"

오래 전 용과 가출했을 때 곳비가 한 말이었다.

"어린아이가 한 말을 무에 그리 마음에 담아 두셨습니까? 그땐 대궐 밖이라 그저 좋았습니다. 하나 지금은 마음이 바뀌었습니다."

"넌 여전히 어린아이다. 넌 그때나 지금이나 내게는 여전히 똑같은 곳비인데 갑자기 마음이 바뀌었다 하니 내 당황스럽구나. 대체 그 마음이 왜 바뀌었느냐?"

"전 이제 어린아이가 아닌데……."

곳비는 말끝을 흐리며 입술을 모았다. 잠시 숨을 고르고서는 말을 이었다.

"대군을 따라나서면 뭐 합니까? 대군께서는 여전히 제가 모셔야 하는 대군이시고, 저는 궁녀인걸요. 그리고 부부인까지, 이제 윗전이 한 분 더 생기지 않습니까? 여기 있으면 평생 윗전을 모셔야 하는 궁녀 신세를 못 벗어나겠지요. 그래도 대궐에서는 전하의 승은을 입고 팔자라도 고칠 수 있지 않습니까?"

"승은?"

용이 잠시 곳비를 바라보다가 고개를 떨구었다.

"승은……."

용이 낮게 읊조리고서는 고개를 들었다.

"너 설마 후궁이 되고 싶은 게야?"

"예, 소녀라고 늘 윗전의 시중만 들어야 합니까?"

"그건 아니지만…… 그래도……."

어느새 광평 대군이 다가와 두 사람 사이에 끼어들었다.

"형님과 긴히 나눌 이야기가 있으니 곳비는 그만 물러가보거라."

곳비가 붉어진 눈과 얼굴로 자리를 떴다.

"형님답지 않게 화가 많이 나신 것 같습니다."

"곳비 저것이 왜 저러는지 모르겠구나. 내게 꼭 대궐을 나가게 해 달라고 약조까지 받을 때는 언제고, 내가 가는 곳은 어디든지 가겠다고 약조할 때는 언제고 이제 와서는 글쎄, 승은을 입겠단다. 승은이라니, 우리 아바마마의 보령이 얼마이신데. 저 어린 것이, 저것이, 내 서모 자리에 앉겠다고?"

"누가요? 곳비가요?"

용의 목소리가 다시 높아지자 금성 대군이 다가왔다.

"에이, 택도 없습니다. 부왕께서는 미인을 좋아하시는데 곳비는 어렵습니다."

금성 대군이 고개를 저었다.

"형님, 그 말은 곳비의 진심이 아닐 겝니다."

광평 대군이 침착하게 말했다.

"그럼 진심이 뭐야? 진심이 뭐길래 대궐에 남겠다는 게야?"

"곳비의 진심이 뭐든 간에 지금은 곳비가 가장 괴로울 겝니다."

광평 대군은 이미 곳비의 마음을 짐작하고 있었다.

"나만큼 괴로울까? 내 저를 친누이처럼 귀히 여겼거늘. 내가 저를 어찌 키웠는데……. 내가 불편하단다. 내 곁에 있는 것이 불편하단다. 곳비 저것이 내가 불편하단다. 그래놓고 뭐? 후궁이 되겠다고? 내 서모 자리에 앉으면 내가 편해지기라도 한다느냐?"

"형님, 진정하십시오. 곳비의 말은 그 뜻이 아닐 겝니다."

"형님께서 처음부터 곳비의 버릇을 잘못 들이신 겝니다. 상전이 가라면 가고 따라오라면 따라올 것이지 지가 어디서 남겠다 말겠다를 결정한답니까? 그냥 확 끌고 오십시오."

금성 대군의 말에 용이 미간을 찡그리고 그를 쳐다보았다. 더 화가 난 것 같았다.

"아이, 무섭습니다. 저한테 이러지 마십시오."

"가자, 가."

광평 대군이 금성 대군을 끌고 자리를 피했다. 금성 대군이 구시렁대며 광평 대군의 손에 이끌려 안채를 나갔다.

밤이 깊었다. 용은 자리에서 일어나 창을 열었다. 들이치는 찬 기운에 몸이 시렸다. 용은 양 내관을 불렀다.

잠시 후 곳비가 들어왔다. 두 사람은 마주 앉았다. 둘 다 아무 말도 하지 않았다. 일각 즈음 지났을 때 용이 입을 열었다.

"남거라."

곳비가 고개를 들고 용을 바라보았다.

"네 뜻을 존중한다. 대궐에 남아 네 운명을 고쳐보거라."

"감사합니다, 대군."

곳비가 고개를 숙였다.

용이 동궁전에 들었다.

"이제 사흘 남았구나."

"자주 찾아뵙고 문안 올리겠사옵니다, 저하."

"그래야지."

"소신, 세자 저하께 감히 가례 선물을 청하옵니다."

"무엇이든지 말해보라. 내 그렇지 않아도 무엇을 줄까 고민하던 터였다."

"실은 청이옵니다."

"무슨 청이냐?"

"제 처소 생각시인 곳비를 저하께서 거두어주십시오."

"곳비라면…… 그 아이로구나."

세자는 용을 위해 청을 올리던 곳비의 얼굴을 떠올렸다. 용에게 첫정의 열병을 앓게 한 소 씨 처녀가 사신단과 함께 명국으로 가던 날, 곳비가 와서 용의 외출을 도와달라고 청한 적이 있었다.

"너를 생각하는 마음이 각별하던데 그 아이를 어찌 내게 거두어달라 하느냐?"

"제게도 각별하옵니다. 친누이와 다름없지요. 하여 드리는 부탁이옵니다. 제 곁에 있으면 평생 궁녀로 외로이 살다가 늙어 죽기밖에 더하겠습니까?"

"궁녀의 운명이거늘……. 내 곁에 있다 한들 별반 달라지겠느냐?"

용은 이미 후궁과 자식이 많은 부왕보다는 젊은 세자 곁에서 곳비가 행복해질 수 있다고 믿었다.

"혹 아옵니까? 저하의 승은이라도 입을런지요?"

"녀석, 못 하는 소리가 없구나."

"어쨌든 잘 부탁드리옵니다. 영민한 아이이니 소주방이나 생과방 근처에만 가지 않는다면 제 몫을 해낼 겁니다."

세자는 고개를 끄덕이며 생각했다. 생각시에게까지 마음을 쓰다니, 훗날 저 다정함이 지나쳐 화를 부를까 염려되었다.

"그 아이는 내 특별히 동궁전 상궁에게 잘 돌보라 명할 터이니, 염려하지 말거라."

세자가 뜰까지 나와 용을 배웅했다. 오늘 따라 용의 뒷모습이 쓸쓸해 보였다.

용이 창을 열었다. 눈이 내리고 있었다.

"곳……."

습관처럼 곳비를 부르려다가 말았다. 요사이 곳비는 예전의 곳비가 아니었다. 갑자기 예의를 엄격하게 차리는 것도 이상하거니와 승은을 입겠다느니 대궐에 남겠다느니…… 이상한 구석이 한둘이 아니었다. 곳비도 이제 어린아이가 아닌가 싶었다.

"대감."

곳비의 목소리가 들려 얼른 뒤를 돌아보았지만 아무도 없었다. 용은 좁은 방을 터벅터벅 가로질러 자리에 앉았다.

"대감, 소녀 곳비 들겠습니다."

'아, 이러고 들어오면 얼마나 좋아?'

용은 문을 노려보며 생각했다.

"대감, 곳비입니다."

문이 열리고 곳비가 들어왔다. 용은 놀라 잠시 머뭇거리다가 미소
를 지었다.

"그래. 곳비 왔느냐?"

"예, 출출하셨지요?"

곳비가 소반을 내려놓았다. 메밀 화전과 국밥이 놓여 있었다. 용이
서랍에 있던 귤을 꺼내 곳비에게 건넸다.

"너도."

"정신 차리라고요?"

"아니. 이건 달다. 예서 먹어라."

용이 젓가락을 들었다.

"한데 화전에 이게 뭐냐?"

"이 겨울에 꽃이 어디 있습니까? 솔잎으로 흉내만 냈습니다."

"화전엔 진분홍 꽃이 올라가야 하는데……. 이번 겨울은 참 지난
하구나. 어서 봄이 와 색 짙은 꽃들을 보고 싶구나."

용이 화전을 하나 먹고 말했다.

"내년 봄엔 이 맛없는 화전을 못 먹겠구나."

"궁방에 사람이 몇인데요? 해달라 하십시오. '맛있는' 화전으로다
가요."

곳비가 귤을 깠다. 방 안에 새콤한 향내가 돌았다.

"너 잘 지내야 한다."

"그럼요."

"이제는 절대 사고 치면 안 된다. 네 편을 들어줄 사람이 아무도
없으니……."

"예, 염려 마십시오. 저도 이제 다 컸습니다. 사고 같은 건 안 칩니다."

"먹을 것도 네가 찾아서 챙겨 먹고."

"예."

"너 진짜 나 없이 괜찮겠느냐?"

"그럼요. 아마 대군의 잔소리가 없으니 더 잘 살 겁니다."

"그래. 장가는 내가 가는데 왜 널 시집보내는 것만 같으냐? 뭐, 승은을 입으면 시집을 가는 것과 마찬가지이니……."

"승은을 그리 쉽게 입겠습니까?"

용이 미소를 지었다. 이미 세자에게 곳비를 거두어달라고 부탁해 놓은 터였다.

"너 승은을 받고 높은 자리에 가더라도 나 모른 척하면 안 된다."

"자꾸 잔소리하시면 나중에 모른 척할 겁니다."

"이제야 곳비 같구나. 늘 이리 씩씩하게 조잘대며 살거라. 기죽지 말고."

"예, 이제 대군의 타박도 안 들으니 더 좋습니다."

"나도 뭐, 네가 해주는 음식 안 먹으니 더 좋다."

용은 국밥을 천천히 떠서 입에 넣었다. 비록 국에 밥을 말아 먹기는 하지만 기품마저 잃을 수는 없었다.

"광평 대군, 금성 대군, 정현 옹주 드시옵니다."

양 내관의 목소리가 들렸다. 용이 막 국밥을 한술 떠 입에 넣는 순간이었다. 세 사람이 안으로 들어왔다.

"어, 형님 이건 무슨 음식입니까?"

금성 대군이 눈을 크게 뜨고 물었다. 용이 숟가락을 탁, 내려놓았다. 입 속에 든 밥알을 꿀꺽 삼켰다.

"아니, 국에 밥을 말아 드십니까?"

"이건 메밀전 아닙니까? 오라버니께서는 하얀 진가루 전만 드신다면서요."

두 사람은 용의 앞에 차려진 소반을 보며 한마디씩 했다.

"곳비가 차려 온 것이기에 내 성의를 봐서 먹는 시늉만 하였다."

"에이, 오라버니께서 좋아하시니까 곳비가 가져왔지요. 오라버니가 정색하시는데 곳비가 가져왔겠습니까?"

"아니, 형님. 늘 기품과 고급만 찾으시더니 국밥에 메밀전이 웬일입니까?"

금성 대군이 말했다.

"한데 국에 밥을 말아 먹으면 더 쉽고 간편하고 맛나지 않습니까? 왜 진작 이런 생각을 못 했을까요? 곳비야, 나도 한번 맛보고 싶구나."

광평 대군이 국밥을 들여다보면서 말했다.

"이건 우리 대군께서만 좋아하시는 건데……."

왕자들과 옹주, 곳비의 이야기 소리가 늦은 밤까지 흘러나왔다. 곳비가 안평 대군 용, 광평 대군 여, 금성 대군 유, 정현 옹주 랑을 보면서 생각했다.

'지금 이 마음으로, 이 모습으로 다시 웃고 떠드는 날이 올 수 있을까.'

뜰에는 하얀 눈이 소복이 쌓이고 있었다.

찬 바람이 부는 밤이었다. 용은 잠을 이루지 못했다. 내일이면 대궐을 나가 사궁으로 간다. 가례를 올리고 부인을 맞는다. 경사스러운 일인데도 마음이 기쁘지 않았다. 머릿속이 어지러웠다.

'영신은 어찌 살고 있을까. 평생의 반려라 약조한 영신을 지키지 못하고 다른 여인을 아내로 맞아서 잘 살 수 있을까.'

'대궐이 그립지는 않을까. 양전 마마께오서도 잘 지내시겠지.'

'곳비는 괜찮을까. 동궁전에서 실수는 하지 않을까. 어서 자라서 저하의 눈에 들어야 할 텐데……'

사위는 적요하고 용의 마음은 적적하였다. 용은 자리에서 일어나 문방사우를 챙겨 밖으로 나왔다. 따르겠다는 양 내관을 물리고 혼자 조용히 걸음을 옮겼다.

"곳비야."

용은 불 꺼진 곳비의 방 앞에서 곳비를 불러보았다. 기척이 없었다.

"곳비야."

곳비의 방에서는 여전히 기척이 없었다. 용은 다시 한번 부르려다가 그만두었다. 다른 궁인들을 깨울 수는 없었다. 용은 곳비의 방 앞에 종이를 한 뭉치 내려놓았다.

"추운데 종이 썻겠다고 수선떨지 말고, 떨어지면 언제든지 오너라."

먹을 놓았다.

"먹이 다 닳으면 언제든지 오너라."

벼루를 놓고, 붓을 벼루 위에 올려놓았다.

"벼루를 깨 먹어도 오고, 붓이 다 닳아도 오너라."

벼루와 붓은 정현 옹주가 탐내던 물건이었다. 곳비는 주더라도 이 붓과 벼루는 절대 안 된다고 말한 것들이었다.

"궁이 싫으면 언제든지 오너라. 지금이라도, 내일이라도, 모레라도 언제든지 오너라."

곳비와 붓, 먹, 벼루와 종이까지 용은 자신이 가장 아끼던 문방사우를 내려놓고 곳비의 처소를 나갔다.

방 안에서 이불자락을 꼭 쥐고 용의 말을 듣고 있던 곳비가 일어났다. 방문을 열고 나와 맨발로 용을 쫓았다. 용의 뒷모습이 눈에 들어왔다. 곳비는 용을 붙잡으려다 멈췄다.

'보내드려야 한다. 이제 대군을 보내드려야 한다. 내 눈앞에서도, 내 마음에서도.'

곳비는 어깨를 늘어뜨린 채 돌아섰다.

첫닭이 울었다. 날이 어두웠지만 밖은 소란스러웠다. 용이 눈을 떴다.

"밖이 왜 이리 소란스러우냐? 조용히 하라 이르거라."

잠시 후 밖이 조용해졌다.

용은 방 안에서 소세를 하고 의관을 정제했다. 조반까지 든 다음에야 날이 환해졌다.

용이 밖으로 나왔다. 대청으로 나와 디딤돌 위에 발을 내디디고서야 오늘 아침 소란의 이유를 알아차렸다. 댓돌로 내려선 용이 망부석처럼 그 자리에 멈추어 섰다.

"곳비, 꽃비."

용이 속삭였다.

"곳비가 내렸구나."

용의 앞에 진분홍 붉은 꽃길이 펼쳐져 있었다. 어서 봄이 와 볼 수 있기를 바라던 그 색이었다. 용은 밤새 꽃잎을 뿌렸을 곳비를 생각하며 헛기침을 했다. 목 안이 뜨거워졌다.

어젯밤 용을 붙잡지 못한 곳비는 처소로 돌아와 신만 신고서는 후원 숲으로 갔다. 날이 추웠다. 손과 발이 얼었지만 곳비는 후원 숲을 뒤져 홍매화 꽃잎을 땄다.

곳비는 용의 처소로 돌아와 용이 가는 길 위로 꽃잎을 뿌렸다. 찬 바람이 일어 꽃잎을 쓸어가자 곳비는 다시 꽃잎을 주워 품에 안고 바람이 그칠 때까지 기다렸다. 새벽이 오고 바람이 잔잔해지자 곳비는 다시 꽃잎을 뿌려 길을 만들었다.

용은 주위를 두리번거리며 곳비를 찾았다. 곳비의 모습은 보이지 않았다. 용이 한 발 한 발 조심스럽게 내디디면서 꽃길을 걸었다.

"대군, 앞으로도 늘 꽃길만 가시어요."

담장 너머에서 곳비가 대군전을 나가는 용의 뒷모습을 보면서 말했다. 곳비의 뺨에 홍매화 붉은 물이 들어 있었다.

안평 대군 이용이 말을 타고 대궐을 나왔다. 좌부대언 정연의 집으로 가 친영을 하고 신부와 함께 인달방 궁방으로 갈 예정이었다. 날이 추운데도 백성들이 무리 지어 대군의 행차를 구경했다.

용은 왕자들 중에서도 용모가 가장 수려하고 풍채가 늠름하였다. 모처럼의 볼거리에 신이 난 백성들 사이에 곳비가 있었다. 쓰개치마로 얼굴을 감싼 채 곳비는 대군의 행렬을 따라 걸음을 옮겼다.

행렬은 정연의 집이 있는 가회방으로 들어섰다. 곳비는 멈추어 서서 용이 제 시야에서 사라질 때까지 용의 뒷모습을 바라보았다. 용의 행렬이 완전히 사라지고 모여든 백성들이 흩어졌을 때 곳비가 대궐을 향해 걸음을 옮겼다.

"항아님."

건춘문 앞에 다다랐을 때 사내의 목소리가 곳비를 붙잡았다. 소영교였다. 안평 대군의 가례 행렬을 보러 나왔으리라.

곳비가 안부를 물으려는 찰나, 영교가 먼저 입을 열었다.

"당신을 보려면 대궐로 가면 되지요? 기다리십시오. 꼭 가겠습니다. 느티나무에 꽃이 필 때 당신을 다시 만나겠습니다."

영교가 느티나무 꽃잎을 닮은 얼굴로 눈빛을 반짝였다. 곳비는 붉은 뺨을 갸울였다.

출궁

1

6개월 후

"곳비야!"

중궁전 김 상궁이 대청에 나와 곳비를 찾았다.

"단곳비!"

김 상궁의 굵직한 목소리가 중궁전 뜰에 울려 퍼졌다. 곳비 대신 무성한 녹엽이 고개를 끄덕였다. 성가시다는 듯 매미가 날선 울음을 놓았다.

"곳비는 여태 뭐 하는 게야? 어서 찾아보거라."

김 상궁의 명에 중궁전 생각시 연남이 조르르 뛰어갔다.

곳비는 놋대야에 찬물을 붓고 검지 끝을 대야에 담갔다.

"너무 차면 마마께 해로울 테니까."

곳비는 주전자에 담긴 물을 대야에 부었다. 대야에서 김이 올랐다. 곳비는 다시 손가락을 물에 담갔다.

"좋아."

곳비는 물 위에 붉은 꽃잎을 띄웠다. 꽃향기가 은은히 퍼졌다. 곳비는 손가락으로 물을 찍어 맛을 본 다음 고개를 끄덕였다. 곳비의 얼굴에도 붉은 꽃이 피어올랐다.

"세숫물 대령이옵니다."

곳비는 대야를 안고 중궁전에 들었다.

"왜 이리 더딘 게야?"

김 상궁이 나무라자 중전이 끼어들었다.

"그만하게. 곳비는 세숫물 한 가지를 준비해도 온 마음을 다하니까 시간이 갑절은 더 걸릴밖에."

중전은 손으로 바람을 일으켜 꽃향기를 맡았다. 중전의 얼굴에 꽃을 닮은 미소가 떠올랐다. 곳비의 입매가 올라갔다.

"장인의 정성으로 준비한 물이렷다?"

"예, 마마. 소녀가 마마께 가장 어울리는 맛과 향기와 온도로 빚어 낸 물이옵니다."

"내 맛과 향기와 온도?"

"예, 사람에겐 저마다 어울리는 맛과 향기와 온도가 있지요. 마마께는 부드러운 맛과 우아한 향기와 봄볕처럼 따스한 온도가 어울리옵니다."

"호호. 그래. 그럼 김 상궁은?"

"음…… 김 상궁 마마님은 쓴맛…… 이 아니라 몸에 좋은 쓴맛?"

곳비가 생글거리며 말을 이었다.

"좋은 약은 쓰다고 하잖아요."

곳비는 무표정한 김 상궁을 살피며 생각했다.

'아니. 김 상궁 마마님은 무맛, 무향일 거야.'

중전이 물에 손을 담갔다. 우아한 향기에 취한 듯 미소를 지었다. 중전은 손을 씻고 김 상궁이 내미는 수건으로 손을 닦으며 말했다.

"김 상궁, 곳비는 세숫물 하나를 준비하는 데에도 이리 정성을 다하여 완벽하게 해내니 다른 일은 얼마나 잘하겠는가? 세자가 이 어미에게 곳비를 보낸 이유가 있었구나."

"예, 마마. 곳비는 세숫물 준비를 가장 잘하옵니다. 곳비가 없으면 마마의 세숫물을 준비하는 데 차질이 생길 듯하니 곳비는 꼭 세숫물 준비만 해야 하옵니다."

김 상궁이 진지하게 말했다.

"그럼 앞으로 세숫물 준비는 모두 곳비에게 맡겨야 되겠구나."

중전이 곳비를 보며 고개를 살짝 끄덕였다.

"예, 마마. 소녀 앞으로 더 정진하여 궁중에서 제일 뛰어난 세숫물 전문 궁녀가 되겠사옵니다."

곳비와 중전이 활짝 웃었다. 김 상궁이 곳비를 보았다. 아무도 눈치채지 못할 만큼 입꼬리를 살짝 올렸다가 내렸다. 김 상궁도 중전만큼 곳비의 유쾌한 성정을 좋아했다.

곳비가 놋대야를 들고 중궁전에서 나왔을 때 용과 광평 대군이 중궁전 뜰로 들어서고 있었다.

곳비는 버선발로 재바르게 내려와 전각 옆으로 몸을 숨겼다. 놋대야에서 물이 출렁거렸다.

"방금 무엇이 지나갔느냐?"

용이 광평 대군에게 물었다.

"글쎄요."

광평 대군이 미소를 지었다.

"사람이냐, 귀신이냐?"

용은 곳비가 숨어 있는 전각 옆으로 발걸음을 옮겼다. 곳비는 대야를 안은 채 침을 꿀꺽 삼켰다.

"감히 중궁전 전각으로 숨어들다니 사람이어도 문제, 귀신이어도 문제로구나."

용은 소리 나게 발걸음을 터벅터벅 옮기며 모퉁이를 돌았다. 후다닥, 곳비는 용을 피해 번갯불에 콩 볶듯 빠르게 전각 뒤쪽으로 몸을 숨겼다.

"이상하다. 분명 뭔가가 있었는데?"

용은 고개를 갸웃거렸다.

"오호, 움직임으로 보아 분명 귀신이구나. 중궁전에 귀신이 있으면 아니 되지. 내 오늘 대궐 귀신을 때려잡아야겠다."

용은 전각 뒤편으로 걸음을 옮겼다. 용이 발을 힘차게 내디딜 때마다 곳비의 심장도 세차게 내려앉았다.

'왜 오시지?'

곳비는 이마를 찡그리다가 생각했다.

'나는 왜 숨었지? 내가 뭐, 죄지었어? 난 거리낄 게 없다고. 당당해. 안평 대군 대감, 그간 무탈하셨사옵니까? 그리 인사하면 되지.'

곳비는 고개를 끄덕이며 용을 향해 걸음을 한 발짝 옮겼다. 한 발짝 더 내디뎠을 때 용이 모퉁이를 돌아 모습을 드러내었다.

곳비는 재바르게 물을 쏟고 대야를 머리에 뒤집어썼다. 용이 가까이 다가오자 바닥에 주저앉아버렸다. 곳비의 머리에서 물이 줄줄 흘러내렸다.

'아, 나 왜 이러니?'

저도 모르게 한 짓이었다. 후회해도 늦었다. 곳비는 울상을 지으며 입술을 깨물었다.

"아니, 웬 놋대야가 여기 있누?"

용은 웃음을 참으며 대야를 두들겼다. 곳비는 양손으로 대야를 잡고 몸을 움츠렸다.

"보자. 안에 무엇이 들어 있으려나?"

용이 놋대야를 들어 올리려고 하자 곳비는 팔에 힘을 바짝 주었다.

"아니, 이거 왜 이래? 놋대야가 정체 모를 것에 딱 붙었구먼. 이건 사람인가, 귀신인가?"

용은 곳비 주변을 뱅뱅 돌며 대야를 두들겼다.

'가세요, 좀. 가세요.'

곳비는 대야를 꽉 잡고 몸을 더 움츠렸다.

"형님, 무엇이 있습니까?"

광평 대군의 목소리였다.

"마침 잘 왔구나. 놋대야가 뭔가에 붙어서 꼼짝을 안 하는데 같이 한번 당겨보자꾸나."

"궁금하기는 하지만 어마마마께서 기다리십니다. 서둘러야 합니다."

"그래?"

곳비는 침을 꼴깍 삼켰다.

"예, 어서 가시지요."

"하는 수 없지. 놋대야의 사정은 다음에 캐보아야겠구나."

용은 놋대야를 몇 번 두들기고서 광평 대군을 따라 자리를 떴다. 용의 얼굴에 미소가 잔뜩 걸려 있었다.

"휴."

곳비는 한숨을 내쉬며 털썩 바닥에 주저앉았다.

'나쁜 대군. 분명 내가 대야 안에 든 걸 알고 저러시는 게야.'

곳비는 제 머리를 쥐어박았다.

'대군은 그렇다 치고. 곳비 너는 바보이다, 참말. 숨기는 왜 숨은 게야?'

곳비는 용과 광평 대군이 중궁전에 들어 한담을 나누는 소리를 듣고서야 앞뜰로 나왔다. 이번에는 금성 대군이 중궁전 뜰로 들어오고 있었다.

"대군 아기씨."

곳비는 허리를 굽혀 공손히 절을 했다. 금성 대군은 곳비가 보일 때마다 트집을 잡아대는 이였다.

"그럼 소녀는 이만 물러가옵니다."

곳비는 고개를 숙인 채 발을 뗐다.

"거기 서."

금성 대군이 곳비의 곁으로 다가왔다. 못마땅한 기색으로 곳비를 위아래로 훑어보았다.

"소녀에게 하명하실 일이라도 있사옵니까?"

"아니."

"그럼?"

"거슬려."

"무엇이요?"

금성 대군은 곳비의 얼굴을 똑바로 쳐다보며 고개를 저었다. 곳비는 몸을 움츠리며 금성 대군의 시선을 피했다. 금성 대군은 말없이 곳비에게 다가왔다. 곳비는 발은 땅에 붙인 채 상체는 뒤로 젖혔다. 금성 대군은 곳비를 노려보다가 곳비의 얼굴 위에 붙어 있는 꽃잎을 떼주고서 중궁전으로 들어갔다.

곳비가 중궁전을 나왔을 때 한 사내가 주변을 두리번거리고 있었다. 궐내각사에 왔다가 내전으로 길을 잘못 든 듯하였다.

"저쪽으로 가시면……."

사내가 곳비를 발견하자 곳비는 손가락으로 출구를 가리켰다. 하지만 사내는 곳비에게 시선을 고정한 채 다가왔다.

미소를 띠며 곳비를 뚫어지게 보던 사내, 소영교였다. 곳비의 입이 놀람과 반가움으로 살짝 벌어졌다.

"항아님, 잘 지내셨습니까?"

"도련님, 어쩐 일이십니까?"

"느티나무에 꽃이 필 때 항아님을 만나러 온다고 하지 않았습니까?"

"예? 그럼……."

곳비는 주변을 살피며 영교의 손목을 잡아 담장 아래로 끌었다. 영교는 곳비에게 잡힌 손목을 보며 빙그레 웃었다. 곳비가 영교의 손목을 놓고 물었다.

"도련님, 그 말씀이 참말이었습니까?"

영교는 미소를 지으며 고개를 끄덕였다.

"아니, 아니. 이리 오면 아니 되십니다. 경을 치십니다."

"하하하. 어명을 받잡고 왔으니 걱정하지 마십시오."

"혹시 정현 옹주님과?"

"아, 아닙니다."

영교는 고개를 저었다.

"복시에 입격하여 주상 전하의 책문에 답하기 위해 입궐하였습니다."

"아, 그럼 이제 생원 나으리이십니까? 감축드립니다."

곳비가 두 손을 모으고 절을 했다. 영교도 몸을 낮추며 곳비의 축하를 받았다.

"소생은 약조를 지켰으니 항아님도 약조를 지켜주십시오."

"무슨 약조를?"

"느티떡을 해준다고 하지 않으셨습니까?"

"아, 제가 그리 약조했지요. 하나 지금은 중전마마를 모시고 있어

예전처럼 출궁이 자유롭지 못합니다. 출궁을 하게 되면 꼭 해드리겠습니다."

"약조하셨습니다. 출궁을 하면 반촌에 꼭 오셔야 합니다. 반촌에도 느티나무가 많답니다."

영교는 다짐을 받으려는 듯 곳비 쪽으로 고개를 기울이며 말했다.

"곳비야."

정현 옹주 이랑이 감 상궁과 함께 두 사람의 곁으로 다가오고 있었다. 옹주는 영교를 못 본 척 곳비에게 시선을 고정하며 말했다.

"나는 중전마마께 문후를 여쭈려고 왔는데 여기서 널 우연히 만났구나. 널 예서 우연히 만나리라 조금도 기대하지 않았는데 말이다. 한데 이분은……."

옹주가 영교를 보며 고개를 갸웃거렸다.

"어머, 소 도련님 아니십니까? 어찌 대궐에 도련님께서? 아, 그러고 보니 오늘 회시에 입격한 유생들이 근정전에 들었다던데 설마 도련님께서도 회시에 입격하셨습니까? 감축드리옵니다. 소녀, 이런 곳에서 도련님을 우연히 뵐 줄은 꿈에도 몰랐습니다."

청산유수처럼 흐르는 옹주의 말에 감 상궁이 눈을 찡그렸다. 감 상궁은 그간 소영교에 대한 온갖 정보를 모아 오느라 고생깨나 한 터였다.

"곳비야, 중궁전 김 상궁이 널 급히 찾더라. 어서 가보아라."

옹주는 곳비를 보며 우아하게 말했다. 곳비는 목 인사를 하고 자리를 떴다. 옹주는 감 상궁을 노려봤다.

"그럼, 소인도 이만."

감 상궁은 지체 없이 중궁전으로 들어가버렸다.

정현 옹주와 영교 사이에 침묵이 흘렀다. 영교가 먼저 옹주에게 머리를 숙였다.

"지난번에는 소생이 무례했습니다. 용서하십시오."

"아닙니다. 소녀가 먼저 잘못하였지요."

옹주가 머리를 숙였다.

"아닙니다. 옹주님, 어찌 미천한 소신에게 머리를 숙이십니까?"

영교가 고개를 더 낮추었다.

"아닙니다."

옹주가 다시 영교의 고개 아래로 몸을 낮추었다. 영교가 다시 몸을 낮추었다. 정현 옹주가 다시 몸을 낮추었다.

"옹주님, 이러지 마십시오."

"그럼."

정현 옹주가 고개를 들다가 영교의 턱에 머리를 부딪쳤다. 탁, 하고 소리가 났다.

"으아!"

영교는 저도 모르게 소리를 내질렀다.

"어머."

영교는 곧 평정을 찾았다.

"괜찮으십니까, 옹주님?"

"도련님의 턱이 더 아플 텐데요."

"전 아무렇지도 않습니다. 옹주님은 괜찮으신가요?"

영교는 벌건 턱을 어루만지며 미소를 지었다. 옹주는 영교를 가만히 보다가 말했다.

"도련님, 이러시면 안 됩니다. 자꾸 이러시면 제가 도련님을 더…… 더…… 더……."

옹주는 침을 한 번 삼키고서는 소리쳤다.

"사모합니다!"

옹주는 등을 돌려 빠르게 달아났다. 중궁전 담벼락에 숨어서 이를 지켜보던 감 상궁도 옹주를 쫓아 달렸다.

순식간에 두 여인이 사라졌다. 그들이 떠난 자리를 보면서 영교는 절을 했다.

"송구합니다, 옹주님."

옹주와 영교를 남겨두고 곳비는 중궁전으로 돌아왔다.

"김 상궁 마마님, 소녀를 찾으셨다고요?"

"아니. 부르지는 않았는데 마침 잘 왔구나. 대군들께서 후원에서 담소를 나누고 계시니 다과를 내리라는 중전마마의 분부가 있으셨다. 어서 가거라."

"제가요? 다른 아이를 시키셔요."

"다른 아이들이 다과를 준비하고 있으니 가지고 가는 건 너와 연 남이가 하거라."

곳비는 치마를 만지작거리며 꾸물댔다.

"어서. 자리가 파할 때까지 곁에서 시중도 들어드리고. 중전마마의 명이니라."

"예……."

곳비가 목소리를 길게 뺐다.

곳비는 중궁전에서 새로이 사귄 동무 연남이와 다과상을 들고 후원으로 갔다. 고개를 숙인 채 제발 안평 대군은 있지 말라고 기도를 하며 정자 앞으로 갔다.

"저기 오는 것이 귀신이냐 사람이냐?"

'에이……'

꿈에서도 잊지 못할, 십 년 이십 년이 지나도 잊지 못할 익숙한 목소리였다. 곳비는 고개를 들었다. 후원 정자에는 안평 대군 용과 광평 대군 여, 금성 대군 유가 있었다.

2

'이럴 줄 알았으면 정신 똑바로 차리고 절대 숨지 말걸.'

곳비는 용을 보고 이맛살을 찌푸렸다. 영교와 정현 옹주도 왕자들과 함께 있었다. 정현 옹주는 영교와 멀찍이 떨어져 앉아 고개를 숙이고 있었지만 눈으로는 영교를 흘끔댔다.

"곳비야, 다리가 불편해?"

연남이 물었다.

"아니."

"그럼 왜 이리 걸음이 더뎌? 어서 가자. 얼음 다 녹겠다."

곳비가 정자 곁으로 바투 다가가자 양 내관이 반가운 얼굴로 다가왔다.

"양, 내관 나으리, 이것 좀. 인사는 다음에 드리겠습니다. 저는 이만 사라질게요."

곳비는 양 내관에게 다과상을 건네고 종종걸음으로 자리를 떴다.

"잠깐!"

뒷덜미에 꽂히는 목소리가 곳비를 세웠다. 곳비가 오만상을 쓰며 못 들은 척 도망을 갈까, 조용히 뒤를 돌아볼까, 반가운 척 인사를 건넬까…… 어찌할까 고민하는 중에 용이 곳비 앞으로 다가왔다.

"아니, 이런! 이게 누구신가? 승은을 입어 출세해보겠다고 생각시 시절부터 동고동락한 윗전을 헌신짝처럼 내버리고 궁에 남은 단곳비 나인이 아니신가?"

어느 사이 용이 곳비 앞에 바짝 다가와 있었다. 곳비는 고개를 숙인 채 용의 시선을 피했다.

"그래. 동고동락한 윗전을 헌신짝처럼 내팽개치고 남은 대궐에서 승은은 입으셨는가?"

"오래간만이옵니다, 대감. 호호호."

곳비는 고개를 들고 어색한 미소를 지었다.

"오래간만이라니? 난 자네를 종종 본 듯한데?"

"그럴 리가요? 소녀는 대감께서 출합하신 이후에 대감을 뵌 적이 한 번도 없사옵니다."

곳비가 손사래를 쳤다.

"지난 성균관 입학례 때 자네와 닮은 사람을 본 듯한데?"

"성균관이라니요? 제가 거길 어찌 간다고?"

"아닌가? 분명 옹주 하나, 상궁 하나, 자네와 꼭 닮은 나인 하나가

248

반촌을 어슬렁댄 듯한데?"

곳비는 저도 모르게 눈을 감았다가 다시 떴다.

"하하하. 잘못 보셨겠지요. 우리가 거길 어찌 갑니까?"

"우리? 그 우리가 누굴까?"

"아니, 제가……."

"그럼, 보루각에서는?"

"보루각이요? 그건 또 뭡니까?"

"그럼, 종학에서는?"

"아이, 소녀는 무슨 말씀을 하시는지 전혀 모르겠사옵니다. 새앙머리에 남치마만 입으면 소녀이옵니까? 이 대궐에 궁녀들이 얼마나 많은데요? 대군께서야말로 소녀한테까지 말을 붙이시고, 어쩐 일이신지요? 부부인 마님과 화락하느라 바쁘실 터인데요?"

"화락은 무슨. 사내대장부가 한 마음에 어찌 두 여인을 품겠느냐?"

"두 여인을 품을 수 없어 네 여인을 품으시려고 소실까지 들이셨다고요."

"내가 들인 것이 아니라 그들이 나를 사모하고 흠모하여 내 집으로 무작정 온 것이다. 내 사람 된 도의로 거절할 수 없어 내 집에 기거하게 한 게야. 자네야말로 승은은? 승은을 입겠다고 궁에 남은 지 여섯 달이 훌쩍 넘었는데 승은은 입으셨는가?"

"예, 곧 입겠사옵니다. 저도 이제 방년 십오 세 여인인걸요."

곳비는 턱을 치켜들었다. 용이 웃었다. 곳비는 제 말이 씨도 안 먹힌다는 걸 알고 재빨리 말했다.

"안평 대군 대감, 그럼 소녀는 '대사(大事)'를 위해 성상께서 기거하시는 '대전' 제 위치로 가보겠사옵니다."

곳비는 고개를 숙이고서는 퇴로를 더듬었다. 먼발치에 임금의 행차가 보였다. 곳비는 도망치듯 걸음을 옮겨 임금을 따르는 대전 나인들 틈에 끼어들었다. 대전 나인들이 곳비를 흘겨보았다. 곳비는 양손을 모으며 눈을 찡긋거렸다.

곳비는 이마를 찌푸렸다. 지난겨울 용이 출합한 후, 동궁전 큰 상궁이 곳비를 불렀다. 동궁전 생각시로 배정된다고 하였다. 하지만 곳비는 정현 옹주 시중을 들겠다고 사정했다. 곳비의 청을 전해 들은 세자는 곳비를 중궁전으로 보냈다.

그동안 곳비는 궁에서 용을 마주쳤을 때 대전 생각시인 척했다. 승은을 입고 잘 먹고 잘살 테니 제 걱정은 하지 마시라고 큰소리쳤다.

임금의 행렬이 왕자들이 있는 정자로 향하자 곳비는 손으로 얼굴을 가렸다. 용이 임금께 인사를 올리고 곳비에게 다가왔다.

"승은을 입겠다고 큰소리쳐놓고 몇 달째 곧 승은을 입을 거라고 말만 하는 단가 곳비 '대전 지밀'나인, 성상께오서 곧 내 집으로 거둥하실 예정이니 잘 모시고 오게. 자네는 '대전 지밀'나인이니까."

"예, 여부가 있겠사옵니까? 전 대전 지밀나인이니까요."

곳비가 벌게진 얼굴로 이를 앙다물면서 정자로 올라가는 용을 바라보았다. 곳비는 이러지도 저러지도 못한 채 수행원들의 대열에 끼어 있었다.

"네가 언제부터 대전 지밀나인이 된 게야?"

진짜 대전 지밀나인이 곳비에게 눈을 흘기며 쏘아댔다. 곳비는 고개를 푹 숙였다.

정자 위에서는 임금과 왕자들이 담소를 나누었다. 소영교가 고개를 숙인 채 임금의 하문에 대답하였다. 정현 옹주는 뭐가 좋은지 정신 나간 사람처럼 미소를 실실 흘리고 있었다.

"시회(詩會)에서 만났다고?"

"예, 아바마마. 그전에 안면이 있긴 했지만……."

용이 대답했다. 영교와 영신이 남매지간이라는 사실은 굳이 부왕께 말씀 올릴 필요가 없다고 생각하였다.

"시회에서 소 생원의 문장이 좋아 소자가 먼저 만남을 청하였는데 알고 보니 소자와 같은 해에 성균관에 입학한 동학이었사옵니다. 앞으로 나라의 동량지재가 될 인물이옵니다."

임금이 영교를 보았다.

"그럼 자네도 안평의 궁방에서 여는 이번 시회에 참가하거라."

"성은이 망극하옵니다, 전하."

영교가 허리를 숙여 절을 하자 정현 옹주가 웃으며 슬며시 영교 곁으로 왔다.

"아바마마, 소녀도 가도 되옵니까?"

"옹주, 너도 시를 아느냐?"

"아니요."

정현 옹주가 영교를 흘깃 보면서 말했다.

"하나 소녀도 함께 가고 싶사옵니다. 가서 시가 뭔지, 시회는 어떻게 열리는지 배우고 싶사옵니다."

"그래. 그럼 옹주도 함께 가자꾸나."

"성은이 망극하옵니다."

정현 옹주가 볼이 터지도록 미소를 지으며 고개를 숙였다.

임금이 자리를 떴다. 궁인들 가운데에 몸을 숨기고 있던 곳비도 함께 걸음을 옮겼다. 용은 멀어지는 곳비를 보면서 출합한 지 얼마 되지 않았을 때 세자와 나눈 대화를 떠올렸다.

―곳비라는 아이, 자신은 할 줄 아는 게 아무 것도 없다며 세답방이나 세수간으로 보내달라고 하더구나. 동궁전도 대전 지밀도 저에게는 어울리지 않는다고.

―동궁전도 대전 지밀도 싫다 하였다고요?

―그래, 네게 각별한 아이인데 아무 곳이나 보낼 수 없어 중궁전으로 보냈다.

용은 곳비의 의중을 알다가도 모르겠다고 생각했다.

―참, 제가 부탁드린, 사람을 찾는 일은 진전이 있사옵니까?

―평안도 강계에 잠시 머물다 간 사실을 확인했다. 한 곳에 정착하지 않고 강원도에서 황해도, 황해도에서 평안도로 옮겨 다니며 겨우 끼니만 연명하고 살았나 보더구나. 근래에는 함길도로 갔다는 소식만 들었다.

―감사하옵니다. 이제 소신도 예전보다 훨씬 자유로운 처지이니 소신이 직접 찾아보겠사옵니다.

―녀석, 다 컸다 이거로구나.

―그럴 리가요.

용이 어리광을 부리며 세자를 웃겼다.

'함길도라······.'

거칠고 척박한 곳이었다. 용은 제 시야에서 벗어나는 곳비를 보면서 얕은 숨을 내쉬었다.

가지가 곳비를 불렀다. 곳비는 대답하지 않았다. 아니, 못했다. 용을 만난 이후로 일이 손에 잡히지 않았다. 정신이 경복궁을 떠나 있었다. 가지가 손을 흔들어 곳비의 정신을 불러왔다. 용을 따라 입궁한 가지가 곳비의 일을 도와주며 안평 대군 궁방의 소식을 전하고 있었다.

"힘들어? 내가 할까?"

"아니."

곳비는 다시 팥을 한 줌 맷돌에 넣고 돌렸다. 팥알은 껍질이 벗겨진 채 바닥에 떨어졌다. 가지가 팥을 골라냈다. 궁중에서는 이 팥을 다시 갈아서 채를 친 가루로 소세를 했다.

"대군께서는 밤에도 아주 바쁘셔."

"군부인 마님에 첩실을 둘이나 들이셨으니 바쁘실밖에."

곳비는 손에 힘을 주고 맷돌을 돌렸다. 덩달아 가지의 손도 바빠졌다.

"아니. 대군께서는 부부인 마님한테도 별당 아씨들한테도 정은 없으셔."

"네가 어찌 알아?"

"왜 몰라? 척하면 척이지. 낮이고 밤이고 궁방에 손님들이 끊이질 않아. 낮에는 손님들과 시를 지으시고 그림을 보시고, 밤에는 여흥을 즐기시느라 군부인 마님을 뵐 시간도 없으셔."

"그래?"

곳비는 관심 없는 척 시선을 멀리 두고 물었다.

"우리 대군께서는 여인보다 사내를 더 좋아하시는 것 같아. 물론 사내보다 미인을 더 좋아하시지만."

곳비가 맷돌질을 멈췄다.

"뭐? 도의 좋아하시네. 미인이라 곁에 둔 게지."

"미인? 대군 곁에 미인이 어디 있어?"

"별당 아씨들 있잖아."

"미인은 아니고, 가야금을 잘 타고 노래를 잘해. 대군께서는 그들의 재능을 아끼신다나 뭐라나. 하여튼 양 내관 말씀이 그래. 손님들 말씀으로는 우리 대군이 도량이 넓고 성정이 관대하고 기질이 호방하다는데 거기까지는 잘 모르겠어. 나는 어찌 부부인 마님이 딱하셔. 손님이며 문객이며 어찌나 많이 오는지 부부인 마님께서 궁방 살림살이를 돌보느라 종일 고생을 하시는데도 따뜻한 말씀 한마디 건네시는 모습을 못 봤어."

곳비는 다시 맷돌을 돌렸다.

"그러게 곁에 있는 사람에게나 잘하시지. 뭐, 한 마음? 가버렸으면 끝이지. 보지 않으면 끝이지. 듣지 않으면 끝이지. 이별하면 끝이지. 끝이면 끝이지. 평생 그 마음만 붙들고 있을 거야?"

곳비는 맷돌을 더 빨리, 더 세게 돌렸다. 맷돌이 휘청거렸다. 가지가 맷돌을 잡고 곳비를 말렸다.

"왜 이래? 맷돌질은 병신처럼 힘을 적게 주라고 했어. 미친놈 방아질할 때처럼 돌리면 어떡해?"

"이런 병신. 미친. 끝이다, 끝. 이제 정말 끝이다, 끝."

곳비가 소리쳤다.

"아직 많이 남았는데?"

가지가 생팥을 보면서 말했다. 곳비의 손에서 맨손(손잡이)을 빼앗아 돌리기 시작했다.

"곳비야, 너도 글씨 잘 쓰지? 우리 대군 글씨가 조선 제일이어서 그 글씨를 받겠다고 사람들이 줄을 선다. 나야 봐도 모르겠지만. 너도 하나 얻다 줄까?"

"아니. 이제 대군 소식은 안 들을 거야. 대군의 '대' 자도 꺼내지 마. 이제 듣지도 않을 거야. 진짜 끝낼 거야."

가지가 눈을 끔벅거리며 곳비를 쳐다보다가 다시 맷돌질을 했다.

곳비는 다른 날보다 더 일찍 잠이 깼다. 몸을 일으키자 곁에서 자던 연남이 중얼거렸다.

"쇠고기랑 얼음은 잘 도착했겠지? 우리도 먹을 수 있을까?"

복날을 맞이하여 임금께서는 신하들과 왕자들의 궁방에 쇠고기와 얼음을 하사하였다. 연남이가 입맛을 다셨다.

"우리 게 어디 있니?"

"통이 큰 안평 대군이시잖아."

오늘 임금과 중전은 안평 대군의 궁방으로 거둥하게 되어 있었다. 곳비는 중전을 모시고 궁을 나서야 했다.

"통은 무슨!"

곳비는 입을 비죽거렸다.

3

임금과 중전을 모신 어가가 인달방에 들어섰다. 물소리와 새소리가 임금 일행을 반겼다. 곳비는 귀를 쫑긋했다. 지난겨울 용을 따라 이곳에 왔을 때는 느끼지 못한 소리였다. 곳비는 저도 모르게 미소를 짓다가 이내 웃음기를 거두었다. 부인했지만 실은 기분이 좋았다. 모처럼 만의 출궁 때문이라고 생각했다. 용 때문은 절대 아니라고 생각하며 가볍게 걸음을 놀렸다.

멀리 안평 대군 궁방의 돌담이 눈에 들어왔다. 어가가 솟을대문 앞에 당도하자 용과 부부인, 가솔들이 나와 두 분 마마와 왕자들을 맞이하였다. 오늘 거둥에는 광평 대군과 금성 대군도 동행하였다. 정현 옹주는 시회가 열리는 내일 오겠다고 하였다.

왕실 가족들은 인사를 나누고 사랑채에 모였다. 궁방 궁인들이 백숙과 소고기 수육을 올린 소반을 들고 줄줄이 사랑으로 왔다. 댓돌에서 대기하고 있던 곳비는 살며시 고개를 들어 대청을 바라보았다. 모두들 음식을 맛있게 들고 있었다. 용의 얼굴에도 환한 웃음이 걸려 있었다.

궁인들도 교대로 상을 받았다. 백숙이었다. 가지는 백숙을 준비하기 위해 노비들과 함께 몇 날 며칠을 잠을 자는 둥 마는 둥 하였다고 투덜댔다.

"그래도 네가 와서 너무 좋아. 넌 어째 한 번도 안 왔니? 대군께서 좋아하셨을 텐데……."

상을 치우면서 가지가 말했다.

곳비는 사랑채 담 너머로 용을 바라보았다. 가례를 올리고 출합을 하여 제 궁방을 지키는 안평 대군 용은 처음 보았다. 용은 이제 궁에서 제가 모시던 소년이 아니었다. 진짜 어른 같았다. 저 아닌 이와 진짜 가족을 이룬 어른.

곳비는 고개를 돌려 제 마음을 들여다보았다. 저는 그대로였다. 변함없이, 그대로, 아직도 용을 사모하고 있었다. 용만 시간을 앞서 나가는 듯하였다. 곳비는 깨달았다. 대군의 색시가 되겠다고 꿈을 품던 시절은 다시 오지 않으리라고. 식구처럼 지낸 시절은 이제 다시 올 수 없으리라고.

곳비는 하늘을 보았다. 다짐했다. 어른이 되자. 어린 마음을 접자. 외사랑을 진짜 끝내자고.

임금과 왕자들은 상을 물리고 계곡으로 자리를 옮겼다. 소영교도 합류했다. 임금 일행은 정자에 자리를 잡았다.

곳비는 계곡 한편에서 윗전들에게 올릴 화채를 만들었다. 꿀물에는 붉은 앵두와 멍석딸기, 산사 열매를 띄우고 오미자 물에는 해당화 꽃잎을 올렸다. 화채는 모양도 빛깔도 고왔다. 곳비는 저도 모르게 침을 꼴깍 삼켰다.

간간이 용의 목소리와 사람들의 웃음소리가 들렸다. 용의 목소리에 곳비는 저도 모르게 미소를 짓다가 정신을 차리고 표정을 감추었다.

가지가 얼음을 가져와서 음료에 띄웠다.

"잠깐, 이건 얼음 넣지 마."

곳비가 화채 하나를 손으로 가렸다.

"왜?"

"대군께서는 찬 음식을 싫어하시잖아."

"아."

"그리고 잣. 대군이 좋아하시는 거."

곳비는 잣을 띄워 용의 화채를 마무리했다. 사모하는 정이 아니라 윗전에 대한 도리라고 생각하면서.

곳비는 궁인들과 함께 정자로 화채를 배달했다. 광평 대군이 곳비를 보며 임금께 청했다.

"아바마마, 곳비도 시를 잘 짓사옵니다. 내일 시회(詩會)에 참여케 하면 어떻겠사옵니까?"

곳비는 얼굴을 붉히며 광평 대군을 향해 고개를 저었다.

"곳비가 누구냐?"

"중궁전 생각시이옵니다."

용이 대답했다. 곳비는 그간 대전 생각시인 척했던 제 모습이 부끄러워 얼굴이 달아올랐다.

용은 곳비의 마음을 아는지 모르는지 곳비를 가리키며 말을 이었다.

"총명하여 일찍이 글을 깨우쳤사옵니다. 시도 제법 잘 짓사옵니다."

용이 임금과 곳비를 번갈아 보며 말했지만 곳비는 고개를 숙인 채 식은땀만 흘리고 있었다.

"그래. 내일 장원을 한 자에게는 큰 상을 내릴 터이니 너도 참가하여 최선을 다하거라."

임금이 곳비에게 명했다.

"성은이 망극하옵니다, 전하."

곳비는 저답지 않게 기어가는 목소리로 대답하고 자리를 떴다. 용에게는 눈길 한번 주지 않았다.

윗전들은 화채 그릇을 비우고 계곡에 발을 담갔다.

곳비는 이마에 맺힌 땀을 닦으며 손으로 부채를 부쳤다. 얼떨결에 참가하게 된 내일 시회가 걱정되었다. 시회를 생각하니 더 더워졌다. 곳비도 탁족(계곡에 발을 담그는, 선비들의 피서법) 생각이 간절했다. 출궁하기 전 며칠을 긴장하고, 용의 궁방에서 부쩍 달라진 용을 만난 데다가, 내일 시회까지 참여할 생각을 하니 몸도 마음도 너무 고단했다. 차가운 물에 발 한 번만 담그면 소원이 없겠다 싶었다.

곳비는 가지에게 잠시만 쉬고 오마하고는 계곡 상류로 올라갔다. 상류는 한적하였다. 혹시나 싶어 주위를 살폈지만 아무도 없었다. 곳비는 버선을 벗고 치마를 들어 올려 물에 발을 담갔다. 찬물에 온몸과 온 마음이 후련해졌다. 눈을 감고 혼자만의 휴식을 즐겼다.

"어!"

곳비는 사내의 목소리에 눈을 떴다. 소영교가 붉어진 얼굴을 돌린 채 안절부절못하고 있었다.

"송구하옵니다."

영교는 얼굴을 돌린 채 사과했다.

"아니, 제가 더 송구하옵니다, 소 생원 나으리."

곳비가 일어섰다.

"아닙니다. 계십시오. 소생은 이만 가보겠습니다."

영교는 얼른 달아났다.

영교는 상류를 벗어나서야 숨을 돌렸다. 맞은편에서 올라오던 용이 영교에게 반갑게 인사를 했다. 용은 지난봄에 성균관에 입학하면서 영교와 친분을 맺고 영교를 아꼈다.

"아, 대감⋯⋯."

영교가 딸꾹질을 시작했다.

"뭔가? 자네 왜 이리 놀랐는가? 얼굴이 사색이 되었구먼."

"아무 일도 아니옵니다."

"뱀이라도 본 게야? 길짐승이라도 맞닥뜨린 게야?"

"아니옵니다."

용이 영교를 이리저리 살피며 웃었다.

"요물에 홀린 눈치인데?"

"아닙니다. 아무것도 못 봤습니다."

"얼굴부터 목까지 벌겋구먼. 도대체 무엇을 보았나? 내가 쫓을 테니 안심하게."

용이 영교의 뒤편으로 걸음을 옮기자 영교가 온몸으로 용을 막아섰다.

"안 됩니다. 이리로 가시면 안 됩니다."

"아니, 왜? 정말 못 볼 것이라도 본 겐가? 천년 묵은 인왕산 구미호인가? 아님 천상에서 적강한 선녀인가?"

영교는 딸꾹질을 더 심하게 했다.

"자네 얼굴을 보니 지옥에서 도망 온 귀신이구먼."

"아닙니다. 그것이 아니라……."

"괜찮으니 걱정하지 말게. 내 눈으로 직접 확인해보지."

영교가 용의 팔을 잡았다.

"왜?"

"곳비는 참 좋은 여인입니다. 딸꾹."

"응? 곳비?"

"아니옵니다."

영교는 얼굴을 더 붉히며 자리를 떴다.

뜬금없이 곳비는 왜? 용은 자신이 잘못 들었겠지 생각하며 계곡을 따라 올라갔다.

"쯧쯧쯧. 참으로 못 볼 꼴이야. 소 생원을 홀린 요물이 여기 있구나."

"대감."

곳비가 계곡에 다리를 담그고 있다가 급히 치맛자락을 내렸다.

"치마 다 젖는다. 새삼스럽게 뭘 내외냐?"

"아니옵니다."

곳비가 일어서려고 몸을 움직여 발을 뺐다. 용은 몸을 낮추어 곳비의 어깨를 잡았다. 팔을 뻗어 곳비의 다리를 물속에 도로 밀어 넣었다.

"대감!"

곳비가 화가 나 얼굴을 일그러뜨리는데 용은 제 도포를 벗어서 곳비의 다리 위로 던졌다. 용의 도포가 곳비의 맨다리를 가려주었다.

"그냥 있거라. 못 볼 꼴은 사내에겐 보여주지 말고."

곳비는 부끄럽기도 하고 멋쩍기도 하여 달아오른 목을 만지며 물었다.

"대감은 사내가 아니시옵니까?"

"내가 사내냐?"

"그럼 아니시옵니까?"

"네가 여인이 아니니 나도 사내가 아니다."

그래. 난 대군께 단 한 번도 여인인 적이 없었고, 앞으로도 없겠지. 곳비는 용에게서 시선을 거두고 계곡물만 내려다보았다. 맑은 물에는 아직도 대군을 사모하는 진짜 제 모습이 있었다. 곳비는 바보 같은 제가 보기 싫어 발을 움직여 물속에 비친 제 모습을 흩어버렸다.

용은 곳비의 옆에 자리 잡고 앉았다. 곳비는 자리를 옆으로 옮기려다가 그편이 더 이상하게 보일 듯하여 잠자코 있었다.

"그래, 내가 없으니 좋더냐?"

"예."

"나는 아니었는데……."

곳비는 슬며시 고개를 돌려 용을 올려다보았다. 용의 표정이 진지했다.

"많이 생각했다. 너도, 대궐도, 우리가 대궐에서 함께 보낸 그 시절도 많이 생각했다. 그리웠다. 너도, 대궐도, 우리가 대궐에서 함께 있던 그 시절도.”

외사랑을 끝내자고 다짐했는데 한결같은 저 애정에, 변함없는 저 다정에 곳비는 다시금 마음이 약해졌다. 안 돼. 곳비는 고개를 저으며 벌떡 일어나 소리쳤다.

“요물은 제가 아니라 대군이십니다.”

곳비는 버선을 주워 자리를 떴다. 용은 영문을 몰라 망부석처럼 가만히 앉아 있었다.

잠시 후 곳비가 다시 돌아왔다. 곳비는 바위 위에 떨어진 용의 도포를 주워 물을 탁탁 털어낸 다음 들고 가버렸다.

“저놈의 성질머리 누굴 닮은 게야?”

용은 곳비의 뒷모습에 대고 소리쳤다.

“뭐, 날 닮았겠지.”

용은 바위 위에 누웠다. 팔을 벌려 큰 대자로 뻗어 눈을 감았다. 숲 냄새, 물소리가 좋았다. 얼굴에 닿는 산바람과 발에 닿는 물살도 좋았다. 이곳에 정자를 지으면 딱 좋겠다고 생각했다. 곳비도 좋아하겠지? 용은 곳비를 생각하다가 고개를 저었다.

‘무정한 것. 내가 저 생각을 얼마나 많이 했는데? 내가 제 걱정을 얼마나 많이 했는데?’

사실이었다. 용은 대궐을 떠난 후에 늘 목에 걸린 가시처럼 곳비에게 마음이 쓰였다. 평생 제 곁에서 궁녀로 늙어 죽는 것도 싫다며 승은을 입겠다고 해서 동궁전에 자리를 만들었는데 그도 싫다, 대전도 싫다 하니 용은 곳비의 속을 짐작할 수 없어 답답하기만 했다.

용은 곳비의 속내가 뭘까 머리를 굴리다가 문득 생각을 멈추었다.

'설마, 나를?'

'⋯⋯.'

'에이, 설마!'

용은 고개를 저었다.

'내가 저를 얼마나 아꼈는데 나를 싫어할 리가 있나? 좋아하면 좋아했지 나를 싫어할 리는 절대로 없어. 곳비에게 누가 있어? 나밖에 없지.'

용은 주 상궁과의 대화를 떠올렸다.

─곳비도 이제 아이에서 여인으로 성장하려나 보옵니다. 그 무렵에는 마음이 싱숭생숭, 갈팡질팡, 저도 제 마음을 종잡을 수 없지요.

─여인네들은 무엇이 그리 복잡한가? 사내들은 오직 한 가지 생각밖에 안 나는데⋯⋯.

언제까지나 용에게 곳비는 제 색시가 되겠다던 어린아이 같은데 곳비가 여인이 되어간다니 웃음이 났다.

"곳비야, 그놈의 성장, 빨리 좀 하거라. 이 오라비 답답하다."

용은 먼 산에 대고 소리쳤다.

광평 대군은 계곡을 따라 올라오다 영교와 마주쳤다.

"아, 이리로 가시면 안 됩니다. 윽."

영교는 딸꾹질을 하면서 손을 내저었다.

"왜요?"

"지금 곳, 아니 안평 대군께서 소피를 보십다, 소피를. 치마를,

아니 바지를 내리시고요. 버선도 벗으신 것 같습니다."

"하여 소 생원이 망을 보십니까?"

"아니, 예, 뭐 대군께서 시키신 일은 아니고, 제가 스스로……."

"예, 그럼 망 잘 보시고, 형님께서 내려오시면 제가 찾는다고 전해 주십시오."

"예."

영교는 산을 내려가는 광평 대군을 보며 큰 숨을 내쉬었다.

"거짓말을 잘하십니다."

곳비가 다가왔다. 영교의 숨과 딸꾹질이 함께 멎었다.

"항아님을 지켜드리기 위해서……."

"그럼 안평 대군도 막으셨어야지요."

"그분은 제가 상대하기가 버겁습니다."

영교가 어깨를 으쓱하며 웃었다. 영교의 얼굴에 곳비의 시선이 와 닿았다.

"송구합니다. 앞으로 항아님께는 절대 거짓을 말하지 않겠습니다."

곳비는 웃으며 영교의 손으로 시선을 옮겼다. 그의 손에 나뭇가지 한 줌이 쥐어져 있었다.

"느티나무 꽃을 꺾었습니다."

곳비가 고개를 갸울이며 느티나무 꽃을 살펴보았다. 그럼 그렇지. 이 계절에 아직도 꽃이 있을 리가 없었다. 영교는 꽃이 떨어진 자리 에 남은 풋열매를 꽃이라고 여긴 듯하였다.

곳비가 손을 내밀었다.

"주십시오."

"제가 옮겨다드리겠습니다."

"별로 무겁지 않습니다."

"아닙니다. 제가 들어다드리겠습니다."

곳비는 미소를 지으며 손을 거두었다.

"한데 오늘도 예까지 오시고, 대궐에서도 대군들과 함께 계시던데 대군들은 어찌 아십니까?"

"아, 소생이 평소 안평 대군의 문장과 글씨를 흠모하던 차에 시회에서 다시 뵙게 되었지요. 대군께서 궁방으로 절 초대해주시면서 가까운 사이가 되었습니다. 다른 대군들은 안평 대군을 만나면서 자연스레 뵙게 되었지요."

"안평 대군과요? 사이가 두텁습니까?"

"예, 그런 편입니다."

곳비는 눈살을 모으고 영교에게 가까이 다가갔다.

"혹 대군께서 저에 대해 말씀하셨습니까?"

"아니요."

"아무 말씀도 안 하셨습니까?"

"예, 대군께서는 저와 항아님이 아는 사이라는 걸 모르십니다. 혹 항아님께 누가 될까 저어되어 대군께 아무 말씀 올리지 않았습니다."

"아, 그렇지요."

곳비는 고개를 끄덕이다가 눈을 부릅뜨고는 영교를 바라보았다.

"혹 대군께서 저에 대해 말씀하시거든…… 아, 아닙니다. 이제 대군은 제가 모시는 윗전이 아니니까요."

곳비가 고개를 저었다.

"역시 미인은 변덕이 심한가 봅니다."

"누가요? 제가요?"

"예."

영교는 여러 번 고개를 끄덕였다.

"제가 미인입니까?"

"그럼요. 전 항아님처럼 고운 분을 여태 본 적이 없습니다."

"참말입니까? 저 태어나서 그런 말은 처음 듣습니다."

"참말입니다. 항아님께 절대 거짓말을 하지 않겠다고 약조하지 않았습니까?"

곳비는 기분이 좋아져 소리 내어 웃었다. 그러다가 영교를 보며 눈을 크게 뜨고 물었다.

"눈은 좀 괜찮으십니까?"

"예? 그럼요."

곳비가 고개를 갸웃거렸다.

"눈이 좀 멀지 않으셨습니까? 어쨌든, 미인이라 해주시니 기분이 좋습니다. 그럼 전 먼저 가보겠습니다. 느티떡을 하려면 시간이 걸립니다. 꽃은 이걸로 충분하니, 나으리께서는 느티나무 여린 잎을 좀 따주십시오."

곳비는 어깨를 들썩거리며 산을 내려갔다.

"사모하는 마음이 눈을 멀게 하지요."

영교가 곳비의 뒷모습을 보면서 중얼거렸다.

4

날이 어두워졌다. 곳비는 사랑에 느티떡을 대령하고 가지를 따라 별채로 왔다. 별채는 대궐에서 용을 따라온 궁인들이 쓰는 처소였다.

"우리 처소야."

"안채 행랑을 쓰지 않아?"

"응, 부부인 마님의 본방에서 따라온 아이들이 안채 행랑을 써. 대 군께서 우리에게는 이곳을 내주셨어. 우린 대궐에서처럼 여전히 대 군만 모셔."

가지가 방을 하나 가리켰다.

"여기가 우리 방이야."

"우리 방?"

"응, 다른 나인들은 다 두 명씩 방을 함께 쓰는데 나는 혼자 써. 대 군께서 네가 언제든지 와서 편하게 지내다 갈 수 있게 네 자리를 비 워두라고 하셨어."

"내 자리……."

"들어가자. 장도 경대도 모두 새것이야. 서안도 사주셨어. 난 별로 쓸 일이 없지만."

곳비의 마음에 물결이 요동쳤다. 지난 반년 동안 제 마음에서 용 을 지우려고 노력했는데, 외사랑을 끝내자고 다짐했는데 제 자리를 남겨두었다는 용의 배려에 또 마음이 흔들렸다. 제 마음은 왜 이리 여리고 연약한지, 아니 용을 향한 마음만 왜 이리 모질지 못하고 물 렁물렁한지 이제는 제 마음을 도려낼 수 있으면 좋겠다 싶었다.

곳비는 가지를 따라 방 안으로 들어와 앉았다. 가지는 경대를 내놓으면서 말했다.

"안채 궁인들은 우리 대군께서 부부인을 외롭게 하시고, 술과 기녀를 좋아하시는 한량이라고 하지만 난 잘 모르겠어. 대군은 우리에게는 진심으로 잘해주시거든. 아랫것들에게도 의리를 다 하신다고나 할까. 우리를 늘 사람으로 대해주셔."

"응, 알아."

곳비가 고개를 끄덕였다.

"너 다시 돌아오면 안 돼?"

곳비는 고개를 저었다.

"왜? 너도 대군이 좋은 분이라는 걸 알잖아."

"너무 좋아서, 너무 좋은 분이라서……."

가지가 눈을 멀뚱거리며 곳비를 쳐다보았다. '그래서?' 하는 눈빛이었다.

"그만 자자. 오늘 이른 새벽부터 몸을 놀렸더니 고단하다."

"그래? 난 널 오랜만에 봐서 잠이 안 올 것 같은데……."

"내일도 있잖아."

"그래. 자자. 이불도 새것이야. 너 온다고 햇볕에도 말렸어. 네 베개도 있어. 이것도 새것."

가지는 곳비에게 베개를 건네주었다. 곳비가 제 베개를 손으로 쓸었다.

가지는 이불을 펴고 불을 껐다. 곳비는 새 이불 위에 누웠다. 눈을 감았다. 이불에서 햇살 냄새가 났다.

잠이 안 올 것 같다던 가지는 어느새 잠이 들었다. 곳비는 잠이 오지 않았다. 몸은 피곤한데도 잠이 오지 않았다. 이리저리 뒤척이다가 조용히 일어나 밖으로 나왔다.

보름달이 밝았다. 이따금씩 산짐승의 울음소리가 들려왔다. 벌레들의 울음소리도 곳비의 귀를 간지럽혔다. 곳비는 오래전 용과 함께 산에서 길을 잃었을 때를 생각했다. 예나 지금이나 용은 한결같은데 제 마음만 깊어지고 제 거리만 멀어졌다.

곳비는 조용히 걸음을 옮기며 뜰을 거닐었다.

"잠이 오지 않느냐?"

곳비는 걸음을 멈추었다. 보지 않아도 누군지 알 수 있었다. 용의 음성이었다. 어느덧 곳비는 사랑채 뜰에 서 있었다. 용이 곳비의 곁으로 다가왔다.

"안 주무셨습니까?"

"대궐을 떠난 이후부터 불면 증상이 생겼다."

진짜 어른이 되었으니 근심도 걱정도 느셨겠지. 곳비는 안쓰러운 마음이 들었다.

"소녀에게 용한 주문이 있습니다."

"후궁이 못 되니 도사라도 된 게야?"

"아, 진짜. 그놈의 후궁 소리!"

곳비는 눈을 부라렸다.

용이 웃었다. 예전 곳비로 돌아온 듯하여 기분이 좋아졌다.

"자, 일단 눈을 감으시고 들어보십시오."

용은 미심쩍었지만 곳비가 시키는 대로 눈을 감았다.

"자장자장 자는고나 우리 애기 잘도 잔다 은자동이 금자동이 수명장수 부귀동이 은을 주면 너를 살까 줄을 주면 너를 살까⋯⋯."

용이 웃음을 참다가 결국 소리 내어 웃었다. 곳비가 자장가를 멈추고 미간을 찡그리고 물었다.

"웃기십니까?"

"웃긴다. 집어치우거라. 아이들한테 부르는 자장가가 아니냐?"

"어머니가 외워주셨을 때는 잘 됐는데 이상하다."

'어머니'라는 말에 용은 잠시 가슴이 따끔거렸다. 달빛에 비친 곳비의 얼굴을 보았다. 그 옛날, 어미를 찾아달라고 다리를 절뚝이며 탑을 돌던 꼬마 곳비가 생각났다. 예나 지금이나 용에게 곳비는 돌봐주어야 할 꼬마였다.

"어머니가 많이 보고 싶지?"

"뭘요?"

용은 그때 산사에서 돌아온 후 세자에게 곳비의 가족을 찾아달라고 부탁하였다. 출합 후에는 제가 직접 사람을 풀어 곳비 가족의 행방을 수소문하였지만 찾을 수 없었다.

"같이 좀 걷자꾸나."

곳비가 고개를 들고 용을 바라보았다. 같이 좀 걷자. 오래전 영교에게서 들은 말이었다. 대궐에 있을 때는 늘 용이 걸으면 곳비는 마땅히 따랐다. 용에게 '같이 걷자'라고 들은 건 처음이었다.

용이 걸음을 옮겼다. 곳비가 용을 따라 걸었다. 용이 곳비를 보면서 보폭을 줄였다. 두 사람이 나란히 걸었다.

"이곳엔 서재를 지으려고 한다."

용은 궁방 곳곳을 소개했다. 빈터를 보여주면서 앞으로의 계획도 설명해주었다.

"이곳에는 별당을 지을 생각이다. 후원이 한 눈에 들어오는 곳이지. 봄이면 꽃비가 내리고, 여름이면 과실이 익어가고, 가을이면 잎이 물들겠지?"

용이 꽃나무를 가리켰다.

"저건 홍매화다. 별당에서는 겨울에도 꽃을 볼 수 있다. 어떠하냐?"

용이 눈빛을 반짝이며 곳비의 대답을 기다렸다.

"근사할 것 같아요."

"이 궁은 어떠하고?"

"멋진 곳이에요."

"그래. 곳비야, 이곳이 네 집이다. 오고 싶을 땐 언제든지 오너라."

"이곳은 대군과 부부인 마님의 집이지요. 어째서 제집이옵니까?"

"우린 함께 국밥을 먹는 식구니까."

"식구요?"

"그래. 넌 내 식구다. 내겐 친누이와 다름없다."

"누이……."

"식구끼리 떨어져 살아서야 되겠느냐? 곳비야, 네가 승은을 입을 생각이 전혀 없다는 걸 안다."

"그건……."

곳비는 말을 잇지 못했다. 대군을 사모하여, 대군을 너무 사모하여, 대군을 보면 아파서, 대군을 보면 너무 아파서, 그래서 대군을 따라가지 못하고, 대군을 잊으려고 핑계를 대었습니다. 말할 수 없었다.

"곳비야, 이제 그만 우리 집으로 돌아오너라. 난 네가 필요하다. 너와 함께 살고 싶구나."

곳비는 고개를 들어 용을 바라보았다. 하얀 달빛이 용의 얼굴 위로 부서지고 있었다.

'멋지다. 우리 대군, 이용.'

곳비는 달에 홀린 것처럼 용을 바라보다가 고개를 흔들었다.

'멋지긴 개풀. 저건 사람이 아니야. 저건 사람이 아니다. 탑이다, 탑. 돌덩이야, 돌. 곳비야, 정신 차려.'

"곳비야, 웅? 이제 그만 돌아오너라."

용의 목소리에 곳비는 정신을 차렸다. 용이 곳비 가까이로 한 발짝 다가왔다. 곳비는 뒤로 물러났다.

"누이는 개풀. 피 한 방울도 안 섞였는데……. 전 그쪽 누이가 아닙니다."

곳비는 생각했다.

"야!"

용이 눈을 크게 뜨고 소리를 질렀다.

"예?"

곳비는 눈을 동그랗게 떴다.

"뭐? 개, 풀?"

곳비가 제 입을 막았다.

"설마, 제 마음의 소리를 들으셨습니까?"

"마음의 소리라니, 목소리지. 네가 방금 소리쳤잖아. 낮에는 날 더러 요물이라고 하더니 이제는 뭐, 개풀? 도대체 그런 말은 어디서 배운 게야?"

"송구하옵니다. 생각으로만 한다는 것이……."

"그럼 생각은 해도 되냐? 단곳비, 너 성정이 진짜 이상해졌구나."

용은 곳비를 한 번 노려보고서 사랑을 향해 성큼성큼 걸음을 옮겼다.

용은 사랑채 댓돌 위를 왔다 갔다 하다가 툇마루에 걸터앉았다. 열불이 나는 듯 손으로 부채 바람을 일으켰다.

"대감……."

뒤따라온 곳비가 다가왔다.

"송구하옵니다."

"됐다."

곳비가 고개를 숙였다.

"앉거라."

"아니옵니다."

"앉으래도."

용은 곳비의 손을 잡아끌어 제 옆에 앉혔다.

"잘못했느냐?"

"예."

"그럼 됐다."

"예."

"그렇다고 기죽지는 말고."

용은 여전히 고개를 숙인 곳비를 바라보았다.

"고개 들고."

용의 목소리가 부드러워졌다. 곳비가 고개를 들었다.

"한데 너도 알지?"

"뭘요?"

"네 성격이 예전 같지 않다는 점을."

"당연히 예전과 다르겠지요. 소녀, 더 이상 어린아이가 아니잖아요."

용이 피식 웃었다.

"그럼 뭐냐?"

"저도 이제 엄연한 여인입니다. 하니 여인으로 대접해주셔요."

"여인은 개풀."

용은 기가 찬다는 듯이 곳비를 바라보았다.

"그리고 미인은 원래 변덕이 심한 편이랍니다."

"누가?"

"미인인……."

곳비는 검지를 들어 저를 가리켰다.

"제가요."

용은 폐에서 바람이 빠져나오듯 '하' 하고 웃었다.

"네가? 미인이냐?"

"예, 소녀, 오늘부터 미인입니다."

"하하하. 아니 아니. 미인은 아니다."

곳비는 실망하여 어깨를 늘어뜨렸다.

"뭐 좀…… 귀엽기는 하다. 누이처럼."

"아, 진짜. 그놈의 누이 소리 한 번만 더 하시면……."

"더 하면?"

"더 하면……."

용은 곳비의 눈을 응시했다. 곳비는 침을 꿀꺽 삼키고 입을 열었다.

"한 번만 더 하시면 무시무시한 말을 할 겁니다."

"그래? 얼마나 무시무시한지 들어보자꾸나, 누이."

"후회하실 텐데요."

"들어보고 판단하자꾸나, 누이."

"오늘 밤 못 주무실 텐데요."

"괜찮다, 누이."

용은 여유롭게 미소를 지었다.

"소녀가 안 괜찮습니다. 절대 말하지 않겠사옵니다."

"이봐. 또 이랬다저랬다. 확실히 이상해졌어, 이상해."

용은 고개를 내저었다.

"안 주무십니까?"

곳비가 따지듯이 물었다.

"잠이 안 온다. 너 먼저 자거라."

"소녀도 잠이 안 옵니다."

"오랜만에 내가 재워주랴?"

"예?"

곳비가 얼굴을 찡그리고 어깨를 뒤로 젖혔다.

"무슨 생각을 하느냐?"

용이 손가락을 들어 곳비의 이마를 톡 쳤다.

"업혀라."

용은 일어나 제 등을 곳비에게 보였다.

"아, 됐습니다. 그게 언제 적 일입니까? 저는 이제 엄연한 여인이라니까요. 대군의 등에 막 업히고 하는, 그런 아이가 아니옵니다."

곳비는 손을 내저으며 뒤로 물러났다.

"그때나 지금이나 넌 내게 똑같다."

"아니라니까요."

곳비가 벌떡 일어났다.

"또!"

용이 눈을 부릅뜨고 소리를 질렀다. 곳비는 꼬리를 내리고 슬며시 앉았다.

"이제 제가 재워드리겠습니다. 잠이 솔솔 오실 겁니다. 음, 음."

곳비가 목청을 가다듬고 가락을 타기 시작했다.

"자장자장 자는고나 우리 애기 잘도 잔다 은자동이 금자동이 수명장수 부귀동이 은을 주면 너를 살까 금을 주면 너를 살까."

용이 곳비를 멀뚱히 보며 물었다.

"뭐 하나?"

"주문을 외웁니다. 어서 주무시라고요."

"아, 치우거라. 네 목소리를 들으니 잠이 더 깨는구나, 깨. 넌 어찌 이리 하는 일마다 영 시원찮으냐?"

"언제는 제가 필요하시다면서요."

"취소다, 취소."

"그럼 대군이 한번 해보시든가요."

"자장가라니. 내게 어울리느냐?"

"그렇지요? 대군께서는 역시 가야금을 타면서 기녀들과 시조창을 하셔야 하지요?"

곳비의 말이 떨어지자마자 용이 가락을 타기 시작했다.

"나라에는 충신동이 부모에게 효자동이 형제간에 우애동이 일가친척 화목동이 동네방네 유신동이 태산같이 굳세거라 하해 같이 깊고 깊어 유명천하 하여보자 잘도 잔다 잘도 잔다 두등두등 두등두등 우리 아기 잘도 잔다."

곳비가 고개를 끄덕였다. 처음 듣는 용의 노래였지만 저보다 나았다.

"우와! 진짜 잘하십니다."

"그러냐?"

용의 입매가 올라갔다.

"자장자장 자는고나……."

용이 신이 나서 다시 노래를 불렀다.

용의 어깨 위로 달빛이 내려앉았다. 인왕산 자락에서 찬 바람이 불어왔다. 용이 밤 기온이 쌀쌀하다고 느끼면서 몸을 움츠리는데 곳비가 달빛처럼 용의 품 안으로 미끄러져 들어왔다. 용은 얼른 팔을 벌려 곳비를 받았다. 곳비는 잠들어 있었다. 용은 조심스레 팔을 뺀 다음 곳비를 눕혔다. 제 다리를 베개 삼아 머리를 받쳐주었다.

"봐라. 그때나 지금이나 넌 아직도 어린아이니라."

곳비가 얼굴을 부비며 용의 품속으로 파고들었다. 용은 놀라 몸을 움찔했다. 갑자기 가슴이 간지러웠다. 등줄기에 땀이 흐르는 듯도 하였다.

용은 헛기침을 한 번 하고 곳비의 얼굴을 내려다보았다. 문득 생각했다.

'곳비…… 못 보던 사이 진짜 미인이 되었네.'

5

곳비는 안절부절못했다. 어명이 있었으니 시회에 가야 했다. 하지만 어젯밤 일을 생각하니 발걸음이 쉬이 떨어지지 않았다. 용 때문이었다. 곳비는 사랑채로 걸음을 옮기다가 멈추어 섰다. 자리에 주저앉아 얼굴을 무릎 위로 묻었다.

어젯밤 깜빡 잠이 든 곳비는 용의 무릎 위에서 눈을 떴다. 달이 밝았고, 뒷산에서는 서늘한 바람이 불어왔다. 곳비는 용의 도포를 덮고 있었다. 덕분에 한기는 느끼지 않았다.

용은 불경을 외우고 있었다. 눈을 감고 허리를 꼿꼿이 세운 채 미동도 하지 않았다. 불상 같았다.

'눈 감은 불상, 잘생긴 불상, 멋있는 불상…….'

곳비는 달빛에 젖은 용의 얼굴을 바라보며 생각했다.

'빛나는 불상, 찬란한 불상, 아름다운 불상…….'

곳비는 한동안 넋을 놓고 용을 보다가 정신을 차렸다.

'이런 미친. 지금 무슨 생각을 하는 거야? 그래. 이건 사람이 아니야. 불상이야. 딱딱한 불상, 차가운 불상. 내가 한때 사모하던 안평 대군 이용이 절대 아니라고. 그냥 불상일 뿐이야.'

곳비는 당장 일어나 가지의 방으로 가야겠다고 생각했다. 하나 몸이 말을 듣지 않았다. 아무리 일어나려고 해도 몸이 움직이지 않았다. 정말 방으로 돌아가고 싶었지만 몸이 굳어버려서 어쩔 수 없이 도로 눈을 감아버렸다. 꼭 감아버렸다.

'대군이 불도를 닦으시는데 방해할 수 없지.'

곳비는 제 속내를 부인하고 용을 위해 잠자코 있자고 핑계를 댔다. 하지만 곧 이대로 있어도 될까 고민이 되었다.

'아니지. 이건 대군이 아니지. 하니 되지. 이대로 있어도 되지. 이건 불상이잖아. 내 평생 짝사랑만 하다가 대궐에서 독수공방하며 늙어 죽는 것을 가엾게 여겨 부처님께서 내게 은혜를 내려주신 거야. 부처님께서 베푸신 은혜를 마다하면 안 되지. 감사히 받아야지.'

곳비는 부처님 감사합니다, 하고 부처님의 은혜를 기꺼이 받기로 했다. 그러다가 마음이 불편할 때면 또 생각했다.

'대군도 사내가 아니고 나도 여인이 아니잖아. 그냥 누이가 오라비 무릎을 베고 잠들 수 있는 게지. 대군이 먼저 우리는 식구라고 했잖아. 이건 내가 음흉한 게 아니라고.'

하지만 곳비는 끝내 마음이 편해지지 않았다. 가슴이 두근거리고 얼굴이 화끈거리고 머릿속이 간지러웠다.

'단곳비, 정신 차려. 네가 대군을 오라비로 생각하지 않잖아. 이러면 안 되는 거라고.'

곳비는 실눈을 뜨고 용을 훔쳐보았다. 용은 여전히 흐트러지지 않았다. 곳비는 다시 눈을 감았다. 불경을 외는 용의 음성이 어머니의 자장가처럼 좋았다. 곳비는 귀로 불경을 듣고, 가슴으로 용의 음성을 품었다.

용의 음성이 점점 희미해졌다. 곳비의 정신은 또렷해졌다. 곳비는 용이 잠들면 슬며시 일어나 방으로 돌아가야겠다고 생각했다. 마침내 용의 음성이 그쳤다.

'감사합니다, 대군.'

곳비는 하나, 둘, 셋을 세고 눈을 떴다. 용이 고개를 떨어뜨리고 꾸벅꾸벅 졸고 있었다. 곳비는 조용히 몸을 일으켰다. 그 순간 용의 얼굴이 곳비의 얼굴 위로 떨어졌다. 곳비가 피할 새도 없이, 용의 입술이 곳비의 입술에 부딪혔다.

곳비는 숨을 멈추었다. 하나, 둘, 셋. 숨이 터져 나오려는 찰나, 용이 눈을 떴다. 곳비는 얼른 눈을 감아버렸다. 눈을 감기 전에 입술을 뗐어야 했다고 후회했다. 모양새가 야릇하게 되었다. 곳비는 하나, 둘, 셋을 세고 다시 용의 다리를 베고 누워야겠다고 생각했다.

'하나, 둘, 셋.'

용이 고개를 들고, 곳비는 다시 누웠다.

—곳비야.

곳비가 재빨리 일어났다.

—대감.

—……내가 깜빡 잠이 들어 실수를…….

곳비가 용의 말을 끊었다.

— 하하하. 대군께서는 역시 대단하십니다. 어찌 그리 주문을 잘 외우십니까? 소녀, 눈 깜짝할 사이에 잠이 들었지 뭡니까? 대군의 주 문 덕분에 아주 깊이 잤습니다. 푹 잤습니다. 하늘이 무너지고 땅이 솟아도 모를 만큼 잤습니다.

— 곳비야, 실은······.

— 대군께서도 이제 졸리시지요? 그만 주무십시오. 편히 주무십시 오.

— 곳비야, 너 괜찮으냐?

— 아니요. 저한테 무슨 주술이라도 거셨습니까? 혹시 대군께서 도 를 닦으십니까? 졸려 죽겠습니다. 아직도 졸려 죽겠습니다. 전 이만 가서 자야겠습니다.

곳비는 줄행랑을 쳐서 사랑채를 빠져나왔더랬다.

곳비는 어젯밤 일을 생각하니 다시금 가슴이 두근거리고 얼굴이 화끈거리고 머릿속이 간지러웠다. 사실 곳비는 어린 시절 용의 잠든 얼굴에 몰래 입을 맞춘 적이 있었다. 보드랍고 하얀 용의 뺨에 쪽, 하 고 입술을 들이밀었다가 뗐다. 용이 잠에서 깨는 바람에 들키고 말 았지만. 그때는 지금처럼 용을 보기가 힘들지는 않았다.

'단곳비, 볼때기나 입술때기나 다 같은 대군의 살인데 오늘따라 왜 이래?'

'다 같은 살이 아닌가?'

'입술이 뭐 별건가?'

'별게 아닌가?'

곳비는 생각이 오락가락했다.

'그래. 다 같은 살이야. 그 입술도 살이고, 이 팔뚝도 살이고. 그 입술에 내 입술을 갖다 대는 거나, 이 팔뚝에 내 입술을 갖다 대는 거나 뭐가 달라?'

곳비는 제 팔뚝에 입술을 맞추었다. 하얀 팔뚝에 붉은 연지가 묻어났다. 입술 모양이 찍혀 있었다.

'입술이네, 내 입술. 어제 대군의 입술에도 내 입술연지가 묻었을까? 대군의 입술, 앵두 같은 입술, 대군의 앵두 같은 입술에 내 앵두색 입술연지가…….'

곳비는 입을 막고 고개를 흔들었다.

'미쳤어, 미쳤어.'

곳비는 다시 무릎 위로 얼굴을 묻었다. 눈앞에 용의 입술이 어른거렸다.

'내 것이 아닌 입술……. 안 돼. 이놈의 입술이 없었으면 좋겠다.'

곳비는 입술을 손등으로 문질렀다.

용은 곳비를 찾아 별채로 왔다. 곳비가 별채 마당에 쪼그려 앉아 고개를 숙이고는 얼굴을 마구 흔들고 있었다.

"곳비야."

"예, 대감."

곳비가 잠시 머뭇거리다가 일어나 인사를 했다.

"대감, 밤새 안녕하셨사옵니까?"

곳비는 평소보다 더 활기차고 반갑게 용을 맞았다.

'내가 밤새 안녕하게 생겼느냐?'

용은 먼 산을 바라보며 대답했다.

"잠이 오지 않아 술을 한잔하고 잠이 들었다."

"예? 입술을 한잔하셨다고요?"

"……."

"……아니, 술을, 입술을. 아니, 술을 입술로. 아니, 입으로 술을, 약주를 드셨다고요?"

용이 가만히 곳비를 바라보았다. 술은 곳비가 마신 것 같았다. 곳비의 입가에 연지가 벌겋게 번져 있었다. 용이 곳비의 입을 가리켰다.

"곳비야, 네 입술……."

"입술요? 입술이 왜요? 제 입술이 왜요?"

곳비가 싸움을 걸듯이 말했다.

"아니, 연지가 번져서……."

"아……."

곳비가 입 주변을 손으로 훔쳤다.

용은 한숨을 지었다. 어젯밤 곳비를 보내고 뜬눈으로 밤을 새웠다. 곳비를 내내 어린 누이로 생각했는데 곳비의 입장에서는 제가 진짜 오라비는 아니었다. 실수였지만 마음이 불편했다. 혹시 곳비가 마음을 다치지 않았을까 하여 몹시 걱정하였다. 용은 어젯밤 일을 고백하고 곳비에게 용서를 구해야겠다고 생각했다.

"곳비야, 어젯밤……."

"자릿조반은 드셨는지요?"

곳비가 용의 말을 잘랐다.

'자릿조반을 들게 생겼느냐?'

용이 또 한숨을 쉬었다. 난생처음 곳비를 대하기가 어려웠다.

"저는 조반을 준비하러 가보겠습니다."

곳비는 고개를 숙이고 자리를 뜨려 했다.

"곳비야, 할 말이 있다."

용은 곳비의 팔을 잡았다. 곳비가 여느 때보다 깜짝 놀라며 용의 손을 쳐다보았다. 용도 당황하며 손을 뗐다.

"나중에 하시지요. 소녀는 바빠서 가봐야 하옵니다."

"지금 해야 하느니라."

"부엌일을 도와야 하는데……."

"곳비야, 어젯밤 일로 사과를 해야 한다."

"아, 송구하옵니다. 소녀가 대감 앞에서 너무 편히 잤지요?"

"그게 아니라, 내가 잠이 드는 바람에 네게 잘못을 하였다."

"잘못이라니요? 가당치 않으십니다. 대군은 아무 잘못도 하지 않으셨사옵니다."

곳비가 주위를 살피고 목소리를 낮추었다.

"그리고 대감, 어젯밤 일은 잊어주십시오. 소녀, 궁녀의 본분을 잊고 대감 앞에서 결례를 범하였습니다. 혹 상궁 마마님들께서 아시면 소녀는 엄벌을 받습니다. 하니 제발 어젯밤 일은 함구하여주십시오. 소녀, 부탁드리옵니다."

곳비가 고개를 숙였다.

"곳비야, 이럴 것 없다. 어서 고개를 들거라."

"그럼 제 청을 들어주시는 걸로 알고 소녀는 이만 물러 가보겠사옵니다."

곳비가 별채를 나갔다.

용은 고개를 갸웃거렸다. 곳비는 어젯밤 잠이 너무 깊이 든지라 무슨 일이 일어났는지 정확히 모르고 있는 듯하였다. 어젯밤 일을 고백하고 사과를 해야 할지, 곳비의 말대로 잊어야 할지 판단을 할 수 없었다. 곳비에게 어느 쪽이 좋을까? 모르는 게 나을까, 아는 게 나을까. 용은 머릿속이 복잡했다.

용은 머리를 쥐어뜯었다. 정신이 여러 개로 쪼개지는 듯하였다.

사랑채에서 시회가 열렸다. 진양 대군 유와 임영 대군 구까지 함께 자리했다. 용은 머리도 몸도 개운하지 않았다. 자꾸만 눈이 감겼다.

곳비도 몸이 고단하긴 마찬가지였다. 어젯밤 방에 돌아와서 한숨도 자지 못했다. 당장 누워서 잤으면 좋겠다 싶었다.

영교도 마음이 불편했다. 어제 정현 옹주는 영교에게 청혼을 했다. 하지만 영교는 다른 사람을 마음에 품었노라며 정현 옹주의 마음을 거절했다. 정현 옹주가 왜 하필 저를 좋아하는지 마음이 불편했다. 정현 옹주의 마음을 상하게 한 일이 영 마음에 걸렸다. 사과를 해야 하나. 사과를 하면 또 오해할 텐데. 다음에 만나면 어찌해야 하지? 마음이 엉킨 실타래처럼 복잡했다.

용과 곳비와 영교, 세 사람의 몸이 고단하고 마음이 어지러운 탓인지 광평 대군이 장원을 차지했다. 임금은 예상 밖의 결과에 기뻐하며 광평 대군을 치하했다. 광평 대군은 안평 형님께 배운 덕이라며 용에게 공을 돌렸다. 용은 광평의 학문이 저보다 뛰어나다며 광평을 칭찬했다.

"소자가 보기엔 안평도 광평도 모두 훌륭하옵니다. 또 금성은 무예가 출중하지요. 소자도 분발해야겠사옵니다."

진양 대군이 세 아우를 칭찬했다.

"형만 한 아우 없지요. 진양 형님께서 아우들을 위해 실력을 감추신 덕분입니다."

용이 말했다.

"저하께서 오셨더라면 소자가 어찌 감히 장원을 할 수 있었겠습니까?"

광평 대군이 말했다.

진양, 안평, 광평 모두 서로를 칭찬하며 자신을 낮추었다. 임금과 중전이 아들들을 흐뭇하게 바라보았다.

"너희들이 우애가 이리 도타우니 아비는 더 이상 바랄 바가 없구나. 무슨 일이 있어도 형제간의 우애는 변치 말아야 한다. 모두 한마음 한뜻으로 세자를 보필해야 하느니라."

"명심하겠사옵니다, 아바마마."

대군들이 한목소리로 말했다.

임금은 광평 대군에게 비단과 명주를 하사하겠다고 했다. 광평 대군이 미소를 지으며 입을 열었다.

"아바마마, 비단과 명주는 형님과 아우와 소 생원에게 양보하겠사옵니다. 소자는 다른 것을 청하고 싶사옵니다."

"말해보라. 내 오늘은 무엇이든지 들어주마."

임금이 기분 좋게 웃었다. 광평 대군이 미소를 지으며 잠시 뜸을
들였다. 모두 광평 대군을 쳐다보았다.

"곳비를 주십시오, 아바마마."

용은 잠이 확 달아나 눈을 부릅뜨고 광평 대군을 쳐다보았다.

"소자, 곧 출합이지 않사옵니까? 곳비를 소자의 궁방으로 데려가
고 싶사옵니다."

곳비와 영교의 시선도 광평 대군에게 향했다. 곳비도 순식간에 잠
이 달아났다. 영교는 머리를 한 대 맞은 기분이었다. 광평 대군이 곳
비를 좋아하리라고는 꿈에도 생각해보지 않았다.

"궁녀의 거취는 내명부의 소관이 아니냐? 네 어머니께 청해야지."

광평 대군이 중전을 보았다.

"전하께서 무엇이든지 들어주마 하셨는데 신첩이 아니 된다 할 수
없지요."

"성은이 망극하옵니다."

광평 대군이 임금과 중전을 향해 머리를 숙였다.

"어마마마."

용이 중전을 불렀다.

"곳비가 윗전의 명을 받잡는 궁인이기는 하나 원하는 바가 있지
않겠사옵니까? 곳비의 의사를 여쭈어주십시오."

중전이 고개를 끄덕였다.

"안평의 말도 일리가 있구나. 곳비야, 어떠냐? 널 광평 대군의 궁
방에 보내도 되겠느냐?"

곳비가 고개를 들었다. 모두 곳비를 쳐다보고 있었다. 곳비는 용을

바라보았다.

"곳비야, 네가 원하는 바를 말해보렴."

용이 고개를 끄덕이며 말했다. 곳비가 용에게서 시선을 떼고 입을 열었다.

"소녀, 출궁하여 광평 대군을 모시겠사옵니다."

용은 저도 모르게 입을 벌렸다. 아무 생각도 나지 않고, 아무 말도 나오지 않았다. 그저 방망이로 머리를 한 대 맞은 듯 정신이 아득해졌다.

6

곳비가 대궐을 떠났다. 광평 대군의 궁방에서 맞은 새 생활에 하루하루 적응해나갔다. 대궐에 있을 때보다 몸도 마음도 편했다.

반면 용은 달랐다. 불면 증상이 더 심해졌다. 잠을 못 자고 안절부절못할 때가 많아졌다. 이유는 몰랐다. 짐작조차 못 했다.

"양 내관."

"예."

"새로운 소식은 없느냐?"

"예."

"광평은 잘 지낸다더냐?"

"예."

"별일은 없고?"

"예."

"가솔들은? 가솔들에게도 별일은 없고?"

"예."

"가지는, 잘 지낸다더냐?"

"예."

"한번 다녀가라 해라."

"예."

"너 어찌 대답이 무성의하다."

양 내관이 용을 바라보았다.

"대감, 며칠째 같은 질문만 하고 계시옵니다. 그리 궁금하시면 한 번 다녀오시지요?"

"내가 왜? 난 아무도 보고 싶지 않은데? 아무도 궁금하지 않은데? 산책이나 해야겠다."

용이 일어났다.

"대감!"

"나도 안다."

용은 급히 자리에 앉았다. 곳비가 사랑으로 들어오고 있었다. 용은 붓을 들어 글씨를 쓰기 시작했다.

곳비는 용의 사랑채 뜰로 들어섰다. 품에는 광평 대군의 봉서가 있었다.

—아주 중요한 서신이니 반드시 형님께 직접 전하고 꼭 답신을 받아와야 한다. 이렇게 중요한 일을 맡길 사람이 너밖에 없구나.

양 내관이 뜰로 나와 곳비를 맞았다. 대군께서는 누마루에 계시다고 알려주었다. 곳비는 대청으로 올라가 누마루로 건너갔다. 용은 사람이 오는지도 모르고 글씨 쓰기에 몰두하고 있었다. 곳비가 용의 등에 대고 '대감.' 하고 부르며 인사를 했다. 그제야 용이 고개를 돌려 곳비를 쳐다보았다.

"곳비 왔느냐?"

"예, 그간 안녕하셨사옵니까?"

"그래, 무슨 일로 예까지 왔느냐?"

"광평 대군께서 대감께 서신을 전하라고 하셨사옵니다."

용은 뜻밖이라는 표정을 지었다.

"광평 대군이 왜 너에게?"

용은 고개를 한 번 들었다가 끄덕였다.

"아차차. 네가 광평의 궁방에 있었지, 광평의 궁방에. 하하하. 내 요사이 하도 분주하여 잊고 있었구나."

용은 큰 소리로 웃었다.

"뭘 하고 계셨사옵니까?"

"글씨를 쓰고 있지 않았느냐?"

"먹도 없이 말이옵니까?"

용이 서안을 내려다보았다. 제 손에 쥐고 있는 마른 붓과 붓 아래 놓인 하얀 종이가 눈에 들어왔다.

"쓰려고 하던 참이었다. 그래. 서신은?"

곳비가 봉서를 건네주며 말했다.

"중요한 서신이니 반드시 대군을 만나 직접 전하고 답신을 받아오라고 하셨사옵니다."

용은 봉서를 뜯고 서신을 펼쳐보았다. 용의 눈이 커졌다. 동그래진
눈을 서신에 고정한 채 움직이지 않았다.

"그리 중요한 일입니까?"

곳비가 걱정스러운 표정으로 물었다.

"응."

용이 헛기침을 했다. '밤새 안녕하셨습니까?'가 다였다.

"아주 중요한 사연이구나. 답신을 써야 하니 먹을 갈거라."

곳비는 용의 곁으로 다가와 먹을 갈기 시작했다.

용이 흰 종이에 시선을 두고 말했다.

"내 집에 요사이 손(客)이 줄었다."

"예."

"바쁘지 않다는 말이다."

"예."

곳비는 별 반응이 없었다.

용은 일전에 가지와 나눈 대화를 떠올렸다. 가지가 용의 명을 받
고 광평 대군의 궁방에 머무르다가 잠깐 들렀을 때였다. 용은 광평
대군의 궁방이 무엇이 좋으냐고 물었다. 가지는 약과를 들며 고개를
갸웃거렸다.

―좋기는요. 광평 대군께서는 이런 맛난 것도 안 주시는데요.

―그럼 내 집보다 편안하더냐?

―아니요. 편하기야 대감 그늘이 제일 편하지요. 우리가 한솥밥을
먹은 세월이 얼마인데요?

―그렇지.

용은 흐뭇하게 웃으며 고개를 끄덕였다.

―다만.

가지가 말을 멈추고 앵두 화채를 들이켰다. 용은 애가 탔다.

―다만?

―한가합니다. 아무래도 여긴 손님이 너무 많아서 늘 바쁘지요.

용은 곳비를 바라보았다.

"내 집에 문객이 조금 줄기는 줄었다는 말이다. 궁인들이 많이 바쁘지는 않다 이 말이다."

"예, 그럼 마마님들이랑 아이들도 보고 가야겠습니다."

용은 답신을 쓰다가 붓을 내려놓고 곳비를 쳐다보았다. 곳비가 먹을 갈다 말고 용을 보았다.

"대궐을 나오니 좋으냐?"

"좋기는요."

"내 집은 싫다더니……. 속 시원히 얘기나 들어보자꾸나. 도대체 광평을 따라간 이유가 무엇이냐?"

"정직하게 말하면 대군께서 화를 내실 듯하고, 거짓을 말하자니 광평 대군께 송구스럽사옵니다."

"그 말은 내 집이 좋지는 않다는 뜻이구나."

"화나셨습니까?"

곳비가 눈매를 가늘게 움츠리고 물었다.

"아니다. 화는 무슨. 내 그리 소인배가 아니니라. 하하하."

용은 크게 웃었다. 곳비는 다시 먹을 갈기 시작했다.

"광평은 잘 대해주느냐?"

용이 붓을 들고 종이에 시선을 고정한 채 무심한 듯 물었다.

"예."

"그래. 광평은 나보다 훨씬 너그럽고 자애로운 사람이니 잘해주겠지."

"예."

"나보다 모시기 훨씬 편할 게야. 거길 네 집처럼 생각하거라."

"제집은 아니지요."

용의 입가가 살짝 올라갔다.

"그렇지? 아무래도 내 집이라는 생각은 들지 않지?"

"궁녀에게 내 집이 어디 있사옵니까? 윗전이 가라면 가고, 오라면 오고, 머물라면 머물러야지요."

곳비가 손을 멈추고 먹을 내려놓았다. 용에게 벼루를 내밀었다. 용은 곳비를 물끄러미 바라보았다.

"다 되었습니다. 이제 답신을 써주십시오."

용은 어깨를 늘어뜨리며 붓을 들었다.

곳비는 하루 두 번 봉서를 들고 광평 대군의 심부름을 왔다. 아침에는 '밤새 안녕하셨습니까' 라는 내용이 오후에는 '식사는 잘하십니까' 라는 내용이 배달되었다. 때때로 '안녕히 주무십시오' 라는 내용이 담긴 저녁 서신을 들고 올 때도 있었다.

용은 아침에는 답신으로 지난밤 꿈에 대해 썼고, 오후에는 아침과 낮에 먹은 음식들을 썼고, 저녁에는 시 한 편을 써 보냈다.

용은 쌓여가는 광평 대군의 서신들을 보면서 웃었다. 양 내관이 용을 보면서 말했다.

"대감, 요사이 낙이 하나 더 느신 듯하옵니다."

"그래. 아우가 날 살뜰히 챙겨주니까 좋구나."

"참으로 다정한 아우님이시옵니다."

용은 미처 알지 못했다. 자신의 새로운 낙이 광평의 서신이 아니라 곳비라는 사실을.

7

용의 명으로 광평 대군의 궁방에 머물던 가지가 용의 궁방으로 돌아왔다. 곳비는 광평 대군 궁방에 잘 적응하고 있다고 전하였다.

며칠째 곳비가 오지 않았다. 용은 오늘따라 일이 손에 잡히지 않았다. 광평 대군의 서신이 너무 궁금하였다.

"광평에게선 아무런 소식이 없느냐?"

용이 방 밖에다 대고 소리쳤다.

"예…… 대감?"

소리를 듣고 들어서던 양 내관이 용을 보고 달려왔다.

"왜 이러십니까?"

양 내관이 용의 손을 잡았다. 용이 손을 뿌리치면서 말했다.

"너야말로 왜 이러느냐?"

"대감, 손을 떨고 계시지 않사옵니까?"

용이 제 손을 내려다보았다. 저도 모르게 오른손을 떨고 있었다.

"대감, 이건 아편쟁이들이 아편이 떨어졌을 때 하는 행동이 아니옵니까? 아이고, 대감. 이게 무슨 일이랍니까? 혹시 저 모르게 아편이라도⋯⋯."

양 내관이 눈물을 찍으며 호들갑을 떨었다.

"시끄럽다."

용이 버럭 소리를 질렀다.

"아편이라니 당치 않다."

"대감, 아직도 손을 떠십니다."

용이 제 손을 내려 보았다. 이제는 양손을 다 떨고 있었다.

"양 내관, 내가 왜 이러느냐? 내가 왜 이러지?"

"아편이 아니면 술입니까? 뭔가에 중독되신 듯하옵니다."

"중독이라니 당치 않다."

용은 제 손을 맞잡고 여전히 떨었다.

광평 대군은 누마루에 앉아 바람을 쐬고 있었다. 곳비가 누마루 아래로 와서 광평 대군을 불렀다. 오늘도 서신이 없는지 물었다. 광평 대군은 곳비에게 올라오라고 했다.

"너 아직도 안평 형님을 사모하고 있느냐?"

광평 대군은 오래전부터 용에 대한 곳비의 마음을 알고 있었다.

"아니요. 사모라니요. 제가 언제 안평 대군을 사모했다고 그러십니까?"

"처음 네 마음을 들켰을 때도 이 반응이었지."

"제가요? 저는 모르는 일이옵니다."

곳비는 고개를 돌리며 광평 대군의 시선을 외면했다.

"그럼, 형님의 마음은 어떻겠느냐?"

곳비가 고개를 들어 광평 대군을 바라보았다. 용의 마음은 뻔했다. 용에게 저는 다른 궁녀들보다 조금 더 각별한 궁녀일 뿐이었다. 누이라고는 하지만 조선 팔도마다 누이를 두고 있을지도 모를 일이었다.

"우리 내기할까? 형님이 너를 좋아하는지 안 좋아하는지?"

광평 대군이 곳비를 내려다보면서 빙그레 웃었다.

"제가 이길 것 같사옵니다만?"

광평 대군이 미소를 지었다. 목소리와 표정이 여유로워 보였다.

"난 자신 있다. '형님도 너를 좋아한다'에 내 소원을 걸지."

"그럴 리가요. 전 '안평 대군께서 절 좋아하시지 않는다'에 제 소원을 걸겠습니다. 물론 이 내기는 제가 이기겠지요."

"그럼 내기를 하자. 내가 이기면 넌 네 집으로 돌아가야 한다."

"제집이요?"

곳비가 고개를 갸웃거렸다. 어머니와 동생들과 함께 살던 제집은 사라진 지 오래였다.

"집이란 몸이 아니라 마음이 머물 수 있는 곳이지. 네 마음이 머무는 곳이 네 집이다. 이제 네 마음이 머무는 집으로 돌아가거라."

"제 마음이 머무는 곳이요?"

"그래. 안평 형님의 궁방으로 가거라."

"싫습니다."

"왜? 네가 이긴다면서? 생각해보니 이길 자신이 없느냐?"

"그건 아니지만……. 내기는 안 하겠사옵니다."

"내기에 져서 안평 형님의 궁방으로 가는 일이 두려우냐, 아니면 안평 형님이 널 좋아하지 않아서 내기에 이기는 게 두려우냐?"

"전 아무것도 두렵지 않습니다. 어쨌든 내기는 싫사옵니다."

곳비가 고개를 돌려 주위를 두리번거렸다.

"아, 할 일이 많아서 가봐야겠네."

곳비가 혼잣말처럼 중얼거리고서는 사라졌다.

광평 대군은 용의 궁방에서 시회가 열리기 전날 밤 용과 이야기를 나누었다.

—곳비의 마음을 모르겠구나. 갑자기 승은을 입겠다며 대궐에 남더니 대전도 싫다, 동궁전도 싫다 하고 여전히 궁방에도 오지 않겠다고 하고.

—그럼, 형님 마음은 어떠하십니까?

—나야 늘 곳비를 걱정하지. 친한 사람들과도 헤어지고 낯선 사람들 속에서 어찌 견디고 있을지 염려되는구나.

—그것뿐입니까? 곳비에 대한 다른 마음은 없으십니까?

—무슨 말을 하는 게야? 궁녀에게 딴마음을 품는 건 불경이다. 난 그저 곳비를 한 식구로서 누이처럼 아끼고 있다. 곳비가 승은을 입을 수 없다면 내 그늘에서 한평생 편히 살기를 바라는 마음뿐이다.

—그 말씀 책임지실 수 있으시겠습니까?

—물론. 내가 아무리 한량이라는 소리를 들어도 그렇지 곳비와? 에이, 말도 안 되느니라.

—그럼 곳비를 제가 데려가도 되겠습니까?

—나도 안 따라나서는데 널 따라나서겠느냐?

용이 어림없다는 듯이 웃었다. 얼굴에 자신감이 가득하였다.

용의 얼굴에 그늘이 졌다. 용은 후원 정자에 앉아 눈을 감고 있다가 떴다. 곳비가 저를 빤히 내려다보고 있었다.

"곳비냐, 귀신이냐?"

"귀신입니다."

"곳비구나. 곳비야."

용의 얼굴에서 어둠이 사라졌다. 입꼬리도 살짝 올라갔다.

"대감, 혹시 저를 좋아하십니까?"

"몰라서 묻는 게야?"

"그러니까 절 여인으로서 좋아하십니까?"

"미쳤느냐?"

용이 한 치의 망설임도 없이 대답했다. 곳비가 눈을 깜빡거리며 웃었다.

"헤헤. 그렇지요? 그럼, 소녀는 이만 물러가옵니다."

곳비가 절을 하고선 돌아섰다.

"곳비야."

곳비가 뒤를 돌아보았다.

"잊은 것이 없느냐?"

"날이 더워서 제가 잠깐 실성을 했나 봅니다. 송구하옵니다."

"아니, 광평이 서신을 주지 않았느냐?"

"아니요."

"그럼, 내가 널 여인으로서 좋아하는지 물어보려고 왔느냐?"

"예, 뭐, 아니요."

"네가 정말 실성을 하긴 했구나. 내가 널 여인으로서 좋아한다니 말이 되느냐? 아니, 어찌 그런 생각을 품었느냐?"

"그게 아니옵고……."

곳비는 더는 말을 이을 수가 없었다. 광평 대군과 나눈 대화를 전하자니 괜히 부끄러웠다. 용이 곳비에게 다가와 몸을 낮추었다.

"혹시 네가 날 사내로서 좋아하는 건 아니고?"

곳비의 눈빛이 용과 마주쳤다. 곳비의 시선도 호흡도 멈췄다.

"응? 네가 날 사내로서 좋아하는 게로구나. 맞지?"

곳비의 얼굴이 벌겋게 달아올랐다.

"곳비야, 숨을 쉬거라."

"딸꾹."

곳비가 딸꾹질을 하기 시작했다.

"어, 이상하다. 왜 갑자기 딸꾹질을 하느냐? 정말 날 사모하는 게야?"

"서신, 딸꾹. 받아, 오겠습니다. 딸꾹."

"잠깐."

곳비가 쏜살같이 사라지려는 찰나, 용이 곳비를 불러 세웠다. 용이 곳비와 눈높이를 맞추고 곳비의 얼굴을 보았다. 곳비가 또 딸꾹거렸다. 용이 큰 손을 들어 곳비의 입을 막았다. 곳비가 놀라 눈을 동그랗게 떴다.

"숨을 참거라."

곳비는 영문을 몰라 눈을 깜빡거렸다.

"숨을 참아보래도."

곳비가 숨을 들이쉬고 멈추었다. '하나, 둘, 셋, 넷, 다섯'을 세고 용이 손을 뗐다.

"숨 쉬거라."

곳비가 '푸' 하며 숨을 내쉬었다. 얼굴이 벌겠다. 곳비는 이 무슨 해괴한 짓이냐는 듯 용을 향해 눈을 치켜떴다.

"이제 괜찮구나."

곳비가 얼굴을 찡그렸다.

"딸꾹질 말이다."

참말. 딸꾹질이 거짓말처럼 멎었다. 곳비는 고개를 끄덕이며 용을 보고 웃었다. 용이 어깨를 으쓱했다.

"곳비야."

"예?"

"서신을 줄 터이니 광평에게 전하거라."

"예."

곳비는 용을 따라 걸으면서 제 머리를 쳤다. 제가 오늘 저지른 미친 짓을 돌이켜 보니 다시는 용을 만날 수 없을 것 같았다.

"대감!"

곳비는 광평 대군의 사랑으로 뛰어가면서 소리를 지르다가 아차 싶었다. 여기는 용을 모시며 유년 시절을 보냈던 대궐도, 제가 천방지축 날뛰어도 나무라지 않는 용의 궁방도 아니었다. 곳비는 속도를 낮추고 조신한 몸가짐으로 사랑으로 향했다. 역시 침착한 음성으로 대군을 뵙기를 청했다.

"저 당분간 안평 대군 궁방에는 심부름을 못 갈 듯하옵니다. 부디 소녀를 가엾이 여기고 통촉하여 주시옵소서, 대감."

곳비는 광평 대군에게 용과 있던 일을 들려주었다.

"하여?"

"실성했느냐며 욕만 먹고, 혹 제가 사내로서 대군을 좋아하는 게 아니냐고 하문하셨사옵니다."

"넌 뭐라고 대답했는데?"

"아!"

곳비의 눈이 토끼 눈이 되었다. 양손으로 제 얼굴을 감쌌다. 이마에 주름이 졌다.

"어떡합니까? 대답을 안 했습니다. 딸꾹질만 하다가 왔습니다. 아, 못살아. 아니 좋아한다고 대답해야 했는데……. 분명 지금쯤 고민하고 계실 겁니다. 아, 어떡합니까?"

"그럼 그 대답 내게 하거라. 내가 형님께 전해주마."

"제 대답은 당연히 '아닙니다'이지요."

"과연 그럴까?"

"그럼요."

곳비가 광평 대군의 시선을 피했다. 광평 대군이 볼웃음을 지었다.

"난 네가 '형님을 사모한다'에 걸겠다."

"아니옵니다."

"그리 확신한다면 다시 내기를 하자. 내가 이기면 넌 형님 집으로 가고, 네가 이기면 다시는 형님과 네 일에 관여치 않으마."

"좋습니다."

곳비가 고개를 끄덕였다.

곳비가 용의 서신을 전해주었다. 광평 대군은 용의 서신을 읽고서는 미소를 지었다.

"곳비야, 형님께서 한번 오신다는구나."

"예?"

곳비가 얼굴을 찌푸렸다. 제가 오늘 한 짓을 다시 떠올렸다.

"아, 전 숨어 있겠습니다. 아니, 대궐로 보내주십시오. 안평 대군의 앞에 나타날 수 없사옵니다. 아, 안평 대군을 다시 뵙느니 차라리 이 땅에서 사라지겠습니다. 전 절대 안평 대군의 앞에 나타날 수 없사옵니다."

곳비가 벌건 얼굴로 울상을 지었다.

8

"저, 대군 안 좋아합니다!"

곳비의 목소리를 듣고 용이 고개를 들었다. 양 내관이 눈을 멀뚱히 뜨고 용을 쳐다볼 뿐, 곳비의 모습은 보이지 않았다.

"방금 뭐가 나타났지?"

"곳비인 것 같은데요."

"그렇지? 한데 어디 간 게야?"

"저기에."

용은 양 내관이 가리키는 곳을 보았다. 곳비가 대청 아래에서 용을 올려다보고 있었다.

"그러니까 고민하지 마시라고요."

"뭘?"

"저 대군을 사내로 좋아하지 않는다고요."

"알고 있다."

곳비가 눈을 동그랗게 떴다.

"아시옵니까?"

"그래."

"그렇사옵니까? 소녀는 대군께서 모르시는 줄 알고……. 그만 가보겠사옵니다."

용이 곳비를 불러 세웠다. 대청으로 나와 곳비를 위아래, 좌우로 살펴보았다.

"이상하단 말이다."

"무엇이오?"

"귀신처럼 나타나서 여인으로서 좋아하느냐고 묻질 않나, 날 좋아하느냐는 농에 얼굴이 벌게져서는 딸꾹질을 하지 않나."

"제 얼굴은 원래 벌겋습니다."

곳비가 양손으로 두 뺨을 감쌌다. 용은 말없이 곳비를 빤히 보았다.

곳비가 우물쭈물하다가 인사를 하고 자리를 뜨는데 '잠깐.' 하며 용이 또 곳비를 불러 세웠다. 용은 곳비의 얼굴을 이리 기웃 저리 기웃하다가 또 빤히 보았다.

'그래. 이거였어. 내가 이상한 게 아니라 곳비 네가 이상한 거였어.'

용은 큰 깨달음을 얻은 듯 속이 후련해졌다.

"단곳비."

곳비는 저도 모르게 침을 꼴깍 삼켰다.

"너, 나 좋아하지?"

"아니요."

"진정?"

"예."

용은 미소를 지었다. 곳비는 용의 시선을 피했다.

"잘 듣거라. 삶의 끝이 왔다. 너와 난 곧 작별이야. 죽기 전 내 마지막 질문이다. 너 나 좋아하지?"

"예, 좋아합니다."

용은 곳비의 말뜻을 짐작하지 못해 입을 벌린 채 말을 잇지 못했다.

"좋아합니다. 대감을 좋아합니다. 사내로서 대감을 사모합니다."

용은 곳비를 잠시 바라보다가 손을 들어 곳비의 얼굴을 가렸다.

"거절하겠다."

곳비가 입을 다물지 못한 채 용을 보았다.

"네 마음을 거절하겠다."

곳비는 아무 말도 하지 않았다.

"저와 영영 이별하는 상황이 왔습니다. 제가 여쭙겠사옵니다. 소녀의 연정을 받아주시지 않겠습니까?"

"네 마음, 받을 수 없다."

"알겠사옵니다."

곳비가 절을 하고 물러났다. 곳비의 태도가 너무 시원스러워 용은 오히려 당황했다.

"곳비야, 괜찮으냐?"

"예."

곳비는 표정 없이 시원스레 대답했다.

"곳비야……."

"예?"

용은 말을 할 듯 말 듯 입술을 움직였으나 막상 말이 나오지 않았다.

"더 하실 말씀이 없으면 소녀, 이만 물러가겠사옵니다."

"곳비야, 우린 식구 아니냐. 식구끼리 사모하는 마음을 품고 그러면 아니 된다."

"예."

"또 너는 궁녀이고. 궁녀는 임금 외에 외간 사내를 사모해서는 아니 된다."

"예."

"네 나이 열다섯. 그래. 내 지난날을 돌이켜 보면 연정이 생길 법한 나이지. 내 네 마음을 충분히 이해한다. 넌 어릴 적부터 사내라고는 나밖에 없어 다른 이를 볼 기회가 없었고, 또 내가 멋진 사내이긴 하지. 하나 아니 된다. 그 마음 아니 된다."

"예."

"그 마음을 부디 멈추길 바란다. 지나가면 아무것도 아니니라. 내다 경험해본 바가 아니더냐?"

"그렇습니까? 대감께서도 이제는 아무렇지 않으십니까?"

"그렇다마다."

용이 곳비를 설득하기 위해 고개를 과장되게 끄덕였다. 실제로도 그런 듯했다. 다 지난 일이었다.

"다행입니다."

"그래. 너도 그리될 것이야. 하니 너무 마음 아파하지 말고…….."

"예."

"우리 사이에는 아무 일도 없었던 게다."

"예."

"우린 예전과 같은 거야."

"예."

"그럼, 네 마음은 내 확실히 거절한 거다, 거절. 알았지?"

"모르겠는데요."

"곳비야……."

용은 애가 탔다. 얼굴이 붉어졌다. 곳비가 웃었다.

"농이었습니다. 오히려 대감께서 꼭 제게 마음이 있는 것 같사옵니다. 같은 말을 계속하시고, 얼굴도 붉습니다. 원래는 하얀 양반께서요."

"뭐라?"

용은 좀 전에 곳비에게 고백을 받았을 때보다 더 당황했다.

"딸꾹질 조심하셔요. 소녀, 이만 물러가옵니다."

곳비가 절을 하고 물러났다.

"물 가져와라. 냉수 대령해라."

용이 양 내관에게 소리쳤다.

용은 냉수를 벌컥벌컥 들이켜고 사발을 내려놓았다. 양 내관이 용의 눈치를 살폈다.

"대감, 언짢으신 일이라도……."

용은 진정 언짢았다.

"혹 곳비가 무슨 잘못을 하였사옵니까?"

"나를……."

'사모하지 않는단다.'

곳비가 잘못한 건 아니었다. 궁녀가 대군을 사모하는 것이 죄이지 대군을 사모하지 않는 건 죄가 아니었다. 그런데 용은 기분이 언짢았다.

'나를 사모해서는 안 되는데, 나를 사모하지 않는 게 당연한데 왜 기분이 언짢단 말인가. 아니, 어떻게 나를 사모하지 않을 수 있어? 도성의 여인이라면 모두 한 번쯤 나 때문에 속앓이를 하였다 해도 과언이 아닌데? 어떻게 나를? 나를 사모하지 않을 수 있어?'

"대감."

양 내관이 용의 손을 가리켰다. 용이 또 손을 떨기 시작했다.

"무슨 일이옵니까? 곳비가 무슨 잘못을 하였사옵니까?"

"곳비가, 곳비가, 나를, 나를 놀렸다."

"예?"

"그것이 내게 농을 하였어."

"대감께서 늘 곳비에게 장난을 치시니, 곳비도 이제 커서 머리가 굵어졌는데 당하고만 있지 않겠지요?"

"그것이 뭐가 컸어? 아직 어린아인데."

"예, 하여 어린아이가 농을 하였다고 하여 손까지 떠십니까?"

용이 양 내관을 노려보았다. 양 내관이 입을 다물었다.

곳비는 재빨리 인달방을 벗어났다. 다리가 후들거렸다. 무슨 정신으로 용을 상대했는지 모를 일이었다. 고백할 생각은 없었다. 용이 혹여 제 마음을 눈치채고 신경 쓸까 봐 전전긍긍하다가 얼떨결에 고백까지 해버렸다. 그리고 바로 거절당했다. 어색해지기 싫어서 농이라고 둘러댔다. 이제 정말 더는 용을 볼 수 없을 것 같았다.

'아니. 안 보면 더 이상하게 생각하려나. 보면 더 이상해지려나.'

곳비는 눈을 감고 제 머리를 쥐어뜯었다.

건너편에서 말이 오고 있었다. 곳비는 습관적으로 길가로 물러났다. 말이 곳비를 스쳐 지나갔다. 말 주인이 곳비를 보는 듯했으나 곳비는 개의치 않았다.

"잠깐."

말 주인이 돌아보았다. 말에서 내려 말을 노복에게 맡긴 말 주인이 곳비에게 다가왔다. 곳비는 고개를 숙이고 눈매를 찡그렸다. 임영대군 구였다. 금상과 중전의 아들이었지만 다른 왕자들과는 다른 데가 있어 곳비가 꺼리는 이였다.

"너는……."

곳비가 너울을 벗고 인사를 했다.

"대감, 안녕하십니까?"

"중궁전에 있던 나인이구나."

임영 대군이 곳비를 아래위로 훑어보았다.

"못 본 사이 많이 자랐구나. 어디로 가는 길이냐?"

"소녀, 광평 대군을 모시고 있사옵니다. 안암 궁방으로 가옵니다."

임영 대군은 입꼬리를 살짝 올렸다.

"그럼 살펴 가시옵소서."

곳비는 얼른 절을 했다.

"내 너를 데려다주마."

"아니옵니다."

"내 마침 광평 대군에게 볼일이 있던 참이다. 내 데려다주마."

"그럼 먼저 가소서. 소녀, 뒤따르겠사옵니다."

곳비는 고개를 숙였다.

"아리따운 여인을 홀로 보내는 건 사내의 도리가 아니지."

"아니옵니다."

임영 대군이 곳비의 손목을 잡았다.

"내 안전하게 데려다줄 테니 사양치 말거라."

임영 대군이 곳비의 손목을 잡아끌었다.

"자, 말에 오르거라."

"아니옵니다."

곳비는 임영 대군의 손을 뿌리치려고 했지만 그럴수록 임영 대군은 힘을 더 주었다.

"아니옵니다. 천한 몸이 어찌 귀하신 대군의 말에 오를 수 있사옵니까?"

"괜찮다."

"아니옵니다. 소녀, 대감께 감히 불경을 저지르고 싶지는 않사옵니다."

"어허. 내 말을 거역하면 그것이 진짜 불경이 되는 게야."

임영 대군이 곳비를 잡아끌었다. 곳비는 다리에 힘을 주고 끌려가지 않으려고 버텼지만 결국 임영 대군의 힘이 이끌려 말 가까이까지 끌려갔다.

노복이 무릎을 꿇고 등을 내밀었다. 곳비는 계속 말을 탈 수 없다며 공손히 말했지만 임영 대군은 들은 체도 하지 않았다. 곳비는 다시 한번 타지 않겠다고 했다.

"내 명을 거역할 셈이냐? 어서 타거라."

임영 대군의 호위 두 명이 곳비를 둘러쌌다.

"싫습니다."

곳비가 주먹을 쥐며 소리쳤다.

"뭐라? 네 지금 뭐라 했느냐?"

"싫다고 하였사옵니다."

"감히 일개 궁녀가 대군의 명을 거역하겠다?"

임영 대군이 피식, 하고 웃었다.

"지체 높으신 대군께서는 어찌하여 일개 궁녀를 희롱하십니까?"

"희롱? 이것이 간땡이가 부었구나. 내 오늘 너의 버릇을 톡톡히 고쳐놓겠다."

임영 대군이 손을 치켜들었다.

"으악!"

임영 대군이 비명을 지르며 나자빠졌다. 양손으로 머리를 감싸 쥐고 벌벌 떨었다. 임영 대군의 갓이 활에 맞아 날아간 터였다. 노복과 호위들이 임영 대군을 에워싸고 주변을 경계했다.

"대감, 괜찮으십니까?"

노복이 물었다.

"내 지금 괜찮게 생겼느냐?"

임영 대군이 소리를 지르며 몸을 더 움츠렸다. 노복을 끌고 와서 방패로 삼았다. 호위들이 검을 빼 들었다. 임영 대군은 눈을 감은 채 나 죽는다고 호들갑을 떨었다.

웬 사내가 활을 맨 채 말을 타고 다가왔다.

"구야, 구야, 구야, 그만하거라. 네 모가지는 날아가지 않았느니."

사내의 음성에 곳비가 주먹에서 힘을 풀었다. 이 세상에서 제가 믿고 기댈 수 있는 단 하나의 목소리였다. 용이 말에서 내렸다. 호위들이 절을 하고 검을 집어넣었다.

"구야, 구야, 구야."

용이 탄식하듯 임영 대군의 이름을 불렀다. 임영 대군이 용을 알아보고 일어났다.

"네 방구석 한량이라는 소문은 들었다만 어찌하여 노상에서 궁녀를 희롱하느냐?"

"희롱이 아니라 아는 얼굴을 만나니 반가워 데려다주겠다고 했을 뿐입니다."

"싫다는 여인에게 호의를 강요하는 것도 사내의 도리가 아니지."

곳비가 용을 쳐다보았다. 용은 진즉에 와서 임영 대군이 저를 어떻게 대하는지 다 본 듯하였다.

"조심하거라. 그 버릇을 고치지 않으면 언젠가 큰일을 치를 게야."

용이 임영 대군에게 말했다.

"두십시오."

임영 대군의 태도와 말투가 비딱했다.

"저는 이리 한량으로 살다가 기생집 울타리 밑에서 죽으렵니다."

"왕가의 품위를 손상치 말거라."

"형님이야말로 조심하십시오. 호위도 없이 다니다가 제 명에 못 사십니다."

임영 대군은 노복과 호위들에게 가자며 신경질적으로 외치고 말에 올랐다. 임영 대군 일행이 떠났다.

용이 곳비에게 괜찮으냐고 물었다.

"진작에 나서셨으면 소녀가 희롱당할 일도 없었겠지요."

"내가 없어도 괜찮겠더라."

"그럼 끝까지 나서지 마시든가요."

"내 아우가 너한테 맞아 죽으면 어떡하느냐?"

곳비가 웃었다.

"한데 예까지는 어인 일이시옵니까?"

"산책 삼아."

"수성동에서 동소문 밖까지 산책을 다니십니까?"

"오늘부터 다녀보았다."

"에이⋯⋯."

곳비는 믿기지 않는다는 듯 용을 바라보았다.

"뭐? 왜?"

"혹시……."

"그래. 언짢았다."

곳비가 그럴 줄 알았다는 듯 웃었다.

"진정 농이니 마음에 담아두지 마십시오. 전 대군을 결코 사모하지 않습니다."

"어찌 날 사모하지 않을 수 있느냐?"

"예?"

"너도 눈, 코, 입이 달렸는데 어찌 나를 사모하지 않을 수 있느냔 말이다."

"사모하여도 됩니까?"

"아니 된다."

"그러니까요."

"그럼 사모해도 되면 나를 사모하겠느냐?"

곳비가 용을 잠시 바라보았다.

"예, 소녀가 궁녀가 아니었다면, 대감께서 대군이 아니셨다면, 대감을 사모하였을 것이옵니다. 달님이 구름을 반기듯, 꽃이 벌을 반기듯, 마른 땅이 단비를 반기듯, 대감을 연모하였을 것이옵니다."

곳비의 눈이 너무 반짝여서, 곳비의 말이 너무 진짜 같아서 용은 잠시 말을 이을 수 없었다.

"하나 사모하면 안 되잖아요. 하여 소녀, 대감을 사모하지 않사옵니다."

"그래……."

용이 곳비에게서 시선을 떼고 뒷짐을 지었다.

"네가 코를 찔찔 흘리는 시절부터 내가 업어서 키웠느니라."

"한 번 업어주셨죠."

"널 누이처럼 아끼고 가르쳤느니라."

"진짜 누이는 아니지요."

"그럼 우리 사이에 뭐가 남느냐?"

"대감은 왕자이시고, 저는 궁녀이지요."

"특별한 궁녀이지. 누이 같은."

"예, 그리 말씀하시니 소녀, 그럼 특별한 궁녀, 대감의 누이가 되겠사옵니다."

곳비가 웃었다.

9

새벽닭이 울었다. 곳비는 자리에서 일어나 조용히 방을 나왔다. 한여름이라 날은 벌써 밝아 있었다. 곳비는 기지개를 켜며 뜰로 나갔다. 새벽이슬을 머금은 꽃잎이 보기 좋았다. 곳비는 몸을 낮추고 한 송이 한 송이 꽃향기를 맡았다. 향기가 좋은 것들만 골라서 꽃잎을 땄다. 용에게 대접할 화전과 꽃차를 준비하기 위해서였다.

곳비는 햇볕 아래에 꽃잎을 널어놓았다. 꽃잎에 날아드는 벌레를 쫓기 위해서 땡볕 아래에 앉아 부채를 부쳤다.

하늘빛이 어둑해지더니 곧 소낙비가 쏟아졌다. 곳비는 얼른 지우산을 갖고 와 펼쳤다. 저 대신 꽃잎에 지우산을 씌워주었다. 꽃잎을 빗물에 적실 수는 없었다. 저는 비를 맞아도 좋았다.

얼마 지나지 않아 곳비의 검은 머리카락과 하얀 목덜미를 적시던 빗물이 그쳤다. 비가 멎지는 않았다. 곳비는 고개를 들었다. 제 머리 위로 우산이 있었다. 우산 위로 영교가 웃고 있었다. 영교는 눈을 깜빡거리며 제 눈으로 쏟아지는 빗물을 견디고 있었다.

"나으리."

"사람보다 꽃이 중합니까?"

"이 꽃으로 우린 차를 드시는 분이 중하지요."

"이리 힘들게 준비하시는 걸 알았다면 부탁하지 않았을 겁니다."

"괜찮습니다. 차를 드시는 분의 즐거움을 생각하면 하나도 힘들지 않습니다. 그나저나 나으리 많이 젖으셨습니다. 어서 비를 피하셔요."

"저도 괜찮습니다. 항아님께서 비를 피하신다고 생각하니 다 괜찮습니다."

영교가 웃었다. 옷깃에서 빗물이 뚝뚝 떨어졌다.

곳비는 아침부터 들떴다. 오늘은 용이 오는 날이었다. 곳비는 일전에 용에게 특별한 궁녀, 용의 누이가 되겠다고 다짐하였기에 이렇게 들떠도 되나 싶었다.

'뭐, 반가운 분이 오시니까. 가지가 와도, 양 내관 나으리가 오셔도, 주 상궁 마마님이 오셔도 마찬가지일 거야.'

곳비는 어깨를 들썩거리며 대문간으로 나갔다.

"이리 오너라."

노복의 목소리를 듣고 곳비가 신나게 대답했다.

"그리 갑니다."

광평 대군의 노복이 대문을 열고 손을 맞았다. 뺨이 상기된 곳비가 손을 보고서는 인사를 했다. 살짝 실망스러운 기색이 곳비의 얼굴을 훑고 지나갔다. 정현 옹주와 영교였다. 대문 앞에서 '우연히' 만났다고 정현 옹주가 말했다.

곳비는 정현 옹주와 영교를 사랑으로 안내하고 부엌으로 와서 다과를 준비했다. 곳비는 여종에게 다과상을 들려서 사랑으로 갔다.

광평 대군이 낯익은 얼굴과 이야기를 나누고 있었다. 용은 아니었다. 용의 궁방 노복이었다.

"안평 대군께서 늦으신다는구나. 형님들을 가르치셨던 종학 박사 김유 어르신께서 돌아가셨다."

광평 대군이 곳비를 보고 말했다.

"예……."

실망스러운 기색이 또다시 곳비의 얼굴을 훑고 지나갔다. 이번에는 크게 실망한 듯하였다.

"늦어도 꼭 오신다는구나."

광평 대군이 곳비를 위로했다. 며칠 동안 꽃을 말리고, 새벽부터 일어나 다기를 닦고 전을 부치면서 수선을 떨던 곳비의 모습을 보았기 때문이었다.

여종들이 다과상을 내려놓았다. 곳비는 정현 옹주의 상에 놓인 화전과 꽃차를 가리키며 제가 만든 것이라고 했다. 옹주가 조신하게 찻잔을 들어 차를 한 모금 마셨다. 옹주의 얼굴이 일그러졌다.

"이거 왜 이래? 네 맛도 내 맛도 아니잖아."

"옹주님, 꽃차를 만드는 데 얼마나 많은 정성이 들어가는지 아십니까?"

영교가 옹주에게 말했다. 표정과 음성이 마치 옹주를 나무라는 것처럼 들렸다.

"아니에요. 옹주님, 사실 꽃차가 맛있지는 않지요. 화채를 가져다드릴게요."

"아니다. 곳비야, 내가 실수했구나. 잘 먹겠다."

옹주가 영교의 눈치를 살피며 꽃차를 단숨에 들이켰다. 광평 대군이 웃으며 물었다.

"누이, 절 보러 오셨습니까? 아니면 다른 볼일이 있어 오셨습니까?"

"물론 광평 대군도 만나고, 안평 오라버님도 만나고, 곳비도 만나고…… 겸사겸사 왔지요."

옹주가 영교를 흘깃거리면서 말했다. 세 사람의 대화가 이어졌다.

곳비는 잠자코 있었다.

'반가운 분이 두 분이나 오셨는데 이리 풀이 죽다니. 단곳비, 네가 아직 정신을 못 차렸구나.'

곳비는 용에 대한 제 마음을 나무라며 아무도 모르게 한숨을 지었다.

곳비는 사랑채 툇마루에 홀로 앉아 다관에 든 차를 따라 홀짝홀짝 마시기 시작했다. 다관의 물이 다 비워졌을 때 자리에서 일어났다. 부엌으로 가서 탕관에 물을 넣어 다시 데웠다. 용이 오면 바로 차를 대접하기 위해서였다.

데운 물을 다시 대청으로 가져왔다. 다관에 새 꽃잎을 넣고, 물을 다관에 붓고, 꽃잎을 우려낸 다음, 찻잔에 따라 다 마셔버렸다. 그리고 다시 다관에 물을 부었다. 용은 두 번째로 우린 차를 좋아하기 때문이었다. 꽃차는 곳비가 용에게는 새로 선보이는 음식이었다. 가장 맛있는 차를 대접하고 싶었다.

시간이 흐르고, 찻물은 식어버리고 곳비는 용이 오면 차를 바로 내가기 위해서 똑같은 일을 반복했다. 그 사이에 손님들은 집으로 돌아갔고 날은 저물었다.

마루에 앉아 차만 마셔대는 곳비에게 광평 대군이 다가왔다.

"아무래도 내기는 내가 이긴 것 같구나."

곳비는 말이 없었다.

"곳비야, 네 마음을 알게 되었다. 궁녀도 일정 나이가 되면 출궁하여 혼례를 올릴 수 있는 나라도 있다더라. 우리도 그리되면 좋을 텐데……."

"아닙니다. 궁녀가 어찌 외간 사내를 좋아할 수 있겠사옵니까?"

"누군가를 좋아하는 마음이 나쁜 건 아니다. 자연스러운 감정이야. 다만 때와 장소를 잘못 타고난 네 처지가 안쓰러울 뿐. 네가 형님을 잊기 위해서 대궐에 남겠다고 한 걸 안다."

"……."

"하나 보이지 않는다고 해서 네 마음이 사라지더냐? 그리 사라질 마음 같았으면 처음부터 네가 품지도 않았겠지. 하니 이제 그 마음을 인정하고 네가 좋아하는 형님 곁으로 가거라. 네 마음껏 좋아하고 네 처지에서 할 수 있는 일을 하거라."

"……."

"혹 아느냐? 그러다가 시절이 좋아지고 네 처지가 변할지도……. 우리가 왜 명국의 법도를 따라야 하느냐? 법이 부당하면 바꾸기도 해야지. 혹 아느냐? 곁에서 보면 네 마음이 식을지. 우리 형님, 알고 보면 단점도 아주 많은 사람이다."

곳비가 광평 대군을 쳐다보았다. 곳비의 눈이 촉촉해졌다.

"궁녀인 제가 이런 마음으로 진정 대군의 곁에 있어도 될까요?"

"모시는 윗전을 싫어하는 것보다 낫지 않느냐? 차는 그만 마시고. 너 그러다가 자다 오줌 싼다."

곳비가 이마를 찡그리며 광평 대군을 보았다.

"안평 대군께서 오셨사옵니다."

노복의 목소리와 함께 용이 나타났다. 용의 시선이 곳비가 차려놓은 다기에 머물렀다.

"네가 새로 만든 꽃차라는 거구나. 상가(喪家)에서 소 생원을 만났다. 한 잔 다오."

곳비가 재바르게 몸을 놀려 탕관에 든 찻물을 물을 식히는 그릇인 숙우에 따랐다. 용이 눈을 반짝이며 곳비가 하는 양을 지켜보았다. 하지만 곳비는 숙우를 들고서는 찻물을 단숨에 들이켰다.

"뜨거울 텐데……."

광평 대군이 곳비를 보며 얼굴을 찡그렸다.

"다 마셨습니다. 대감께 드릴 건 하나도 없사옵니다."

"내 늦더라도 온다고 하지 않았느냐?"

용이 광평 대군을 보고 말했다. 광평 대군이 자기는 모르는 일이라는 듯 어깨를 으쓱하였다.

"곳비, 예서 날 기다린 게지?"

용이 곳비를 보며 이를 드러내고 씩 웃었다.

"아니요. 대감을 기다리지 않았습니다."

"거짓말. 그 차 나 주려고 준비하지 않았느냐?"

"아니요. 전 자다가 목이 말라서 나왔습니다. 대감을 기다린 건 아닙니다. 대감께서 오실 줄 몰랐습니다."

"뭐, 나도 차를 마시러 온 건 아니고 광평에게 볼일이 있어서 왔느니라."

용이 광평 대군을 바라보자 광평 대군이 한 발을 뒤로 뺐다.

"저는 잠시…… 차를 하도 많이 마셨더니 급한 용무가 생겼습니다. 일을 보아야 오늘 밤 실수를 하는 일이 없을 터인데, 곳비 너도 그래서 나온 모양이구나. 푹 자다가 급한 용무가 생겨서. 혹 벌써, 이부자리에 실수하지는 않았겠지?"

광평 대군이 곳비를 보며 자리를 피했다. 곳비가 광평 대군을 향해 눈매를 찌푸리며 눈동자를 굴렸다.

"그럼, 저도 다시 자러……."

꼬르륵, 용의 배 속에서 나는 소리였다.

"상가에서 밥도 안 드셨습니까?"

"아니. 먹었다. 차도 마시고, 아주 많이 먹었다."

용이 뒤를 돌아 방을 향해 발걸음을 옮겼다. 꼬르륵, 또 소리가 났다. 용이 곳비를 돌아보았다.

"사실 차도 밥도 먹지 못했다. 네가 음식을 준비해놓고 기다린다고 하기에 내 술만 마시다가 왔느니라. 한데 너무하는구나."

곳비의 얼굴이 밝아졌다. 곳비가 옷고름을 만지작거리며 물었다.

"그럼, 음식 좀 내올까요?"

"있느냐?"

"뭐, 있을 것도 같사옵니다."

"그럼 얼른 내오너라. 시장하다."

"국밥도 내올까요?"

"국밥도 있느냐? 내오너라. 대궐에서 나온 이후로 한 번도 먹지 못했다."

곳비가 신나게 달려갔다.

잠시 후 용의 앞에 상이 차려졌다. 국밥과 화전, 꽃차가 놓였다. 용이 화전을 입에 넣었다.

"그래. 이 맛이야."

"맛있습니까?"

"아니."

"잘 드시면서……."

"그럴 리가 있겠느냐? 시장이 반찬이다. 한데 주 상궁이 그러는데 이게 진짜 화전이 아니라면서?"

"우리 어머니랑 동네 아주머니들은 이렇게 부쳐놓고 화전이라고 했는데요?"

"그럼 이건 꽃전이다. 곳비가 만든 꽃전, 꽃차. 어때 마음에 드느냐?"

"예, 화전보다 더 좋은데요?"

문 밖에서 광평 대군이 미소를 지었다. 광평 대군은 방문을 열려다 말고 조용히 자리를 떴다.

낯선 얼굴이 사랑채로 들어섰다. 광평 대군의 궁방에서 온 청지기였다. 청지기는 봉서 한 통을 양 내관에게 건넸다. 양 내관이 봉서를 들고 누마루로 가서 용에게 올렸다. 용은 봉서를 뜯고 서신을 읽었다. 용의 입가가 슬며시 벌어졌다. 양 내관이 용을 보면서 좋은 일이 있느냐고 물었다.

"곳비가 온다는구나."

"곳비야 요사이 자주 들르지요."

"아니. 집으로 돌아온다는구나. 이제 우리 집에서 우리와 함께 산다는구나."

용은 일전에 광평 대군과 나눈 대화를 떠올렸다.

─상가에서 부왕을 뵈었다. 야인들이 회령과 종성을 약탈하고 있다는구나. 조만간 함길도로 가야 할 듯싶다.

임금은 경재소를 설치하고 왕자들에게 그 일을 주관하여 함길도를 통제하도록 했다. 진양 대군은 경원을, 안평 대군은 회령을, 임영 대군은 경흥을, 광평 대군은 종성을 관장하고 있었다.

─그럼 한동안 한양에서는 못 뵙겠군요. 떠나기 전에 일을 마무리 지어야겠습니다.

—무슨 일이 있느냐?

—형님께서 골머리를 앓고 계시니 제가 좀 도와드리겠습니다.

'환지(광평 대군의 자)야, 이것이었느냐?'

용이 미소를 지었다.

광평 대군, 이여. 용보다 일곱 살이나 어린 아우였지만 한 살 위인 진양 대군이나 두 살 아래인 임영 대군보다 훨씬 마음이 잘 맞는 형제였다. 싫고 좋음이 분명한 자신과는 달리 광평 대군은 '이것은 이래서 좋고 저것은 저래서 좋습니다'라며 웬만한 것은 포용하고 넘어가는 성격이었다. 그래서인지 저와는 어딘지 모르게 잘 맞지 않는 진양 대군도 광평은 좋아했다. 시회에서 곳비를 데려가겠다고 하였을 때 저것이 무슨 생각을 하는지, 저리 의뭉스러운 데가 있었나 고개를 갸웃거리기도 하였지만 광평 대군이라면 곳비를 안심하고 맡길 수 있었다.

용은 궁방을 둘러보았다. 곳비에게 좋은 처소를 내주고 싶었다. 지금 후원에 짓고 있는 전각이 안성맞춤이었다.

"양 내관, 저 전각의 이름 말이다. '단안(丹顏)'이 좋으냐, '단화(丹花)'가 좋으냐?"

"단화각이 낫지요. 단안, 붉은 얼굴이라면 웃기지 않습니까?"

"그렇지. 단안은 너무 웃기지?"

용은 새 전각의 이름을 '단화각'이라고 지어야겠다고 생각했다. '붉은 꽃'이라는 뜻이었다. 단화각에서는 굽이진 인왕산 자락과 진귀한 꽃나무들로 풍성한 후원이 한눈에 들어왔다.

"양 내관, 단화각을 사랑 궁인들의 처소로 내주면 어떻겠느냐?"

"예? 저렇게 좋은 곳을요? 행랑이라면 모를까요."

"행랑?"

이곳은 풍경을 보기 위해 지은 곳인데 행랑으로 막아버리면 시야를 가릴 듯하였다. 용은 고민이 많아졌다.

결국 곳비는 별채 궁인들의 처소에서 가지와 한방을 쓰기로 했다. 용은 가지에게 필요한 것은 무엇이든지 사주라고 명했지만 가지는 필요한 것이 없다고 거절했다. 대신 가지는 방을 깨끗이 치우고 이불을 빨았다. 햇볕에 이불과 베개를 널었다. 베개는 한 쌍이었다. 용은 가지가 널어놓은 이불과 베개를 보면서 괜히 웃음이 났다.

곳비가 오는 날, 용은 아침부터 마음이 분주하였다. 글자가 눈에 들어오지 않았다. 글씨도 잘되지 않았다.

"대감마님, 손님이 오셨사옵니다."

"손님은 무슨? 한 식구끼리."

용이 웃으며 일어났다.

'아니지. 내가 직접 나가는 건 모양이 빠지지.'

용은 손님을 사랑채로 데려오라고 한 다음, 양 내관에게 방문을 닫으라고 했다.

'더운데 방문은 왜? 하여간 종잡을 수 없는 분이라니까.'

양 내관은 고개를 저으며 방문을 닫았다.

용은 붓을 들었다. 미소를 지었다. 용은 자신이 붓을 들었을 때 모습이 가장 멋있다고 생각했다. 잠시 후 인기척이 들렸으나 용은 손에서 붓을 놓지 않았다.

"대감, 손을 모시겠사옵니다."

양 내관의 목소리가 들리고 방문이 열렸다.

"왔느냐?"

용이 무심한 듯 입을 열며 고개를 들었다.

"대감."

용을 부르는 여인의 목소리에 물기가 어렸다. 여인의 눈도 촉촉해졌다. 영신과 영교가 용의 눈앞에 있었다.

"실례를 무릅쓰고 소생이 싫다는 누이를 억지로 데려왔사옵니다."

용은 붓을 떨어뜨렸다. 검은 먹물이 흰 종이 위로 번져나갔다.

연못에서는 연 향이 은은하게 피어올랐다. 초록 잎 사이로 고개를 든 연분홍 연꽃이 보기 좋았다. 집에 연못을 파고 연꽃을 심은 건 불도를 숭상하는 용의 취향이었다.

용이 영신을 향해 고개를 돌렸다. 그녀의 긴 속눈썹이 가늘게 떨리고 있었다.

"어찌 된 일이오? 한양엔 언제 왔소?"

"보름쯤 되었습니다. 병이 들어 송환되었습니다."

영신이 연꽃잎에 시선을 모으며 말했다.

"몸은 괜찮소?"

"좋아졌습니다. 마음의 병이었겠지요."

"오자마자 연통을 하지 않고……."

"제가 잘 온 것이옵니까?"

영신이 고개를 돌려 용을 바라보며 물었다.

"그런 말이 어디 있소? 당연히 잘 오다마다……."

"대군을 뵈러 온 것이 잘한 일인지 묻고 있습니다."

"물론이오. 내 낭자가 귀국한 사실을 알았으면 진즉에 보러 갔을 것을……."

영신이 엷은 미소를 지었다. 많이 수척해졌지만 그 얼굴은 여전히 연꽃처럼 아름다웠다.

"대군께서 내치시면 소녀는 이제 갈 곳이 없사옵니다."

"반가의 여인이 첩실이 되겠단 말이오?"

영신이 설핏 웃었다.

"제가 공녀로 갔다 온 몸이라 싫으시옵니까?"

용은 말없이 영신을 바라보았다.

곳비가 용의 집 대문을 보면서 중얼거렸다.

"내 마음이 머무는 곳, 내 집."

오랜 고민과 방황 끝에 다시 찾아온 제집이었다. 곳비는 대문을 밀고 궁방 안으로 들어갔다. 노비들이 곳비에게 건성으로 인사를 하고는 삼삼오오 모여 수군거렸다.

곳비는 고개를 갸웃거렸다. 어째 궁방 분위기가 평소와 좀 다른 것 같았다. 곳비는 사랑채로 갔다. 양 내관도 용도 보이지 않았다.

댁에 계신다고 하셨는데, 후원에 계시나? 곳비는 용을 찾아 사랑채를 나갔다. 후원 연못가에 용이 있었다. 넓은 어깨와 곧은 등만 봐도 알 수 있었다. 하지만 곳비는 다가갈 수 없었다. 용의 옆에 여인이 있었다. 용이 여인과 나란히 서서 연못을 보며 대화를 나누고 있었다.

'저 여인…….'

부부인은 아니었다. 곳비는 몸을 돌렸다. 곳비의 눈이 붉어졌다.

영신과 용을 본 곳비는 서둘러 후원을 벗어났다. 사랑채를 지나 바깥채로 나가려는데 영교의 목소리가 들렸다.

"항아님!"

"나으리."

"뭐가 그리 급하십니까? 몇 번을 불렀습니다."

"아, 예."

"안색이 안 좋으십니다. 어디 불편하십니까?"

"아닙니다."

"대군을 만나러 오셨습니까?"

"예, 아니, 다음에 오겠습니다."

곳비는 제대로 인사도 하지 않고 걸음을 서둘렀다. 영교가 곳비를 붙들었다.

"만나 뵙고 가십시오."

"아닙니다. 손님과 함께 계셔서……."

"아, 제 누이입니다."

'맞구나.'

곳비가 옅은 숨을 내쉬었다.

"아씨께서 이곳엔 왜?"

"돌아오게 되었습니다. 앞으로 안평 대군께 여생을 의탁하려 합니다."

"아, 예……. 그렇습니까? 두 분께서 함께 사시는구나……."

고개를 끄덕이던 곳비가 천천히 몸을 돌려 발걸음을 뗐다.

"항아님, 가십니까?"

"그만 가보겠습니다."

곳비가 몸을 돌려 인사를 하고서 다시 돌아섰다. 그 얼굴이 하도 처연하여 영교는 더 이상 곳비를 붙잡을 수 없었다. 곳비의 뒷모습만 물끄러미 바라보았다.

"무얼 그리 보고 있는가?"

용이 영신과 함께 다가왔다.

"말씀 끝나셨습니까? 곳비 항아님이 대감을 뵈러 왔다가 돌아갔습니다."

"그래? 곳비가 왔는가?"

용의 목소리가 밝아졌다. 영신이 용을 바라보았다. 용의 얼굴에 좀 전에 보지 못했던 화색이 감돌고 있었다. 용은 영교와 영신을 남겨두고 별채를 향해 걸음을 서둘렀다.

별채엔 곳비가 없었다. 가지는 곳비의 짐만 오고 사람은 오지 않았다고 했다. 용은 대문간으로 뛰어갔다. 곳비의 행방을 묻는 말에 늙은 노복은 돌아가더라고 전했다. 용은 대문간을 넘어 밖으로 나갔다. 곳비의 모습은 보이지 않았다.

곳비는 궁방을 나와서 무작정 뒷산에 올랐다. 새소리와 물소리에 정신이 들었다. 수성동 맑은 계곡물이 눈앞에 펼쳐져 있었다. 탁족을 하다가 용에게 들킨 곳이었다. 곳비는 쓰러지듯 바위에 주저앉았다.

용에게 간 마음을 다 버렸다면 거짓이었다. 하지만 용에게 연정을 바라지는 않았다. 그의 여인이 되겠다는 생각도 없었다. '집'으로 돌아가 용을 윗전처럼 모시고 오라비처럼 따를 생각이었다. 그러다 보면 용을 향한 제 마음이 윗전을 향한 충심과 오라비를 향한 우애로 바뀌리라 기대했다.

하지만 영신과 함께 있는 용을 보는 순간 가슴이 철렁 내려앉았다. 부부인도 기첩도 괜찮았다. 부부인과는 오히려 화락하기를 바랐다. 기첩과 양첩을 들인다고 해도 상관이 없었다. 용을 향한 제 마음은 곧 잠잠해지리라, 용에게는 왕자의 길이 있으리라고 생각했다.

그런데 영신을 보는 순간, 그녀 곁에 있는 용을 보는 순간 머릿속이 살얼음처럼 와장창 깨졌다. 대군에게 단 하나의 사랑이 돌아왔다. 곳비는 영신 앞에서 다시 여인의 마음을 품었고 이제 정말 끝이라는 생각이 들었다.

곳비는 손을 뻗어 계곡물에 비친 제 얼굴을 저었다. 물이 잠잠해지자 제 얼굴이 다시 저를 바라보고 있었다. 미운 얼굴이었다. 손바닥으로 물을 떠서 얼굴을 씻어냈다. 고개를 들어 햇볕을 쬐었다.

"아이참, 계곡물이 잘 안 마르네."

눈에서는 눈물이 계속 흘러내렸다. 곳비는 다시 물로 얼굴을 씻었다. 눈물인지 계곡물인지 모를 물기가 곳비의 얼굴에서 떠나지 않았다.

"항아님."

곳비가 눈물을 훔치고 뒤를 돌아보았다. 영교가 와 있었다. 뜻밖이라는 표정이었다. 곳비가 일어났다.

"대군께서 찾으셨는데, 여기 계셨습니까?"

"나으리께서는 여긴 어쩐 일이십니까?"

"저는 종종 옵니다. 안평 대군을 뵙고 가는 날에는 꼭 여기에 들릅니다. 옛 생각이 나서……."

영교가 말을 멈추고 곳비에게 다가왔다. 곳비가 뒤로 물러났다.

"가만 계십시오."

영교가 다가와 곳비의 얼굴을 향해 고개를 움직였다.

"소생이 망을 보겠습니다. 오늘은 아무도 못 오게 망을 아주 잘 보겠습니다. 안평 대군께서 오셔도 길을 내주지 않겠습니다."

영교가 곳비에게 손수건을 쥐여주고 사라졌다. 곳비는 손수건을 쥔 채 영교의 뒷모습을 바라보았다. 아무에게도 우는 모습을 보여주고 싶지 않았는데 영교에게 제 모습을 들킨 모양이었다.

곳비는 광평 대군 궁방에 다다라서 뒤를 돌아보았다. 날이 저물어가고 있었다. 노을빛 아래에서 영교가 고개를 숙였다. 영교는 수성동 계곡에서부터 내내 몇 보 뒤에서 곳비를 따라오고 있었다. 곳비는 고개를 숙여 인사를 하고는 광평 대군의 궁방으로 돌아왔다.

"곳비야, 어디 갔다 오는 게야? 어서 가자. 대감께서 기다리신다."

용의 명을 받고 곳비를 기다리던 양 내관이 곳비를 맞았다.

"전 아니 가겠습니다. 대군께 그리 전해주십시오."

곳비가 사랑채로 갔다. 광평 대군이 의아한 얼굴로 곳비를 보았다.

"어찌 된 게야?"

"대감, 소녀를 이곳에 머물게 해주십시오."

"네 집으로 돌아간다 하지 않았느냐?"

"대감, 제 마음이 머무는 곳이 제집이라 하셨지요?"

광평 대군이 고개를 끄덕였다.

"하나 인달방에는 제 마음을 둘 곳이 없더이다. 이제 하늘 아래 제 집은 없습니다. 하니 집 잃은 소녀를 가엾게 여기시고 대군의 궁방에 머무를 수 있게 허락해주십시오."

곳비의 눈에서 눈물이 뚝 떨어졌다.

용은 영창 너머로 고개를 빼고 있었다. 양 내관의 모습이 눈에 들어오자 깊은숨을 뱉었다.

"곳비는 데려왔느냐?"

"아니요. 곳비가 참말로 궁방에 오겠다고 하였습니까? 곳비는 광평 대군의 궁방에 있겠다고 하였사옵니다."

"뭐?"

"아 참, 광평 대군께서 서신을 주셨사옵니다."

용이 서신을 펼쳤다.

**곳비가 인달방으로 가겠다고 하여 보냈사온데
왜 들아왔는지 그 연유를 모르겠습니다.**

용은 자리에서 일어나 밖으로 나갔다.

"대감, 어디 가십니까?"

양 내관이 피곤한 얼굴을 가로저으며 용을 따랐다.

곳비는 용이 왔다는 소식을 듣고 명경을 꺼냈다.

"하하하."

입술을 벌리고 소리 내어 웃는 연습을 했다. 눈매와 입꼬리를 올리고 사랑으로 갔다.

"대군, 오셨사옵니까? 아까는 소녀가 너무 바빠 미처 인사도 드리지 못하고 왔사옵니다. 죄송하옵니다. 부부인 마님께서도 안녕하신지요? 참, 영신 아씨께서 오셨던데 다행이옵니다. 이제 대군과 화락할 일만 남았지요? 하하하."

곳비는 용을 보자마자 쉴 새 없이 말을 내뱉었다.

"너 어찌 된 게야?"

곳비가 침을 한 번 꿀꺽 삼켰다.

"아무리 생각해도 소녀는 있던 곳이 편하옵니다. 거소를 옮기는 일이 너무 번거롭고요."

"짐은 다 가져다 놓고선······."

"예? 짐이 거기 갔습니까?"

곳비가 놀란 척 눈을 동그랗게 떴다.

"어쩐지 있을 게 없더라니······. 제가 하는 일이 그렇잖아요. 하하하."

"곳비야, 너 지금 많이 이상한 걸 아느냐?"

"저야 뭐, 늘 좀 이상하지 않았습니까?"

"그렇기도 했다만 지금은 많이 이상하다. 어디 몸이라도 아픈 게야?"

"그런 게 있겠습니까? 제가 실성을 했으면 했지 몸이 아프긴요? 얼마나 튼튼한데요. 그럼 대군께서도 바쁘실 테니 소녀는 이만 물러가옵니다."

"나? 별로 안 바쁜데……."

"새 사람도 맞으셔야 하고……."

곳비는 아무렇지도 않은 듯 용의 눈을 응시했다. 용은 말이 없었
다.

"아니, 헌 사람인가? 하하하. 아, 헌 사람도 이상하네."

곳비가 이마를 찡그리고 고개를 숙였다.

"곳비야, 너 괜찮으냐? 참말로 실성한 사람 같구나. 열병이라도 든
게야?"

용이 곳비의 이마에 손을 가져다 댔다. 순간 곳비가 몸을 뒤로 빼
면서 용의 손길을 피했다. 곳비도 용도 놀라 서로를 말없이 바라보
았다.

"미안. 네 몹시 아픈 것 같아 열이 있는지 살펴보려고 했다."

"열 없습니다."

"그래. 그럼 다행이고."

"영신 아씨는 별당에 머무르십니까?"

"그래야겠지."

"잘 되었습니다."

내내 밝은 목소리로 거짓을 말하던 곳비의 목소리가 차분해졌다.
진심이 나오는 순간이었다.

"너도 그리 생각하느냐?"

"예, 많이 연모하시던 분이잖아요. 영신 아씨를 못 잊어 부부인을
박대하지 않으셨사옵니까?"

"그래. 그랬지……."

용이 말끝을 흐리며 고개를 끄덕였다. 영신을 못 잊어 부인을 박대하였던가. 저도 확신할 수 없었다.

"후원에 네 처소도 마련해두었다."

"소녀는 이곳에 있겠사옵니다."

"정녕 오지 않으련?"

"예, 소녀는 예서 머물렵니다.

용은 갑자기 기운이 빠져 고개를 떨어트렸다.

"네가 온다고 해서 참 좋았는데……."

용은 곳비를 기다리는 내내 기분이 달뜨고 종일 기뻤더랬다. 용이 고개를 들었다.

"네 뜻이 완고하다면 이번에도 말릴 수 없구나."

용은 자리에서 일어나 사랑을 나갔다. 대문간을 향해 달빛을 맞으며 터벅터벅 걸었다.

오늘따라 달빛이 유난히 밝았다. 달구경을 하기에 좋은 밤이었다. 하지만 용은 고개를 숙였다. 달빛에 제 얼굴을, 제 표정을, 쓸쓸한 제 마음을 들키고 싶지 않았다.

<2권에서 계속>